U0081652

身體詩學

現代性，自我模塑與中國現代詩歌
1919 ——————————— 1949

米家路 著
趙 凡 譯

推薦語

　　米家路教授的《身體詩學》是一本非常富於開創性而啟人深思的著作，填補了這一研究領域的空白。書中大量引用歐美詩歌與哲學，不僅證明了它們在中國現代詩歌形成過程中的影響，也顯示了作者在不同的文學與思想傳統中游刃有餘。理論運用得很巧妙，對歷史性進行了補充，豐富了文本性，無論對學者，還是對一般的讀者而言，這都是一本值得廣泛關注與嚴肅思考的著作，具有相當的深度、原創性與可讀性。如果有學者或學生欲想進一步探究中國現代文學與詩歌中的自我模塑與現代性的問題，這本著作就是關鍵的讀物。

奚密

加州大學戴維斯分校東亞暨比較文學系教授

海外研究當代漢語詩歌知名學者

＊

　　米家路教授的這項研究將現代詩歌重新推上了學術舞臺的正中。他以身體作為自我塑造來源的角度重新考量了現代中國詩歌，細讀了從五四新文化運動到20世紀40年代的三位中國詩人，力圖清晰梳理出中國詩歌中身體革命和審美能量啟動的三個不同潮流，在多方面取得了突破性的進展。本書的研究前提非常新穎獨特，作者的文本細讀和精到評論，恰當地比照了西方作者和詩人，融合了文學、心理和現代性相關的理論，對現代中國詩歌提出了相當有信服力的觀點，並引人入勝地描述了某種特定詩歌意識，對我們理解現代中國及其詩意感覺有重要貢獻。這

是一部中國詩歌的研究著作中值得推薦的力作。

王班

斯坦福大學東亞暨比較文學系William Haas講席教授

*

　　米教授這本書是第一部有深度地將三個中國現代詩歌歷史上的重要人物進行比較研究的著作。同時，這本書不僅是一部優秀的研究性作品，還包含了大量詩歌譯作，堪稱優秀詩歌的寶藏。書中對詩歌的批評性分析尤其注重豐富的細節，有很多仔細的文本細讀。很多他研究的詩歌在此之前都沒有被如此細緻地拆解分析過。米教授的閱讀充分地顯示了身體作為一個主題在中國現代詩歌中的重要地位，填補了中國現代詩歌研究中的一大盲點。本書建立在真正比較的基礎上，整個討論都以其他文學傳統，尤其是全球範圍關於現代性的理論爭論為背景。米教授研究的一大貢獻就是他完全徹底地承認了三個詩人都深受西方現代詩歌的影響，他們受其他詩歌傳統的影響遠比自己文化要深刻，他的細緻分析的確令人信服。

賀麥曉／Michel Hockx

美國聖母大學東亞系中國文學教授；亞洲研究中心主任

代序

　　對許多普通讀者而言，甚至對中國文學方面的專家也一樣，中國現代詩歌由於其相當的難度而經常被看作是一個巨大的挑戰。這種難度至少部分地來源於它與古典詩歌的顯著差別。而在很長一段時間裡，無論是以原文還是以譯文的形式出現，古典詩歌都是「中國詩歌」的範本。相形之下，中國現代詩歌看起來似乎是陌生的，甚至是異己的。它不僅採用了現代漢語作為媒介，拋棄了傳統的形式、韻律、甚至意象與主題，而更為重要的是：它重新定義了什麼是詩歌、如何寫作詩歌、詩人為誰而寫作。簡而言之，興起於1910年代的中國現代詩歌代表了一種新的範式，與其古典形式之間既有著本源的聯繫，也有著根本的差異。

　　或許正因如此，相對於中國現代小說研究，中國現代詩歌很少引起學者的注意，特別是在海外。儘管不乏這方面的論文與翻譯，但卻很少有全面的英文專著。故而，我很樂意看到米家路教授的《身體詩學：現代性，自我模塑與中國現代詩歌》的出版。這是一本非常富於開創性而啟人深思的著作，填補了這一研究領域的空白。

　　米教授的研究基於這樣一個預設：在中國文學與中國意識的領域裡，中國現代詩歌確實代表了一個全新的開始。通過分析20世紀上半葉三個主要詩人作品中現代自我的出現與發展，他闡明了活生生的身體是如何同時作為一個重要的地點與一個支配性的場域，以此來理解浪漫幻想與現代焦慮、進步與衰退、愛國主義與自我主義之間的張力。

　　這本著作涵蓋了許多方面。首先，它是關於中國現代主義的研究，在全球化的語境下對所有研究現代主義的學生都有意義。書中大量引用歐美詩歌與哲學，不僅證明了它們在中國現代詩歌形成過程中的影響，也顯示了作者在不同的文學與思想傳統中游刃有餘。顯而易見，中國現

代詩歌是世界詩歌的有機組成部分，從比較的視角來研究會取得最豐碩的成果。

這本著作還極為謹慎地建構了一個可行的、連貫的框架，以此對郭沫若、李金髮與戴望舒作品中自我模塑的軌跡與複雜性進行研究。理論運用得很巧妙，對歷史性進行了補充，豐富了文本性，而不是忽視或扭曲它們。在〈前言〉裡，米教授承認他對某些理論的選擇與偏好，並作出了解釋。我認為他給出的理由是完全令人信服的。

最後，這本著作向讀者介紹了、或者說重新介紹了三位偉大的詩人，他們的作品是中國現代文學中真正的里程碑。儘管有人會提出疑問：是否其他詩人（如聞一多、廢名或卞之琳）可能也同樣適合或更適合這個主題？但米教授對他稱之為「開創性的」與「劃時代的」詩歌的解讀是如此地淵博、細緻與全面，我很難想像能夠替換其中的任何一個。

無論對學者，還是對一般的讀者而言，這都是一本值得廣泛關注與嚴肅思考的著作，具有相當的深度、原創性與可讀性。我們只是希望：它的出版能夠激發更多的相關研究，最終使中國現代詩歌贏得其應有的認可。如果有學者或學生欲想對進一步探究中國現代文學與詩歌中的自我模塑與現代性的問題，這本著作就是關鍵性的讀物。

奚密

2005年於加州戴維斯

加州大學戴維斯分校東亞暨比較文學系教授

現當代漢語詩歌知名翻譯家

海外研究當代漢語詩歌知名學者

中譯本說明與致謝

這本小書是我於1992-1995年在香港中文大學英文系攻讀比較文學研究生時寫成的，也是我第一次全部用英文撰寫的學術專著，時隔近30年的光陰，重新翻閱出道／初道之習作，頗感不忍卒讀了，溫習當年的粗陋稚嫩，時時不禁倍感汗顏。當年初生牛犢，血氣方剛，思想前衛，論斷大膽，對新潮理論囫圇吞棗，但因個人學養不足，很多分析多愚妄言，好在那是一段原真的「旅程」，只好敝帚自珍，讓那些孟浪之語算作「望道」之蹤跡吧，文中必有諸多錯訛與失當之處，在此，敬祈高明專家讀者諒解與賜教。

首先，要由衷感謝那些為筆者掌燈的老師們，沒有他們的引導，指點迷津，筆者可能仍因困在混沌的洞穴中，終日背對牆上反射的影子而尚未被開悟。他們是：北京大學比較文學研究所與北大中文系的樂黛雲老師、謝冕老師、孫玉石老師；北師大英文系的鄭敏老師；香港中文大學英文系的王建元老師、周英雄老師、陳清僑老師、袁鶴翔老師、李達三老師、李行德老師；香港大學比較文學系的黃德威老師、利大英老師、Anthony Tatlow老師；最後感謝加州大學戴維斯分校東亞暨比較文學系的奚密教授審閱了全稿，提出了寶貴的修改意見並慷慨答應為拙作寫序，肯定拙作的研究價值。

由於拙著最初是用英文寫成的，筆者有幸得到青年學者趙凡的大力支持，他抽出寶貴的時間把拙著翻譯成了中文，雖然譯文最後均由筆者數次勘校、修正和潤色，但一定會有諸多不盡人意的地方，敬請學者方家不吝賜教。在此筆者向趙凡致以由衷的謝意。另外，拙著中第一章的第二小節、第二章與第三章先後刊發在大陸《江漢學術》雜誌〈教育部名欄：現當代詩學研究〉上，感謝欄目編輯劉潔岷先生的厚愛與支持，

使拙作得以在中文學界見光與分享。

感謝秀威資訊的鄭伊庭主任將拙作納入出版計劃，使這些歷經久遠的文字能有機會拂去灰塵，見諸於世。姚芳慈小姐對文稿進行了精心的編輯與細查，筆者深表謝意。

最後，在筆者三十年迢遙的學術生涯中，全家人的呵護、摯愛與支持始終伴隨在筆者的身邊，尤其是內子盧丹跟隨筆者跋山涉水，共度風雨飄搖的的人生歷程，為筆者那些虛無縹緲的「求道漫游」做出了難以言喻的奉獻，愛子米稻、愛女米顆給予了筆者無窮的人生樂趣與鼓勵，他們的愛護關懷始終是筆者繼續學術耕耘永不枯竭的精神支柱和力量源泉。謹將這本微不足道的著作獻給他們。

米家路

2020年6月30日

目　次

【導言】詩性身體：
模塑的自我與民族身分

　　本書旨在研究20世紀20年代初到40年代末中國現代詩歌所塑造的異質紛呈的自我形態，以及透過身體能量的曲折嬗變所引發的對現代性的心理情感表述。本書側重討論四位代表性的詩人：20年代初的郭沫若、20年代中的李金髮、30年代到40年代初期的戴望舒，以及40年代的穆旦。本書所關注的核心問題就是現代性所呈示的辯證關聯，因為現代性自身存在本質上對立的雙重性，表現為進步與頹廢朝兩個對立面同時發展的特殊經驗。郭沫若和李金髮作為20世紀20年代的同時代人，在中國現代性的起始階段同時萌生而最終成為完全不相容的對立極，從這組對立關係中，戴望舒在30年代以第三極脫穎而出。正是戴望舒重新書寫了郭沫若和李金髮自我模塑的範式，並進一步於40年代調和了兩人之間的張力關係。總之，本書擬定了雙重的目標：一、標識出這種對立雙重性的產生軌跡；二、與中國現代性的不同階段身體能量經濟相聯繫，測繪出自我模塑話語形成的特殊路徑。

　　貫穿全書的核心論題便是「現代性」這一概念。如今在西方學界，「現代性」一詞似乎已無需解釋。然而，為了表明我論題展開的中文語境，我必須首先將「現代性」一詞的概念作一個簡略的梳理。西方學界中關於現代性的原創性文本汗牛充棟，包括康德、黑格爾、韋伯、馬克思、齊美爾、杜爾凱姆、克拉考爾、尼采、波特萊爾、本雅明、佛洛伊德、阿多爾諾，更不用提大量闡釋性文本，包括貝爾、傅柯、德曼、哈貝馬斯、伯格、伯曼、卡林內斯庫、吉登斯和傑姆遜。從卷帙浩繁的文獻中，現代性的能指一般都在一系列明顯不相容、矛盾的二元對立中自我呈現出來，比方說進步與頹廢、整體與碎片、理性與感官，以及永恆

與倏忽。從社會政治的層面來說，現代性通常被理解為一系列基本的信
仰：自由、幸福、個人獨立、社會公正、平等、民主、和諧、真理和人
類的自然之美都可以僅通過人類萬能的工具性理性和邏輯便可獲得；這
種現代性的內在邏輯是一種未來導向的、線性發展的時間，而歷史則是
一種目的論的、不可返回的螺旋式進程。在文化審美的層面上，現代性
一直被視作一系列關於意識的持續性危機，頹廢便是對時間負面經驗的
最終結果。而現代性的社會政治層面則據稱起源於基督教世界的中世
紀，延續到文藝復興時期，最終在啟蒙運動時獲得合法性。但現代性的
文化藝術層面一直被視作遲到的現象，僅僅在叛逆的先鋒文化思潮出現
時才開始，尤其以19世紀中期波特萊爾對現代性的激進審美化為標誌。
這代表了進步與理性化的邏輯中一種反啟蒙的情愫。

　　界定現代性本質有兩個重要的衡量標準：一是對時間的觀感，二是
個體的自我成為接受規範性價值的主體。代替了傳統的時間觀感，現代
性表現為同質化歷史流動的斷裂，與宏大文化敘事的劃時代分離，對新
奇的強烈渴望，一種轉瞬即逝卻又極為偶然的現時感，以及一種對過去
文化強烈激進的貶抑。從個人自我崛起為意義重心的角度來說，現代性
尤其可以理解為對個人自我的強烈肯定，通過審美性地解消進步神話，
以及理性化人類的感性。尼采宣稱上帝的死亡和他對「身體直覺」的回
歸是自我建構的基礎，波特萊爾徹底拒絕超驗性的審美並返回「身體詩
意」以為審美意識的源泉，佛洛德對完全理性主體的消解和對作為欲望
和本我核心的「身體無意識」的回歸，這些都標誌著現代性身分的話語
中「自我」意義的重要轉捩點。就是肉身的、有機的、直覺的身體自我
代替了啟蒙運動以來單一、理性、超越性的和進步的自我。這種對自我
範式的翻轉是通過對生命體的向內轉向，向感官的內部世界，以創造出
超越現代碎片化世界的新型身分。

　　只有在愈發強烈地意識到目標為導向的實用型現代性和隨之而來
的對實用型現代性的拒絕所帶來的深重危機（包括對理性的盲目崇拜、
對進步的完全迷信和對科學實用主義的美化）時，在1850年左右，審

美現代性才抵達了這種超越性（Habermas 1980；Calinescu 1987；Fornäs 1995；Jameson 2002）。夏爾・波特萊爾是第一個開啟審美現代性的人物，他在發表於1863年的文章《現代生活的畫家》中將「現代性」（*modernité*）定義為「轉瞬即逝的、逃逸的、偶然的」。波特萊爾將現代性重新定義為一種強調激進即時現在性的時間意識，「現在之美」以及「為新而新」開啟了通向創新和文學中多種反叛性現代主義潮流的道路（Calinescu 1987；Gross 1992）。

就像西瑞爾・康諾利所指出的，這些流派廣義上被稱作現代主義，主要涵蓋1880年到1950年這段時期，而其高峰出現在1910年到1925年之間（Connolly 1966）。現代主義作為一種廣義的藝術運動指的是一系列運動和潮流的總和，例如象徵主義、法國和德國的新藝術運動、立體主義、野獸派、表現主義、未來主義、意象主義、漩渦主義、達達主義、構成主義、包豪斯、新客觀主義，以及超現實主義（Gross 1992）。不管這些標籤有多麼不同，這些流派都具有一些相同點，包括激進地反叛規範化傳統、過去以及舊的歷史觀；關注現代生活中褻瀆性狀況，迷戀藝術創新、新奇感和對現代美的特殊觀感，在整體分崩離析時向內轉成為自省的主體（Howe 1967；Berger 1977；Habermas 1980；Taylor 1989；Gross 1992；Kearney 1995）。從這個角度而言，將現代主義理解為整個時代精神需求的表達，對實證現代性神話的反動，對整體審美現代性而不是狹義的派別或運動的意識則更恰如其分（Calinescu 1987）。換言之，我們可以說各種現代主義就是對現代狀況種種問題的積極回應，而現代主義的諸種門派就是將這些回應通過文化現代性的不同階段分門別類。它們是現代性在不同歷史發展階段的構成物。根據福納斯（Fornäs）的論述，審美現代主義（也包含都市化和世俗化）是現代化的證明之一，現代性「是引發現代主義的現代化的結果，現代性也是現代化出現、現代主義必然構成的狀態」（1995：40）。因此，多種現代主義既是現代化過程的一部分，也是對它的反應；既是對現代性自我回饋的批評，也同時是對它的肯定。

　　審美現代性的出現，尤其是現代主義的出現不僅標誌著與傳統的反動，標誌著對實用現代性（現代化）的反叛，也是對自身的回饋（Calinescu 1987；Fornäs 1995）。換句話說，在審美現代性的領域中，不同的現代主義流派互相構成了一種自我批評的回饋。為說明這一點，我們可以看一看中國現代主義的例子。在中國現代文學中，第一批現代主義詩歌運動是象徵派（1925-1930），代表人物是李金髮。它與前驅者、以胡適為代表的白話派（1917-1921）主要區別在於它徹底地拒絕了傳統韻律，肯定感官上的曖昧性，並內轉形成自省的主體性。以戴望舒為代表的早期現代派（1931-1935）一方面以更自由的詩歌形式區別於新月派（1926-1933），同時另一方面以挖掘都市生活的細節感覺區別於象徵派。而在40年代，現代派（先在昆明，然後在上海和北京）和早期的現代主義者大為不同，區別在於運用更加非常規範的詩歌語言及其自我反諷的機智，以及對都市化和現代世界文化衰退的認知（Leung 1984）。簡而言之，我們可以看到，現代主義不僅僅是對現代情境危機的回饋，也是對他們自身存在狀態的反應。

　　為了進一步說明西方語境「現代性」一詞的概念，我們可以位移到中國語境並指明其相關契合關係。因為現代性／現代化是一個世界史上不可避免的普世過程，或者說本質上是一個全球性的現象（Giddens 1990；Fornäs 1995），在中國語境中定義現代性起點的基本標誌物也是清晰可見的。首先，在二十世紀，尤其是1919年五四運動的影響，中國經歷了一系列極端的變化，標誌著它進入了現代時期。這些極端變化包括王朝帝國的覆滅，帝制的終結，對傳統的祛魅，以及對循環性歷史的打破。除此之外，新文化運動的興起，也使一些新鮮的概念從西方傳入中國社會，比方說科學、民主、自由、個人主義和反傳統主義。在文學領域，其現代性是以新型語言（白話文）寫作的新文學興起為代表的，同時也體現在有意識地創作新文學類型、新形式和新派別方面。文學的現代性尤其是以其激情去創造尋找新身分、新自我和新主體性的敘述而著稱。因身處抹消自我存在的中國傳統文化中，中國現代性在其文化踐

行上都竭力重建新身分，創造主體性的新範式，以期塑造一種全新的
自我。

但中國的現代性自其起源的那一天起就蒙上了重重揮之不去危機的
陰影，包括西方帝國主義的軍事侵略，以及其自身內部的不穩定性。學
者們將這一系列危機話語稱作「意識危機」、「精神危機」、「信仰危
機」、「身分危機」或者「生存危機」。本書整合了所有這些不同的危
機，並統一稱之為「身體的危機」。在我看來，在涉及中國現代文學中
自我模塑的能量時，現代性的問題最真切地體現為身體的危機。

為了方便討論，我將簡略地定義一下我的詞彙，如「身體」、「身
體危機」、「身體經濟」和「力比多經濟」。我在這裡使用的「身體」
一詞是一個集合、複合物、或者多元體，結合著來自鮮活的身體中完全
異質的力量、直覺、驅動、衝動、激情、感覺、欲望和能量。「身體危
機」指的是不平衡的能量流動在多個極端之間的反覆振盪，包括高低之
間、升降之間、冷熱之間、和強弱之間。「身體經濟」意即身體內部能
量的生產和消費，而「力比多經濟」這個詞彙則指的是身體中原始直覺
的能量的生產系統。因此在本書論述自我模塑的話語形成過程中，「身
體危機」是指身體能量中不斷浮動不可捉摸的變動，暗示著整個時代意
識的兩難困境。

將身體作為一個首要問題提出來並以此為起點延伸討論，我想要
揭示出在文化轉變時期充滿危機的現代性會怎樣嚴重地影響身體，而且
身體會怎樣非常尖銳地感覺到文化身分的危機並作出相應的回饋。這種
將現代性內化入身體的範圍可以看作文化轉型的結果，也可以看成是自
我模塑的前提條件。換言之，是身體首先感到、察覺並抓住了現代性具
有爆炸性的碎片，並以最敏感而具實感的形式做了有力的回饋。依照這
一思路，我首先建構了一個基本的理論框架作為主要的分析模式。簡言
之，在中國現代性方案中，身體的功能是一個建構性行為的實行者：一
系列不間斷的努力、能量和意志，將分裂的文化身分重新整合起來，在
身體內部並通過身體重新構建一個新的自我。為了達到這一目標，我將

通過郭沫若、李金髮和戴望舒的詩歌測繪出三種不同的身體，即郭沫若的進步的身體、李金髮的頹廢的身體，以及戴望舒的自戀的身體。我的論點是，正是這三種身體狀況見證20世紀20年代到40年代的身體能量危機，體現在郭沫若身體中不斷膨脹的能量，李金髮身體不斷減退的能量和戴望舒受折磨、創傷、分裂的記憶過剩的身體。但正如我想要展示的那樣，這三種不同的身體最終聯繫的是三種對自我模塑的不同觀念。郭沫若膨脹的身體創造的是一種未來主義的，充滿勝利希望的現代個體自我，李金髮頹廢的身體塑造的是自省的身分，而戴望舒的自戀身體打造的則是自覺的自反性。

為了顯示中國文學現代性的話語形成過程中，現代的自我是如何誕生並成形的微妙軌跡，採用文本的、歷史的和理論的角度來研究最適合不過了。為此，我們對三位詩人的主要作品進行了詳細的重讀。我們必須注意到自我模塑行為通常內含一個敘事。將我們的閱讀關注集中於新的自我的欲望是如何在詩歌中表述出來這一點，也會闡明自我塑型過程中出現的問題。因為我的研究跨越了20世紀20年代到40年代較長的一段歷史時期，所以我會簡要地澄清每個詩人的歷史轉折，著重點出發展中他們互相的橫向聯繫。雖然本書中的討論主要建立在歷時研究的基礎上，但這本書絕非一部關於時代精神的研究。我會提到不同歷史階段自我概念的轉換，並非自歷史因果律出發，而是基於他們的文本性、敘事性和物質性。為了理解現代性問題是怎樣在中國的文學和社會文化背景中產生的，我會借用一系列關於現代性的理論，包括齊美爾、本雅明、卡林內斯庫、韋伯、弗里斯比、哈貝馬斯、傅柯和波特萊爾；以及關於身體和自我的理論，包括呂克·南茜、巴赫金和凱西；關於記憶的理論，包括特迪曼、凱西和里皮特斯；關於哀悼的理論，包括佛洛伊德和赫爾曼斯；關於敘事和民族身分的理論，包括安德森、巴巴和普爾；以及最後，德里達和薩提里奧關於花卉的話語。作者完全瞭解這些理論是在完全不同的文化歷史語境中生產出來的，然而中國現代性和西方具有一定的契合性。因此將中國現代性中的幾個基本關注置於這些理論探究

之下必然會得出很多有趣的結論。

　　一些讀者可能對我研究的關注點表示異議，因為我只討論了四個男性詩人，而沒有議及任何現代女性詩人。有讀者可能會問到女性詩人在中國現代性的自我塑型敘事中所扮演的角色。我之所以將繞過一些女性詩人並非由於男性中心或者性別歧視的原因。這一策略性迴避主要基於幾個因素。首先，由於前現代中國的男權意識形態和教育機會的原因，女性文學作品鮮有公開發表流通於世。即使是在1949年前的中國現代文學史上，女性作家的數量都很少。從中我只能挑出四位女詩人：冰心以其1921年到1925年的短詩為名，林徽因是20年代末30年代初新月社的重要成員之一，還有40年代現代派詩人群體中的鄭敏和陳敬容。在我研究覆蓋的時段中，女性詩人在自我塑型敘事中並沒有占據核心位置。第二，中國現代性的開端之後，女性自我表達在白話文創作中有了更多的空間。除了新詩以外，新的現代女性的形象在女性作家寫作的小說中得到了體現，包括冰心、廬隱、蕭紅、丁玲和張愛玲等。這些女作家將自己作為表達的主體，並在作品中議及社會性別化的女性主體性問題（Chow 1991；Liu 1995）。然而，相較於將中國從深刻危機中解救出來這一宏大敘事，這種尤為社會性別化的主體性被迫只能在中國現代性的話語形成期占據極為邊緣的位置（Barlow 1991；Larson1993）。中國的現代性誕生於中國敗於西方列強的存亡時刻，因此中國現代性有一種心理上的急迫感，是由西方侵略所產生的應激反應。拯救中國日程表上最重要的事務是讓新知識分子建立一個新社會、新國家以及新的民族自我身分，而不是一個性別化的身分。因此，可以說新民族身分是建立在更加男性化而非女性化的幻想敘事上的（Wang 1997）。從這個角度來說，1949年以前中國現代性話語中還沒有開始對性別化的現代性的書寫。雖然說我把女性詩人置於討論之外，我非常清楚女性寫作的歷史背景，我也同樣對男性居支配地位的自我模塑話語持批評態度。我希望在之後的學術界中，會有更多從女性主義角度探討女性寫作如何塑造中國現代性話語的著作問世。

　　因為現代性這個概念是二十世紀之交由西方引入中國的，同時也因為我在此討論的詩人們多多少少受到了一些西方詩人的影響，所以一個比較的視角，有學者稱之為「跨語際探究」（Liu 1995）則是必須的。為此，我們必然討論一些同時對中國詩人和西方對應詩人的跨文本閱讀。但這種跨文本閱讀不會重點關注特定文藝流派或運動對中國詩人產生的影響，而是更多關注西方現代性的特定話語是怎樣在中國語境下得到接受和轉換的，這些話語都是多多少少以聯想性因素而非因果律鬆散編織起來的。我在這裡討論的現代性話語與進步、民族主義、頹廢、傷悼、自戀、碎片和記憶密切相關。在這本書中我不會給我所討論的詩人按上派別和群體的標籤，不管是浪漫派、象徵主義者或是現代派。在這本書中忽略這些派別和運動的原因並不是我認為他們不重要。然而，因為我的研究的重點在知識分子對現代性的感知和現代中國詩歌中自我的概念的關係，我認為為了更有效更具批評性地研究新時期新知識分子的影響，我們必須超越文藝運動和風格的壁壘來研究現代中國身分的話語形成過程。於是，我會討論以下這些問題：何為新的現代自我？尋找這種新身分的旅程主要有怎樣的特點？最後，現代自我在中國的現代性中是如何模塑並整合的？為了研究這些問題，我將這本書分為三個主要部分。

　　因為五四時期的自我意識在郭沫若的《女神》中達到了頂點，所以我的研究就從現代「自我」的肇始展開。郭沫若的現代性是由一個進步的身體表達出來的，而新的現代的自我也是從中創造出來的。我在此指出三種想像身體互為關聯的方式：本能型的身體、隱喻型的身體、和自我犧牲型的身體。在我看來，郭沫若有關創造能量來源的身體這一概念主要收到了惠特曼、尼采和伯格森的啟發。在開始我本章的討論之前，我會首先討論郭沫若接受的惠特曼身體的生命力概念、尼采的身體本能力量，以及伯格森的身體能量，然後通過對郭沫若里程碑式的詩歌作品《天狗》的文本分析，我會討論從肉身和本能的身體創造個人自我的過程。然後我會討論隱喻性身體在郭沫若的泛神論觀念中顯現為泛宇宙的

大自我的化身。最後，通過三種民族主義形象的構建，我會考察激情的身體為了新民族身分的誕生而進行自願的獻身行為。

西方的現代性雙重面直到19世紀中期，波特萊爾將現代性視作反啟蒙的頹廢氣質之後才被明顯地表達出來，而與此迴異的是，進步與頹廢的二元雙重性在其初始階段就同時刻寫在了中國現代性的標誌上。頹廢的觀念首先被李金髮引入，他的詩歌標誌著中國現代性的又一個話語轉折。因此，我在第二章中主要研究了李金髮作品的頹廢身體，生命力的反高潮運動，力比多能量的危機，以及時間作為非生長性的概念。與郭沫若進步向上的、勝利的自我截然不同，李金髮的自我，由於其匱乏生命力，必須永遠受制於轉瞬即逝的倏忽而過的時間，最終導致一種向內轉的自省意識。討論特別關注李金髮具有時代意義的作品〈棄婦〉，以期顯示郭和李之間的話語張力，並同時觀察李金髮詩歌中身體頹廢的切實表現。然後我會分析李金髮反啟蒙敘事中包含的現代性的負面意義，即從太陽的元光源轉過身去。因為對太陽的拒絕，李金髮的自我也就退縮入由折射光形成的洞穴圖景。因此我辨別三個類型的反照敘事，包括礦物的、自然的和植物的。正是從這種反啟蒙的反照敘事中，李金髮建立起來一種自反性意識。李金髮的頹廢美學始終貫穿著一種深刻的悲悼意識，這也是自我在現代性日益世俗化境況下的必然後果。所以我運用了佛洛伊德關於哀悼、個人化和新意義創造的理論，指出哀悼是將失落的經歷內在化並以負面的頹廢敘事重塑一種從內部支撐自我的新能力。當郭沫若和李金髮之間的張力得到釐清之後，我便轉向從這組對立項中萌生的第三種。這整合的第三種就在戴望舒的作品中得到呈現。

在第三章中，我討論了戴望舒的自戀身體，碎片化的現代性靈光在身體中得以捕捉，一種新的自我意識則通過他的記憶敘事塑造出來。在我的討論中，我也將戴望舒關注的主題和波特萊爾、魏爾倫、雅姆和道生的詩歌做了一些互文本的比較閱讀。通過挪用齊美爾、克拉考爾、本雅明、弗里斯比和波特萊爾關於現代性的論述，我考察了戴望舒轉向日常的生活世界這一中國現代詩歌中的話語轉型。然後我檢視了戴望舒的

記憶敘事，特點是有太多的個人日常生活歷史，可以從中重建失去了的自我。因為身體是戴望舒記憶敘事中最強力的一個元素，我便轉而揭示其個體重新融入整體，以及將現代生活的痛苦經歷轉化成內在昇華的作用。在闡明戴望舒記憶敘事中身體的作用之後，我繼續解讀貫穿他詩歌中花卉和女性融合的多種含義。我尤其關注花卉的話語與女性、時間、流亡、夢、蝴蝶、傷悼和書等意象之間的微妙關係。最後，我討論了戴望舒詩歌中的自我精神分析，這種分析在自戀身體所產出的自我的雙重意識中尤其突出。在戴望舒的自戀身體中，自我省察的行為來自其對他者存在的清晰意識，這和郭沫若完全抹消他者迥然不同，也就標誌著一個現代自我逐步趨向成熟過程中的新階段。

在本書結論中，我簡述了一些西方有關成熟與現代性的思想，包括康德、黑格爾、尼采和傅柯，以反映中國現代性自我模塑的話語構成過程中對成熟的渴望（從魯迅到郭沫若、李金髮，然後到戴望舒和穆旦）。本書的結論是，考慮到自我的規範性自主和詭異狀況，中國現代性中對一個新的中國民族身分的塑造還是一個未完成的工程。

【第一章】進步身體的辯證法：
郭沫若《女神》中自我，
宇宙與民族身分

> 我便是我呀！
> 我的我要爆了！
> ——《天狗》

如果說自我意識，自我覺醒與自我主體性是界定現代性話語的根本要素，那麼，追尋「中國現代性中自我話語的形成軌跡始於何時、何處？」這一問題就尤為重要。無論我們今天對郭沫若（1892-1978）的人品和作品如何言說，要回到這個問題，郭沫若是無法繞開的詩人。郭沫若最先對這個根本性的問題做出了至為關鍵的回應。儘管對他的詩藝以及意識形態立場持疑，但從歷史事實的角度仍可達成某種批評上的共識。他那部誕生於1921年中國現代性啟蒙大業始初的詩集《女神》仍值得我們重新細讀、研究，進而重塑其詩的特異性、文本性與多重性。

早至1923年，卓越的現代詩人學者聞一多（1899-1946）就曾宣稱郭沫若是中國「第一個現代詩人」，並且把他嶄新的詩歌風格概括為：「完全是時代的精神——二十世紀底時代的精神」。他還稱讚郭沫若的第一部詩集《女神》「真是不愧為時代底一個肖子」（1923年）。另一個唯美詩人宗白華，最先認識到郭沫若詩歌的價值，並把他的詩發表在自己所主編的雜誌《學燈》上，從此讓郭沫若享譽文壇。《女神》的發表在白話詩運動中象徵著「一個新的世界觀，新生命情調、新生活意識」（宗白華1941）。五四運動爆發於1919年[1]，《女神》中的詩大多

---

[1] 對於「五四運動」與「新文化運動」更進一步的討論，請參看周策縱《五四運動：現代中

發表於1920年的《時事新報》副刊《學燈》，並在1921年結集出版。這一簡要的年代背景顯示了郭沫若的《女神》寫於五四運動的鼎盛時期。《女神》的出版，及其所表現出的精神通常被當作五四「狂飆突進」期的「喇叭手與象徵」（穆木天1941），這對於終結古典詩歌的獨尊地位，開創一種新的文學形式（稍後被稱之為「新詩」）而言意味最為深長（Roy 1971）。

然而，從更為廣闊的歷史視角來看，使《女神》成為新文化運動中最值得稱頌的，與其說是其對文學樣式成熟與新詩文類合法化作出的貢獻，不如說是通過引進一整套西方啟蒙運動以降的劃時代現代性觀念，適時地點燃了中國知識分子對新民族自我身分的激情與渴望。這些觀念包括時間的邏輯，與一種歷史的時間意識：不斷發展、進步、向著一個完美的未來邁進，從本質上，即為線性時間的螺旋上升觀念。郭沫若移植了西方的價值與意義的範疇，即為「話語實踐的肇始」（initiation of a discursive practice），使得自我開始進入漢語的語境，這些稍後都充當了一個始源性的母模，中國現代文學中現代性的五光十色便由此釋放[2]。

基於對《女神》之歷史特性的理解，我們便可合理地提出下列問題：新文化運動激進地宣導全盤否定傳統的敘述範式，以及凝聚個體的宏大結構被粉碎，文化的危機日益加重之時，新的現代自我之創造如何可能？郭沫若通過什麼，從何處，以何種方式開創了新自我的話語——爆炸的、創造的、進步的、解放的，同時也是毀滅的、斷裂的、超越性的，以及被主流的新派知識分子所認同的自我與宇宙存在同一體？簡而言之，這種從《女神》中誕生的新生自我只能在身體中或被身體，抑或

國的知識分子革命》（Chow Tse-tsung, *The May Fourth Movement: Intellectual Revolution in Modern China*），1960年。

[2] 米歇爾・傅柯（Michel Foucault）構造這個短語來指涉那些「不僅生產出自己的作品，而且生產出構成其它文本的可能與規則」的作者。見於 Foucault, *What is an Author?*（傅柯《什麼是作者？》），載於唐納德・布沙爾（Donald F. Bouchard），編介：《語言、反記憶與實踐》（Language, Counter-Memory, Practice），1977年。就此而論，郭沫若並非簡單地作為《女神》的作者，他同時還扮演了將「自我」的話語播撒入中國現代文學中的啟幕者。

由身體來模塑、形構與創造[3]。

目前的郭沫若研究所涉及的身體觀念，其作用常常受到忽略。此一學術疏漏實際上成為了郭學中的盲點。然而，對於郭沫若詩歌中常常涉及到的身體實際上並未逃過一些批評家的法眼。1923年，聞一多曾敏銳地注意到《女神》有「許多人體上的名詞如腦筋，脊髓，血液，呼吸，……更完完全全的是一個西洋的doctor底口吻了」。遺憾地是，聞一多並未進一步深入探討這一發現，他提及這一現象僅是為了證明郭沫若在他的詩裡顯現出的「科學知識」。

通過對郭沫若詩歌中身體觀念的關注，身體觀念在自我誕生之進程中的位置，及其與中國現代性的關係便可獲得確定，我所採用的表述至少具有兩個視點：一、「知識考掘學」本身能夠提供我們具體分析的範式：一種極其細微地關注點；二、跟隨「考古發掘」的曲折路徑，郭沫若詩歌與詩學中的身體得以重現，對中國現代性大業中的身體地位之再定位——中國現代文學中一種身體的詮釋學修辭——得以成形。然而我們必須持有一個前提，後文中對於有關身體的自我之塑造、創造與誕生這一歷史事件的解釋與分析總是置放在二十世紀早期的中國社會－文化之危機語境中與中國現代性話語的構建中進行，且行之有效。只有在這樣的歷史框架中，下面的討論與解析才具有方法論上的效力與策略上的效果。

一、影響探源：現代身體的誕生

正如上文所示，身體與身體元素常常作為《女神》中的主題供郭沫若用來創造自我。那麼，作為生成性力量來源的身體理念又從何而來？

---

[3] 在此，我借用了史蒂芬‧傑伊‧格林布拉特（Stephen Jay Greenblatt）的術語「模塑」（fashioning），並試著將其運用於漢語語境中，以求理解在中國現代詩歌中對模塑人類身分自主性的自我意識。據格林布拉特語源學的探究，「模塑」一詞與肉身中「自我的形成」，以及模塑「新生兒的頭骨至適當的形體」具有緊密的聯繫，參見於格林布拉特（Greenblatt）：《自我塑造的復興：從莫爾到莎士比亞》（Renaissance Self-fashioning: From More to Shakespeare），1980年。

中國傳統文化無疑不會為詩人提供這樣的資源，因為身體在其中被視作次要的，低下的東西，而應遭到完全地排斥[4]。只有在現代性的時代，身體概念才第一次被頌揚，並與新的個人身分概念和自我概念緊密相連（Taylor 1992；Giddens 1993）。通過《女神》中這份頗長的身體詞彙表，我們發現郭沫若詩中的身體作為創造自我的概念直接或間接地源自於西方資源，主要來自美國詩人沃爾特・惠特曼，德國哲學家弗里德里希・尼采以及法國哲學家亨利・柏格森。正是在這些作家的影響與激發下，郭沫若意識到身體在創造一個現代自我時的創造性作用。依次而言，他從惠特曼那裡吸收了富有生命力的身體觀（bodily life-force），並為他的新詩創作借用了惠特曼的身體詞彙表；從尼采那裡接受了身體－本能的觀念（bodily-instinct）；從柏格森那裡借用了身體能量的理念（bodily-energy）。

在《女神》出版後，郭沫若常被尊為「中國的惠特曼」，他本人也非常享受這一頭銜[5]，他受恩於惠特曼之巨由此可見。在他聲名大噪之後，當他想起他早期的詩歌創作時，他將自己的詩歌分為三段：泰戈爾式、惠特曼式與歌德式。「第二段是惠特曼式，這一段時期正在『五四』的高潮中，做的詩崇尚豪放，粗暴，要算是我最可紀念的一段時期」（郭沫若1992：76-77）。郭沫若最初接觸到惠特曼的詩是在日本學醫的時候。1919年的中秋，他帶著一冊有島武郎的《反抗者》，裡面有羅丹（Rodin）、米勒（Millet）與惠特曼。之後，他讀到了惠特曼的

---

[4] 在儒家或道家傳統中，身體依附於某種精神目的。例如儒家認為身體僅僅是抵達道德的有用中介；在道家中，身體是達至宇宙無我境界的障礙而應遭到完全的拋棄。請參看杜維明：《儒家思想中的自我與他者》，載於安東尼・J・馬塞拉（Anthony J. Marsella）編：《文化與自我：東西方視野》（Culture and Self: Asian and Western Perspectives），1985年。亦載於羅傑・T・艾姆斯（Roger T. Ames）：《中國古代思想中身體的含義》（The Meaning of Body in Classical Chinese Thought），載於《國際哲學季刊》（International Philosophical Quarterly），14輯，1984年。

[5] 惠特曼對郭沫若文本上的影響已經得到了充分地考察，沒有必要在此重複這些研究。然而，我的重讀將關注惠特曼《草葉集》中的身體概念對郭沫若《女神》中詩歌意識的影響。對於文本影響的研究，參看大衛・陶德・羅伊（David Tod Roy）：《郭沫若：早年》，1971年（Kuo Mo-jo: The Early Years）；《郭沫若研究》（1-6輯），1985年；《郭沫若專號》，四川大學學報，1979年；李振聲：《郭沫若早期藝術觀的文化構成》，1992年。

《草葉集》，甚至翻譯了其中的一些詩，儘管這些譯作從未出版。在他讀到惠特曼之後，在幾個月內他歡欣鼓舞地寫下了一系列詩，正如他所說「像火山一樣爆發了起來」（郭沫若1990：220）。在惠特曼的直接影響下，郭沫若寫下了他大多數的優秀詩作：《立在地球邊上放號》、《地球，我的母親！》、《晨安》、《鳳凰涅槃》、《爐中煤》、《匪徒頌》、《天狗》、《心燈》和《巨炮之教訓》（Roy：79）。

除了惠特曼對郭沫若詩藝的影響之外，惠特曼對身體的激越讚頌，決定了郭沫若對身體這一主題的關注。在《草葉集》中，惠特曼或許是現代文學中最詩意的身體創作者。他讚美身體，讚美身體的每個部分、四肢、器官與感官，頌揚產生自身體的力比多生命力，比如名作〈我歌唱帶電的身體〉（I Sing the Body Electric）、〈自我之歌〉（The Song of Myself）以及〈橫過布魯克林渡口〉（Crossing Brooklyn Ferry）。惠特曼前所未有地豐富了身體的運用，並且首先將個體的自我身分創造與之聯繫了起來。在〈橫過布魯克林渡口〉一詩中，惠特曼（1969：152-153）寫道：

> 我之所以成為我也是由於我的肉體，
> 過去的我是怎樣，我知道是由於我的肉體，
> 將來的我是怎樣，我知道也是由於我的肉體。[6]

對於惠特曼來說，身體是自我誕生首要的能量來源，是使得個體生命初生與成長的神聖創造力的來源。一言以蔽之，惠特曼世界中的身體是生命生成的源頭，身體總是為自我及其身分開創新力。

惠特曼豐富的身體詞彙表（儘管含有過多的男性特徵）包括：四肢、器官、感官與知覺，以及對身體的徹底頌揚，成為了個體自我最主要的能量來源，而且使郭沫若開始意識到身體在《女神》中的深遠意

---

[6] 楚圖南中譯，惠特曼：《草葉集選》（1994：161）。

義。儘管，還沒有確證顯示郭沫若特別地欣賞惠特曼式的身體觀念，但我們亦可想見惠特曼的身體詩歌給郭沫若所帶來的直接衝擊。他在為數眾多的回憶錄中提及了惠特曼刺激了他的身體經驗。事實上在提及寫作經驗的許多場合，他都願意去描述創作時刻特別的身體經驗。1936年，在〈我的作詩的經過〉一文中（1987：216-217），郭沫若記錄了創作爆發的過程中那最不平常的身體感覺：

> 《地球，我的母親》是民八學校剛放好了年假的時候做的，那天上半天跑到福岡圖書館去看書，突然受到了詩興的襲擊，便出了館，在館後僻靜的石子路上，把「下馱」（日本的木屐）脫了，赤著腳踱來踱去，時而又率性倒在路上睡著，想真切地和「地球母親」親暱，去感觸她的皮膚，受她的擁抱。……在那樣的狀態中受著詩的推蕩，鼓舞，終於見到了她的完成，便連忙跑回寓所把來寫在紙上，自己覺得就好像真是新生了的一樣。
>
> 〈鳳凰涅槃〉那首長詩是在一天之中分成兩個時期寫出來的。上半天在學校的課堂裡聽講的時候，突然有詩意襲來，便在抄本上東鱗西爪地寫出了那詩的前半。在晚上行將就寢的時候，詩的後半的意趣又襲來了，伏在枕上用著鉛筆只是火速的寫，全身都有點作寒作冷，連牙關都在打顫。就那樣把那首奇怪的詩也寫了出來。那詩是在象徵著中國的再生，同時也是我自己的再生。……
>
> 在民八、民九之交，那種發作時時來襲擊我。一來襲擊，我便和扶著亂筆的人一樣，寫起詩來。有時連寫也寫不贏。

在〈湘累〉一詩中，郭沫若用類似的話語描述了被逐詩人屈原那難以抑制的情感：「從早起來，我的腦袋便成了一個灶頭；我的眼耳口鼻就好像一些煙筒的出口，都在冒起厭惡，飛起火星，我的耳孔裡還烘烘地只聽著火在叫；灶下掛著的一個土瓶——我的心臟——裡面的血

水沸騰著好像乾了的一般，只迸得我的土瓶不住地跳跳跳」（1982：19）[7]。由此可見，郭沫若對惠特曼的閱讀所激發的身體經驗多麼強烈。郭沫若把這些強烈的身體經驗融入他的作品，他創造出了中國現代文學前所未有的「身體詩學」。

　　儘管郭沫若受尼采影響的程度有限，亦或許這只是一種十分間接的影響，但尼采對郭沫若身體本能觀的形成非常重要。郭沫若對尼采及其哲學的簡略評論，暗示了《女神》中一股重要力量皆源於此。1920年左右，郭沫若開始閱讀尼采的作品，尤其是《查拉圖斯特拉如是說》。他試圖翻譯此作，然而僅僅完成了此書的第一卷，並在1923年出版。在一篇題為〈雅言與自力〉（1982：186-190）的文章裡，郭沫若試圖回應朋友的疑問，即為什麼他沒有繼續翻譯這部作品隨後的章節時，他討論了尼采的個性，其哲學理念以及理解這部作品的困難。他也建議讀者不要採信他的翻譯，因為那只代表了他自己對於尼采之理解的錯誤一面。然而，在另一篇寫給詩人宗白華的重要長文《論中德文化書》中，郭沫若引用了尼采的酒神精神與日神精神的概念，他說道：「希臘文明之靜態，正如尼采說：乃是一種動的Dionysus（酒神）的精神祈求一種靜的Apollo（太陽神）式的表現」（1990：151）。受了尼采本能力量之哲學的鼓舞，郭沫若認為人的本能應該得到解放與提升。他甚至比較了尼采與中國哲學家老子，認為他們之間了無差別，殊途同歸，即「他們兩人同是反抗有神論的，同是反抗藩籬個性的既成道德，同是以個人為本位而力求積極發展」（頁157）。在《女神》中的《匪徒頌》一詩中，他說道：「宣導超人哲學的瘋癲，欺神滅像的尼采呀！」（1982：114）。

　　身體，乃是尼采哲學中的重要主題。據尼采所說，萬物開始於身體，身體是意義的真正起源，真實的自我是身體的「我」。身體是感知、激情、直覺與衝動的根源，身體構成了我們（人）。正是身體在感覺著、意願著、思想著與行動著。身體的「我」不是一個發現，而是一

---

[7]　郭沫若的所有詩歌作品均引用自《郭沫若全集文學編》，卷1（1982）。

個創造。對於尼采來說，為了獲得自我這一領域內的更多知識，人不得不與更低的部分發生交涉，即與身體、直覺、內驅力、欲望、衝動與需要發生交涉。真正的自我（Self）通過創造性直覺而體現，成為權力意志的彰顯。尼采總是讚頌酒神對於生命的釋放，讚頌生氣勃勃的身體。正如郭沫若翻譯的《查拉圖斯特拉》的第一卷所說：「我的弟兄，在你的思想和感覺的背後，有一個強有力的發號施令者，一個未識的智者——他名叫自己。他住在你的肉體裡，他是你的肉體」（尼采1958：26 錢春綺譯）[8]。尼采哲學中的直覺身體作為生命與自我的原動力必然對郭沫若的身體觀念產生了一定的影響，在他的詩歌創作中，直覺身體亦被視作「身體的生成」（the bodily becoming）。

柏格森對郭沫若的影響也是無可否認的。早至1920年的創作爆發期，郭沫若向詩人宗白華（後來成為《學燈》的編輯）寫道：「《創造論》我早已讀完了。我看柏格森的思想，很有些是從歌德脫胎來的。凡為藝術家的人，我看最容易傾向到他那『生之哲學』方面去」（1990：55）。柏格森的生命能量哲學反映在了郭沫若發表於1920年《學燈》上的文章〈生命底文學〉：

> 生命是文學的本質。文學是生命的反映。……Energy的發散便是創造，便是廣義的文學。宇宙全體只是一部偉大的詩篇。未完成的、常在創造的、偉大的詩篇。Energy的發散在物如聲、光、電熱，在人如感情、衝動、思想、意識。感情、衝動、思想、意識的純真的表現便是狹義的生命的文學。……Energy愈充足，精神愈健全，文學愈有生命，愈真、愈善、愈美。

---

[8] 對尼采的身體觀念更深入的研究，請參看理查・A・斯皮內羅（Richard A. Spinello）：《尼采的身體觀念》（Nietzsche's Conception of the Body），1983年；埃裡克・布隆代爾（Eric Blondel）：《尼采：身體與文化》（Nietzsche: the Body and Culture），1991年。就尼采對中國現代文學的影響，可參看樂黛雲富有啟發的論文：《尼采與中國現代文學》，載於樂黛雲編：《比較文學與中國現代文學》，1987年；張釗貽：《尼采與魯迅思想的形成》，1987年。

在另一篇發表於1923年的文章〈印象與表現〉中，郭沫若說他信奉柏格森的動態生命哲學。他認為世界的本質在於生命流動的持續創造，這是完全正確的。帶著這樣的生命觀，郭沫若將藝術的本質定義為：「自我的表現，一種內在衝動的不得不爾的表現」（1986：200）。郭沫若在閱讀《創造進化論》時從柏格森那裡吸收了什麼？在這部著作中，柏格森堅稱生命總是在持續改變，朝著理念無休止地流動。這一生命的進化運動總是向上，升向一個不間斷的進步之中。生命作為一個整體即為一次動態的進化，一次原動力（Elan Vital）所驅使的無終點轉變，原動力即為注滿有機能量的生命力。我們活著的身體所組成的本能能量即為我們在世界中行動的根本。根據柏格森，活的身體一方面永不停歇地尋求蓄積來自太陽輻射出的能量，另一方面在空間內膨脹與不連續的自由運動中尋求爆炸。身體中的能量之爆發將產生一種不安的衝動，推動生命朝著更高的創造狀態進化（柏格森1913年）[9]。

因此，我們可以看到郭沫若吸收了來自不同方面的身體概念：惠特曼的身體－生命力，尼采的身體－直覺以及柏格森的身體－能量。儘管來源不同，但他們似乎包含了同樣的理念，即活生生的身體乃是生命與自我身分的創造性源頭。郭沫若將此一新的身體概念運用到詩歌創作中，使得創造新的現代自我，創造源自社會－文化危機情狀的新的個體身分成為可能。

受到惠特曼、尼采與柏格森身體概念的影響，郭沫若寫出了現代中國文學在身體上最具詩意的作品，其文本的密度幾乎難以在五四時期任何相應的文類中找到。讓我們先來實踐「細微定位的範式」（paradigm of minimal pinpointing），以此標明身體的文本記錄以及揭示郭沫若詩歌中身體刻繪的詳細特徵。通過我們對《女神》的細讀，至少有五個不同的身體特徵得以主題性地呈現。

---

[9]　相對而言，柏格森的生命進化論的聲音在中國新文化運動中相當微弱。那時的許多新文化主將，如魯迅、李大釗、陳獨秀、胡適、周作人以及其它知識分子認為達爾文的進化觀更富吸引力。就五四新文化革命中達爾文進化論的討論，請參看林毓生：《中國意識的危機》，1986年。

第一個主題呈現明顯可見的身體各外部分的肉體形式。包括頭、耳、口、鼻、臉、舌、淚、胸、額、手、足、皮、喉、髮、臂、眼、睫毛以及裸體，這表現了個體對肉身的覺醒。

第二，呈現看不見的身體內部各部分存在的方面，比如血、神經纖維、骨髓、心、肺、脈搏、呼吸以及筋，由此揭示身體的深度。

第三，我們看到內在直覺面從身體之外到內或由內而外的感知，比如節奏、衝動、香吻、醉顏、亮眼、生命的聲波、熱光波、能量、甜露、憤怒的海浪，以及身體之火，其作用在於振興身體四肢的感覺。

第四，可以看到由身體運動驅使下的一系列身體行為，如沸騰的血、感情迸發、飛腳、吻流、心跳、四肢震顫、喉破、饑餓的哀嚎、燃燒的身體、能量釋放、耳朵凝思、嘴巴吞噬／咀嚼／呼吸／啃齧、張開下顎、身體舞蹈。這些行為使得身體的力量／欲望／狂喜得以生成。

第五，一系列由身體各部分及其形象構成的肉身化隱喻與象徵行為，正如頭就像偉大宇宙的意志，淚就像春日的水，血就像雪和雨，呼吸像打雷，地球像母親的身體，春天就像胎動，新芽就像嬰兒，這些象徵行為開創了存在於世界中的強健－身體的奇異性[10]。

---

[10] 這些語彙直接來自於《女神》。這種字面上的排列似乎有點隨意，而且邏輯上並不顯得那麼合理，但如果我們考察了身體的哲學話語，其可理解的程度就會變得相當明晰。馬克思・舍勒（Max Scheler）區分了身體（Leib）－人體與軀體（Körper）－物理身體。根據舍勒的說法，人活在一具活的身體之中，並只能活在這種身體中（Leiblichkeit，「活體性」），它「占據了自我（ego）的領地」，「活的身體是（或彷彿是）自我本身。活的身體是某種堅實的、持久的、不斷之物填充著的客觀事件」，參見於馬克思・舍勒：《倫理學中的形式主義與質料的價值倫理學》，1966年，第二部分，第六篇，A部分，e和f節。亦見於舍勒《活的身體、環境與自我》（The lived Body, Environment, and Ego），載於斯圖爾特・F・斯皮克（Stuart F. Spicker）編：《身體的哲學》（The Philosophy of the Body），1970年。蜜雪兒・亨利（Michel Henry）同樣區分了身體的三種形式：作為生物實體的身體；作為活的存在的身體；作為人類身體的身體。用他的話來說：「這是因為，人擁有一個身體（人類身體），他同樣可以被理解為一個個體……這歸功於他進入世界之中的身體，經驗的個體性真切地成為其真相的準則」（1975：102）。他提出用「我是一具身體」來替代「我擁有這身體」，意為「我之身體的原初存在是具有內在的先驗性，並且最終，這具身體的生命便是自我的絕對生命之模型」。蜜雪兒・亨利：《身體的哲學與現象學》（The Philosophy and Phenomenology of the Body），1975年。對於梅洛・龐蒂（Merleau-Ponty）來說，處身於世界便是占據一具特定身體，這個身體以及這具特定身體是其存在向世界敞開的唯一方式——袒露的存在表達出其存在的含義。「是身體在表現，是身體在說話。……內在於或產生於有生命身體的一種意義的這種顯現貫穿整個感性世界，我們的目光因受到身體本身的體驗的提醒，將在所有

　　對於理解郭沫若如何在詩中開創身體與其各要素之間的關聯，身體的文本闡釋顯然具有重要的意義。從這一簡要的列表中，我們可以理出三個要點：（1）對身體大量的文本紀錄確實存在於郭沫若五四時期的作品中。郭沫若由此被譏諷為一個「迷戀骸骨」（1982：238）的詩人便不覺詫異了；（2）準確地說，郭沫若詩歌中這一厚打身體的文本敘述，一方面揭示了個體存在狀況的深重焦慮與危機感；另一方面，也映出世紀初的中國社會－文化轉變時期，詩人忽然意識到身體可以作為生命生成與真實自我的來源；（3）隨著身體意識的甦醒，隨著直覺力量與生命意志的甦醒，使詩人創造一個新自我，一個來自於危機狀態中的新的個人主義便成為可能。唯有通過身體鍛造出的全新感受力的衝動，才能夠實現對一個新自我的塑造與賦形。一個現代自我的誕生，這一跨時代的大事件最終才能在中國現代性的語境中完成。正如他在〈湘累〉（1982：22）一詩中所示：

　　　　我的詩，我的詩便是我的生命！我能把我的生命，把我至可寶貴
　　　　的生命，拿來自行蹂躪，任人蹂躪嗎？我效法造化的精神，我自
　　　　由創造，自由地表現我自己。我創造尊嚴的山嶽、宏偉的海洋、
　　　　我創造日月星辰，我馳騁風雲雷雨，我萃之雖僅限於我一身，放
　　　　之則可氾濫乎宇宙。我一身難道只是些胭脂、水粉的材料，我只
　　　　能學做些胭脂、水粉來，把去替女兒們獻媚嗎？哼！你為什麼要
　　　　小視我？我有血總要流、有火總要噴，不論在任何方面，我都想
　　　　馳騁！

　　這便是個人覺醒與普羅米修士式的自我創造開始的激盪時刻，象徵了一個朝向啟蒙（Aüfklarung）現代性的衝動時代，一個激發自我啟蒙

其他『物體』中重新發現表達的奇蹟」（1962：197）。見於梅洛・龐蒂：《知覺現象學》（Phenomenology of Perception），1962年，轉引自蕭志輝譯本（2001：256）。因此，在《女神》中一起入身體的表達乃是對身體之存在狀況的考察，它停留在特定的歷史世界，同時看到身體不僅僅存在於世界，也存在於作為一個特定世界之潛在的有生命者。

的時代，期望對中國文化敘述新身分進行重構[11]。在這個方面，郭沫若的《女神》擁有奠基性的動力，代表了自我模塑的獨特敘述。

為了揭示這一開創行為的祕密，我們可以進一步列出《女神》中標誌現代性的新詞彙，並且粗略地將這些孤立的片段歸納為由一個包含「名詞、動詞及形容詞」組成的長句子，而這一長句包含著主題一致的內容（主謂賓形式）。作為抒情主體與語法主語的「我」[12]通過運用源自活的身體的力量去「解放、毀滅、打倒、反叛、譴責、燒毀、淨化與征服」，從一具腐爛的舊身體所組成的舊秩序——「骯髒的血、腐爛的骨架、破碎的四肢、白骨、猥褻的肉體」或簡言之「一個行屍走肉的世界」，「去創造、美化、歌頌、更新、讚美、再生、恢復」一個「新的、明亮的、新鮮的、自由的、偉大的、年輕的、文明的、強壯的、理想的、革命的、壯麗的」「新太陽、新黎明、晨日、紅日、眼光、日升、活潑的太陽；新生的存在、新的宇宙、新的星球、新大陸、新星、新身分、大我與小我；歡樂、明亮、青春、意志、生命、理想、人性、正義、和平、民主、公平、真實、科學、自由、與文明；新力量、新熱量、新曲、新社會、新潮流、新春，並最終達至新民族、新大陸、新東方、新地球、新世界、以及新中國的誕生」[13]。

這一冗長的現代性句法結構，不免有還原主義之嫌，但它卻表達出

---

[11] 米歇爾・傅柯逾越了康德對於啟蒙的論述，認為啟蒙是一個將我們從「不成熟」的狀態中解放出來的過程。「與傳統決裂」以及「對時間的非連續性」感知通過自主決定的理性逐步地成熟起來。對啟蒙（Aüfklarung）的重新界定使得現代性被視作自我塑造、自我轉型與自我發明。正如傅柯注意到，現代人「努力創造自己。這種現代性並不是要『在人本身的存在之中解放他自己』，而是迫使其面對塑造他自己的任務」（頁42）。參見於米歇爾・傅柯：〈什麼是啟蒙？〉（What Is Enlightenment?），載於保羅・拉比諾（Paul Rabinow）編：《傅柯讀本》（The Foucault Reader），1984年。

[12] 對「抒情主體」的進一步討論，請參看莎倫・卡梅倫（Sharon Cameron）：《抒情時間：狄金森與類型的限度》（Lyric Time : Dickinson and the Limits of Genre），1979年；凱奈瑞特・梅耶（Kinereth Meyer）：《訴說與書寫抒情之「我」》（Speaking and Writing the Lyric 'I'），Genre XXII，1989：129-149。就「語法上的『我』」，請參看約翰・V・坎菲爾德（John V. Canfield）：《鏡中自我：一種自我意識的考察》（The Looking-Glass Self: An Examination of Self-Awareness），1990年。

[13] 這些詞語完完全全是從《女神》中摘引出來的。將它們如此排列僅僅是為了看到現代性意識以如此的密度在這本詩集中得到表達。

由身體覺醒的新意識促成的轉化過程。亦即當一個僵化的、病態的、垂死的身體被一個充滿強大力比多力量與直覺意志的創造性身體所毀滅，那麼一個進步的、不間斷的新自我則在新世界中誕生。然而，當新生的自我存在於新時空的世界，以及將新自我與由科學革命所創造的這些現代性的物質產物（例如「電、光、煤、輪船、X光、火車、汽車、摩托、工廠煙囪、炸彈、巨炮、照片、高速公路與飛機」）相結合時，新的自我立即便擁有了現代性的新意義，而自身最終會成為現代理念這一偉大夢想的顯現。事實上，從更深的層面上，這一長句表述了中國的新知識分子幻想：擁抱邁向進步的大轉變與跨時代的嶄新時間意識。

像惠特曼一樣，郭沫若強烈地認同女性的身體。這可以從《女神》所呈現的身體特徵中被清晰地看到。創造與開創了現代自我的身體並非一具享有特權的男性身體，而是一具母性身體、女性身體，具有能夠「懷孕、孕育、生長的胃、胎動、誕生的繁殖與血」的大能。詩人同時賦予母性身體強大的繁殖力（「重重的呼吸、血流、大喉嚨、強壯的骨髓、異常的胃口、再生、生長以及復活的能力」），這使得在她的肉體生殖中，新自我的塑造、創造與誕生不僅是可能的，而且不可避免。這一誕生行為同時內含歷史的命定，即傳統文化大廈的倒塌，進而開創嶄新的空間，心理上受到了對「種族滅絕」的恐懼，對生命獨特性與人格獨立性的夢想[14]。在詩歌《地球，我的母親！》（頁81）中可以看到，郭沫若完全認同一個具有強大生殖力的母性身體：

> 地球，我的母親！
> 我們都是空桑中生出的伊尹，
> 我不相信那飄渺的天上，
> 還有位什麼父親。

---

[14] 魯迅對中國有一天可能被推離地球，以及面臨滅絕種族的境地顯示出了巨大的恐懼。正如他寫道：「保存我們，的確是第一義。只要問他有無保存我們的力量，不管他是否國粹」（1973年）。

地球，我的母親！
我想這宇宙中的一切都是你的化身，
雷霆是你的呼吸聲威，
雪雨是你血液的飛騰。

　　面對二十世紀初中國腐舊文化結構的瓦解，以及對西方現代性的擁抱，郭沫若創造了一具具有強大生殖力的母性身體，以此提供使中國擺脫深重危機的應急解決方案。作品《女神》的命名便顯現出了這樣的雄心，這亦可解釋為什麼新生自我的出現立即吸引了五四時期新知識分子的認同與讚美。「女性的靈魂／引導我們上升」（「*Das ewigweibliche / Zieht uns hinan!*」）[15]。「女神們」在〈女神之再生〉（頁8）中這樣唱道：

女神之一
我要去創造些新的光明，
不能再在這壁龕中做神。
女神之二
我要去創造些新的溫熱，
好同你新造的光明相結。
女神之三
姊妹們，新造的葡萄酒漿
不能盛在那舊了的皮囊。
為容愛你們的新熱、新光，
我要去創造個新鮮的太陽。

---

[15] 這兩行詩來自於歌德的史詩《浮士德》。郭沫若借用過來，並把它們放在《女神》第一首詩的開頭，作為《女神之再生》的序詩。郭沫若在此的意圖很清楚：一個女人引導我們，並引導我們前進／上升。女神的形象或許也令我們想起法國畫家德拉克洛瓦的名畫（Delacroix）的《自由引導人民》，女神在法國大革命間引導她的人民，手上高舉著旗幟。正如歷史告訴我們，這樣一幅原型形象，尤其是作為女英雄的女神常常出現在某個歷史轉變或政治混亂的極端時刻。

女神之四
我們要去創造個新鮮的太陽。
不能再在這壁龕中做甚神像！

　　然而，如果我們對母親的繁殖力、生殖力與孕育力進行更深入的
考察，我們就會發現這具「女神母親」的身體並不僅僅只占有一個單一
的存在：她擁有不止一個的不變身體。令人驚訝的是，她擁有雙重身
體，一個有著矛盾兩面的身體形式。正如巴赫金提出：「所有這類的雙
重形象都有兩個肉體，兩副面孔，都有孕育能力，它們身上都按各種
比例融合和混合著肯定與否定，上與下，褒與貶」（1968：303）。這
是一具單一身體的辯證存在[16]。從這一角度視之，我們可以更加準確地
解開雙重身體的矛盾形式。特別是在雙重身體的內部，以及經由雙重身
體行為、塑造、創造與誕生的自我，乃是在一系列相反的實踐中辯證地
發生的：死亡／再生、毀滅／創造、腐爛／生長、否認／確認、破碎／
建造以及表白／更新。在詩歌〈女神之再生〉、〈鳳凰涅槃〉、〈爐中
煤〉、〈天狗〉與〈浴海〉中，文本充分地證明了這一辯證觀念。〈日
出〉（頁62）便是其中一例：

哦哦，光的雄勁！
瑪瑙一樣的晨鳥在我眼前飛騰。
明與暗，刀切斷了一樣地分明！
這正是生命和死亡的鬥爭！

---

[16] 這一身體的說法得歸功於巴赫金，他出色地討論了「拉伯雷」的怪誕觀念，並激發了我對
郭沫若《女神》中的身體觀構成的重讀。儘管巴赫金的「雙重身體」觀主要與「拉伯雷」
的怪誕形象有關，但當巴赫金重新將怪誕的功能界定為：「存在的形成、生長和癱和的未
完成性、非現成性」（頁52），身體作為「其生長業已超出自身、業已超越自身界限」
（頁317），我們可以在討論中運用這個身體觀念，詳見米哈伊爾·巴赫金：《拉伯雷及
其世界》（Rabelais and His World），1968年，中譯本為《巴赫金全集》，第六卷，《拉伯
雷研究》，李兆林、夏忠憲等譯，1998年。

哦哦，明與暗，同是一樣的浮雲。

我守著那一切的暗雲……

被亞坡羅的雄光驅除乾淨！

是凱旋的鼓吹啊，四野的雞聲！

1920年3月間作

這種「明與暗」的交錯辯證地創造了一個張力時刻：「生命和死亡的鬥爭」，以及一個轉化的時間。用巴赫金的話來說：「哪裡有死亡，哪裡就有降生、就有交替，就有革新」（頁409）。最終，在世界的嶄新時空裡，詩人讚頌了「光明」戰勝「黑暗」的勝利：《女神》呈現出一幅壯麗的場面，其中瀰漫著快活、歡樂、狂喜與堅定的狂歡儀式。

二、作為創造進步自我的本能身體

在郭沫若「身體詩學」的文本性中，上述的一般性研究只是辨識了身體擁有了的特徵，形式，以及展現出的功能。然而，自我模塑與生成的特定過程如何進行卻還未被釐清。通過思考自我如何被塑造以及身體如何生成的問題，我們有必要對一首家喻戶曉的作品〈天狗〉（頁54-55）進行文本細讀，欲求釐清郭沫若在《女神》中如何通過對身體的喚醒從而創造自我主體性。這樣，郭沫若詩歌中的身體詩學與中國現代性大業中的主體性修辭便可得以重構。

天狗

我是一隻天狗呀！

我把月來吞了，

我把日來吞了，

我把一切的星球來吞了，

我把宇宙來吞了，

我便是我了！

我是月的光，

我是日的光，

我是一切星球的光，

我是X光線的光，

我是全宇宙的Energy的總量！

我飛騰，

我狂叫，

我燃燒。

我如烈火一樣地燃燒！

我如大海一樣地狂叫！

我如電氣一樣地飛跑！

我飛跑，

我飛跑，

我飛跑，

我剝我的皮，

我食我的肉，

我吸我的血，

我齧我的心肝，

我在我神經上飛跑，

我在我脊髓上飛跑，

我在我腦筋上飛跑。

我便是我呀！

我的我要爆了！

1920年2月初作

　　〈天狗〉一詩作於1920年2月，發表於當月的《時事新報・燈》。全詩分五節，共29行，每一行的開頭都以「我」作為抒情主體（lyric agent），這是一首在中國現代詩歌史上極其特別的作品。整首詩是由29個作為抒情主體的「我」所激起的自動宣示；換言之，抒情身體經歷了一次主體「我」多重階段的戲劇性旅行。如果使用「我」的能力以及其它與主體相關的詞語成為自我意識與個人身分出現的一個前提（Giddens 1991），那麼此詩可以被視作現代中國之自我的發生的一個意義深遠的轉捩點，因為在過往的中國詩歌中從未有過任何一首詩如此密集地使用「我」作為抒情主語。正如李歐梵所言：如此持續頻繁地使用「我」揭示了「郭沫若的思維態勢在於強調主體自我的全能」（Lee 1973：190）。

　　照字面看，這首詩所述相當簡單：「我」吞噬了宇宙之後所發生的事。從主題上來看，這首詩直白得令人迷惑：通過一步步的反覆吞噬，從身體中誕生了自我。但自我如何通過身體的生成與形塑而誕生的問題則相當複雜。為了解開自我經身體而誕生的祕密，我們需要對這首產生了重要影響的作品進行一絲不苟的文本分析。按照「我」的一連串「吞噬／吞食行為」時序的敘述方式，我姑且把全詩分為兩部分：一是「從外至內」到「由內向外」；二是從「從上到下的縱軸（垂直）運動」到「由後向前的橫軸（水平）運動」。

　　讓我們首先討論「從外到內」到「由內向外」的結構。詩開頭第一行：「我是一條天狗呀！」便徹底地表現出第一人稱的「我」——抒情主體，句子主語——的反常，異端的立場和顛覆性行為：「我」與中國傳統民間傳說中代表邪惡、厄運與災異化身的反面形象——「天狗」[17]相認同。首先，這一「異端」的認同行為被句子本身的感歎語式強有力地加以肯定，並從而重新定義了「我」的身分。自此之後，「我」作為一隻天狗的全新地位得以確立。通過與「天狗」的完全認同，而顯明

[17]　根據中國的民間傳說，當月食或日食發生時，人們相信是天狗在吞食日或月。所以當日、月食發生時，不論何時人們都會擊鼓鳴鑼驅趕代表著不幸與災難的天狗。

「我」為野獸的新身分之後，「我」才能夠進行下面一連串的吞食／吞噬行為：吞月、吞日、吞星球、吞全宇宙。「我」之所以能吞食／吞噬這些存在於「我」身體之外，並大大超過「我」之身體的遙遠的「日、月、星球和全宇宙」，全然依賴於天狗同類相殘的本性，它具有一股強烈的動物性欲望來吞食它面前的一切，而毫無憐憫之心。現在「我」成為天狗，在一切面前，「我」擁有了同樣的動物性欲望。重複了四次的「我……吞了」清晰地顯示了強烈欲望的積極實現，而且實際上應被理解為一種轉化的意動行為（a tropic action of transformation），即在「我」身體之外的遙遠的空間之物——「日、月、星球、全宇宙」轉變為時間之物，以便用以吞噬／吞食。亦是說，「我」吞噬「日、月、星球、全宇宙」的空間過程變為「我」身體中的時間過程，廣袤無垠的宇宙被吸入了有限的「我」之存在。就此而言，正是通過使外在空間變為「我」之內在身體的「吞食行為」，由「日、月、星球、全宇宙」所構成的外部空間才最終轉化為「欲望主體」的內在空間。

經過獸性「我」的吞食之時間化，這一空間的肉身化或身體化才得以達成。在這裡，時間的改變成了喚醒主體性意識的關鍵要素。正如芬格萊特（Fingarette）所論，在自我的構成中，時間是一個關鍵性要素，對於時間的體驗「生成了一個特定的自我與大寫的自我」（1963：208）：「自我與時間有一種特別的關係。作為『本體』而非現象存在的大寫自我，並不處於現象性的時間與『主體』的時序中，而是時間（主體）順序的來源」（頁206）。「就啟蒙而言，時間的確是透明的，就蒙昧來說，時間則通常令人困惑，總是成為一個負擔」（頁212）。在「我」持續地吞食／吞噬使「日、月、星球、全宇宙」的空間形式轉化為肉身性的時間形式後，「我」認識到了自己，並獲得了「我」之獨特性的意識——「我便是我了！」。作為「天狗」的「我」吃掉了所有異己與他者的空間之物，進而空間之物在「我」的體內溶解了，最終使得欲望主體發現了一個沒有他者存在的自我、一個同質的獨一體（a self-same singularity）以及一個自洽的主體性。因此，「我」變

成了世界的中心：一個主體中心自我的孕育事件。同時，「我」不僅成為了自我的中心，也成為了全宇宙的中心，因為全宇宙之物早已被「我」同類相殘的「吞食」行為所征服，進而成為了主體身體的部分，「我」及「我」的身體已具有了宇宙的功能特徵——自我覺醒的膨脹，自我中心主體的誕生。這種自我膨脹在一個以泯滅自我為傳統的社會中則是革命性、顛覆性的。

在第二節中，既然「我」已經把「日、月、星球、全宇宙」吞食進了「我」的體內，「我」已經完成了從外部空間向內部的身體時間的轉化，最終「我」把自我的覺醒視作身處整個宇宙中的單一身分。因此，「我」自然便擁有了成為生長與更新之源頭所應具有的一切物質形式——「光、熱和能量」。「我是……的光，我是……Energy的總量」的肯定句式清楚表明「我」已不再依賴「我」的身外之物而存在了。「我」已經吸收了宇宙的形式。因此，「我」便是「我」自己的「光、熱和能量」的來源。「我」自足、自構、自創、自生。最重要的是，此一能量與力量的積聚從數量上對空間之物的吞食轉向質量上在個體體內能量的生成，即一次具體顯示時間之身體化的行為。全宇宙的「光、熱和能量」全部匯聚於一個個體的身體，一具從黑暗的沉睡狀態中覺醒出自我意識的身體，已使「我」的身體膨脹到了白熱化的極限，一種無法忍耐其殘酷性的存在狀態，「全宇宙的energy的總量」之爆發與釋放勢在必行，無人無物可擋。

於是，在第三節中，一個動態的、神經質的、興奮的世界顯現出來，「我飛奔（如電氣一樣），我狂叫（如大海一樣），我燃燒（如烈火一樣）」。這些肢體部位的動態活動，即腳（飛奔）、喉嚨（狂叫）、以及細胞（燃燒），這一系列動詞一方面表達了「我」吞食「日、月、星球、全宇宙」後具有「光、熱和能量」的物質轉化形式，即快速度（如電氣飛跑），高聲音（如大海狂叫）和強熱能（如烈火燃燒）；但另一方面，「飛奔」、「狂叫」、「燃燒」外加三個「飛跑」的一連串行為本身不具有造物的功能，或任何清晰的目的，因為這些動

作全都為不及物動詞。所有的這些行為的功能是為了顯現主體的身體在其消耗了全宇宙，與成為宇宙總能量之後的能量狀態：強力的激情與不安的騷動，這不過成為了接下來的新行動的序曲。也就是說，「我」在前20行中只完成了由外在空間向內在時間化的轉化過程，「我」的自我覺醒來自於身體形式的時間維度，「我」在其中匯聚了全宇宙的能量。「我」雖已具備了創造「光、熱與能量；速度、聲音和熱能」的能力，但創造和徹底爆發的時機還沒有到來。包含著全宇宙之總能量的身體仍舊以老套、頑固與冷漠的形式存在——一具無生殖力的軀體，它需要被完全的更新、變形與徹底地脫胎換骨，用青春、旺盛的生殖力以及豐饒的能量去加以除舊換新。只有如此，「由內向外」的現代新「自我」的創造與誕生才會成為可能。

所以在第四節，當「我」體內的激情、騷動四處奔突、蔓延、裂變時，對自我的否定與對自我的更新同時開始了。「我」開始毫不留情地自噬其身／自我吞食，「我剝我的皮，／我食我的肉，／我吸我的血，／我齧我的心肝」，進而最後穿入身體的內部：「我在我的神經上飛跑，／我在我脊髓上飛跑，／我在我腦筋上飛跑」。這一自我轉變的戲劇性的場景可以被歷史性地視作一個非常特別的事件，以及在現代性新身體的轉變中的劇痛時刻。通過極痛的身體性經驗與自毀的極度苦惱，一個新的現代主體性誕生了。「剝、食、吸、齧以及飛跑」的行為暴力性地影響「皮、肉、心、肺、血、神經、肝、腦」這些身體部位的真意為何？字面上，它們的功能定義了這些行為的身分，例如，「我」強烈的動物性欲望齧食並刻上了行為的限度，例如，這一行為僅發生在「我」的身體上。換言之，「我」只是將自己齧食。但就主題的上下文而言，自食與自毀的行為精確地產生了變化的行為。他們成為生長的要素，以及一具新鮮身體誕生的場所。所以在徹底的自我質變，自我瓦解以及與舊身體全然地斷裂之後，整個形塑過程才得以完成，在「我」的軀體歷史性地割斷與分裂的時刻：一個嶄新的自我誕生了。

　　「我便是我呀！」[18]在末節，「我」天啟般地最後宣示，並非是奮力一吼的產物，而是在經過一段曲折之途後（從吞食外在的他者進入內部的能量聚集，又從內部的自齧朝向外部的自我生成），「我」終於贏得了自我身分的合法性地位。一個中心主體站立起來。從第一節的「我便是我了！」的自我形塑開始，「我」的自我意識之覺醒（我是我自己，獨一的「我呀」，而不是別人，這與拉康鏡像理論中的自我觀念相呼應），以及肉身化「我」的雛形，在征服、合併了他者之後，使自我形塑得以完成，「我便是我呀！」。雅克・拉康（Lacan）對於人類主體概念的新圖景——小我或自我——可以幫助我們釐清郭沫若「我便是我了！」與「我便是我呀！」的特殊句法學。我們使用拉康的架構，便可將第一個「我」指定為說話的主語「我」，第二個「我」則為對主語個性化的認同「我呀」，而「是」則被歸於「我呀」的存在屬性。據拉格蘭－蘇利文（Ellie Ragland-Sullivan）所言：「我呀是理念中的自我，其基本形式在有意識的生命中不可追溯，但卻反映在其所選擇的認同物件（第二自我或自我理念）中」（1986：3）。如果我們用拉康的「三界」概念（想像界或鏡像階段；象徵界和實在界）來分析此詩，那麼可以更好地理解自我誕生的形塑與構成過程。大致來看，如果想像階段可以簡單地被解讀為一個嬰兒對於其存在認識，或通過消融他的他者性來將其塑造為鏡中的對應物，那麼將「日、月、星球、全宇宙」（注意日、月、星辰甚或天空那鏡子般的澄明）吞入身體的行為則切實地成為「我」（「我呀」）或自我的生成過程。如果「象徵秩序」被理解為指向「我呀」作為人類主體的認識與意識的力比多或偏執慾望的動態運動的話，那麼能量、力量與熱量的聚集，以及一連串的自我轉化便顯示出內在的「我呀」與外在主體構成（「我便是我呀！」）之間的分離。最後，如果「實在秩序」被解讀為「代替了已然賦予象徵的許多力量的無

---

[18] 根據瑪麗安・高利克（Marian Galik）的說法，郭沫若的這一行詩有可能借用自《聖經》上帝對摩西說：「我是自有永有者！」參看瑪麗安・高利克：《中西文學碰撞大事記（1898-1979）》，1991年。

盡的畏懼力」（Bowie 1991：95），那麼作為中心主體的「我呀」在最終誕生後，「我的我就要爆了」——「我」被轉入了實在界，這一界大體上形成了一個「我呀」尤其是「自我」的力比多關係[19]。

對自我新生的合法性肯定，以及肉身成功的脫胎換骨（「我」不再僅僅是作為奇點的「我」，而成為了一個富有強健體魄的新人）後對新生的狂喜稱頌，經歷了一次內外關係中的辯證交互。「新人」概念即為現代性的理想人格，一般由新文化的主將們所宣導，並由新文學或「人的文學」之功能所構成。我們能在那些新型知識分子，如魯迅、周作人、李大釗、陳獨秀、胡適、茅盾、巴金、曹禺等作家的筆下讀到一系列的「新人」形象。這一運動開啟了一場對中國人國民性的激進批判，這種風潮也成為了努力創造民族新人的典型例證。例如，周作人曾在一篇文章中重新將人定義為「一切生活本能，都是美的善的，應得完全滿足」，認為人之內面生活的力量可以「轉換一種新生命」，並最終將人的理想生活提高至「道德完善」與「使人人能享自由真實的幸福生活」（1918）。顯然透過這層辯證關係，我們便能窺探到郭沫若在自我形塑的過程中，詩人所懷抱的「光、熱與能量；快速度、高聲音和強熱能」的現代性精神，以及世紀轉折之際中國新型知識分子的偉大夢境。然而，當「我」宣布「我便是我呀！」這一歷史性的自我新生之後，一股在身體內積聚的創造力並未停止，不僅如此，「我」所建立起來的新生自我亦作為此一創造力的終極目的。「我」繼續沉醉於此一強大的力量，熱情與騷動把「我」推向了「我的我要爆了！」的臨界點。

最後一行可以說是全詩敘事發展的必然邏輯結果，也點明了詩人面對世界時的基本立場。正如上文所示，詩歌從一開始，就把作為反叛角色的「我」與「天狗」的反叛形象相認同，把「日、月、星球、全宇宙」吞入自己的體內，從而使身體聚集了「全宇宙的光、熱和總能

---

[19] 儘管如此，本文並不著重於用拉康的術語細緻地闡明此一論點，更為詳盡的論述，請參看艾莉‧拉格蘭－蘇利文：《雅克‧拉康與精神分析哲學》（Jacques Lacan and the Philosophy of Psychoanalysis），1986年；瑪律康‧鮑伊（Malcolm Bowie）：《拉康》（Lacan），1991年。

量」，由於自我蛻變是在「我」體內的「高聲音，快速度與強熱能」的驅使下進行，所以「我」便完成了對自我的創造。但是，這種創造性行為並不能完全耗解「我」體內「在燃燒，飛奔，狂叫」的「光，熱和能量」，因此，才創造出來的自我不得不爆炸，或曰自我摒棄。自我消解與反自我中心的行為表明了自我意識之覺醒的真相：即使沒有經歷自我形塑這一重要過程就不可能完成比之更偉大的任務，郭沫若在五四時期想要完成的最終任務也並非自我的創造。正如郭沫若在〈我是個偶像崇拜者〉（頁99）中所表現的破／立思想那樣：「我崇拜偶像破壞者，崇拜我！／我又是個偶像破壞者喲！」正是這種「不斷的破壞！不斷地創造，不斷的努力喲！」（頁72）的創造／破壞的辯證法，使得郭詩中「雙重身體」所生出的「雙重世界」最終變成一個真實的現代世界，「表現自我，張揚個性，完成所謂『人的自覺』（周揚1941）。

　　然而，問題也由此而起。既然在「我」吞食／吞噬了「日、月、星球、全宇宙」之後獲得了「我」對「我」的自我意識（「我便是我了！」），繼而又在自噬其身之後驅使身體的自我轉變，引發了新「自我」的誕生（「我便是我呀！」），但就在自我誕生的同一歷史時刻，新生的「我」（個性主義自我）卻又不能存在下去便自行爆炸了，那麼，這不就等於宣布了「我」一系列的吞食行為與創造努力不過換來了最終的「流產」嗎？既然「我」無法適應作為存在之絕對基礎的「我／自我」，那麼作為個性主義的「我」又存於何處呢？「我的我」爆炸了，自我的邊界消失了。那麼自我又導向了怎樣的世界？自我與它所安身立命的世界如何交流？自我與這一世界的關係如何？這些問題把我們帶至別樣的話語，諸如泛神主義與民族主義，這些問題將在下文中論述。

　　我已經在上文中討論了通過身體進行自我創造與自我削除的雙重行為這層結構，而自我的身體之特徵便在於抒情主體從外到內與由內向外時間運動。下面我將分析另一層結構：從上到下的垂直運動以及向後的過去與向前的未來的水平運動。就拓撲學角度來看，垂直－水平軸的交叉結構映射出身體本身的直立結構。

　　首先，就從上到下的垂直運動來看，在詩的開篇，作為天狗的「我」將「日、月、星球、全宇宙」吞進自己的體內，使「我」產生了自我意識，並承受了自我形塑的一系列行為。然而，我們很快便會注意到一個事實，按照一般生物正常的進食順序，吞噬／吞食行為必須先從嘴開始。是故，「我」若要把龐大的「日、月、星球、全宇宙」吞了，那麼「我」必須先得張開大嘴，擴張上下兩顎，打開雙齶，伸露舌頭，甚至變形「我」的面部肌肉，以便為這些龐大的「日、月、星球、全宇宙」的進入騰出一個「通道」，一個巨大的口腔空間。作為「天狗」的「我」雖具有極強的吞食欲望（饑腸轆轆），但也不能立馬「狼吞虎嚥」。「我」必須先用嘴巴「吃掉」日、月、星球、宇宙，再用牙齒「齶咬／嚼爛」它們，然後用舌頭「送食」，最後才能把它們「吞、喋」入身體的下部（lower stratum），在腸肚之中「消化」。通過對「日、月、星球、全宇宙」的漸進性「吃、嚼、咬、喋、吞、化」這一細膩的吞食行為，「我」在充滿整個口腔的複雜感覺中獲得了最微妙的時間體驗：時間的肉身化以及味覺的分解使得「我」意識到了自我，喚醒了自我意識的感覺——「我便是我了」。換言之，「我」擴張為全宇宙的中心主體在於「我」逐漸吃掉了比「我」大得多的外在之物。此處，口腔在啟發「我」與天狗的自我意識的認同中扮演了一個決定性的角色。正如讓・呂克・南茜（Jean-Luc Nancy）指出：「嘴是自我的敞開，自我是嘴的敞開。通過之處正是傾吐之物」（ce qui s'y passe, c'est qu'il s'y espace）（1979：161-162）。被「傾吐」之物隨之成了「我」之奇點的誕生，以及受形塑欲望驅使的自我擴張。

　　其實，除了口的吞食行為之外，郭沫若還把眼睛、視像與視覺的功能在《女神》中加以表現。在他的各種太陽詩篇，例如〈鳳凰涅槃〉、〈太陽禮讚〉、〈天狗〉、〈浴海〉、〈金字塔〉等作品中，他展現出對「太陽、陽光、光亮／光明」的強烈讚美，換言之，太陽變成最為顯著的意象——太陽崇拜的神話。對郭沫若而言，太陽光亮的啟蒙力量對於自我的感知來說非常重要，即是說，視覺（voir）即知覺（savoir），

眼睛即啟蒙現代性的典型邏輯之「我」。對梅洛‧龐蒂來說，看見或感知由一個視覺空間的知覺主體構成的世界成為了一切表達的來源；同樣，對尼采來說，看見什麼便意味著眼中圖像（the ocular image）尚未被視覺化，或意味著對「獨創性」焦慮的救贖。但就郭沫若《女神》中自我的創生之重要性來看，口／嘴、聲音、咀嚼、品嘗、吞食的功能顯著地高於眼睛、看見、與視像／視覺。[20]就此而言，如嘴高於眼，南茜的論述頗具見地，他指出：「看見一具身體恰恰是用一種視覺來把握：視像（sight）本身被此處的身體所脹大、隔空……神祕的『凝視』（epopteia），一方面，只知一個面容和一種視覺……它本然地並決然地是一種死亡的視覺……美杜莎……但裂隙、孔穴和區域並不呈現所見之物，無所揭示：視覺並不滲透，而是沿著間隙滑行，緊隨邊界。它是一種並不吸收的觸摸，沿著凸處與凹陷移動，對身體進行著內外的刻寫」[21]。

因此，口腔敞開（espacing）的行為致此二端：一方面，通過將比「我」高大的「日、月、星球、全宇宙」吞進主體的內在身體，「我」獲取了宇宙的維度；「我」便是宇宙的血液和肉體，「我」的身體獲得了與宇宙一樣的基本力量（光、熱、能量、氣、水、火、土）——**宇宙化**的身體，「身體成為宇宙最後且最好的語詞，主導力量」（Bakhtin 1968：341）。另一方面，通過對全宇宙的吞食行為，宇宙從而也獲得了「我」的身體屬性，具有了「孕育、誕生、死亡和再生」的人類存在形式——**肉身化**的宇宙。在前者，「我」便是宇宙，「我」將擁有創造一個新自我的無限「能量、光和熱」；在後者，宇宙便是「我」，「我」將擁有自我更新與自我超越的力量。

就此看來，當「我」把「日、月、星球、全宇宙」吞食進「我」的身體之內，並經過「胃」的「消化，磨碎」後，我們才能理解這雙重

---

[20] 參看尼采：《快樂的科學》，1969年，261節。關於看見或觀看自我之形成的重要研究，參看約翰‧V‧坎菲爾德（John V. Canfield）：《鏡中自我：自我意識的考察》，（The Looking-Glass Self: An Examination of Self-Awareness），1990：19-56。

[21] 讓‧南茜（Jean-Luc Nancy）：*Corpus*（1992：42）。

過程。「我」才獲得了自食其身的能量，「我」才能「剝」、「食」、「吸」和「齧」自己的「皮」、「肉」、「血」和「心肝」，在對「我」的「神經」、「骨髓」和「腦筋」進行層層穿透和全面清理之後完成創造「我便是我呀！」的使命。換言之，正是「日、月、星球、全宇宙」從身體的上部（口、嘴、齒、舌頭、喉）被吞噬進「我」身體的下部（腸、胃、心肝、子宮），並在其中接受受孕與胎化－成型（剝皮、食肉、吸血、齧心象徵了形塑、萌發與生長中的受孕與能量消耗），最後達到「我的我要爆了！」這一完全復活、再生、新生，更新的大誕生、大出世事件。

因此，在這雙重的身體所生成的雙重世界中，一邊的死亡便是另一邊的誕生；舊世界的毀滅也就預示了新世界的降生；自我的創造便是自我的削除。這種生生不息的死亡／再生的辯證時間幾乎成為貫穿郭沫若《女神》全詩的主導性主題，它表達了現代中國的文化敘述中新的歷史時間意識：世紀轉折之際社會－文化的災變與啟示。

在向後之過去到向前之未來的水平運動中，整首詩響徹著一種全新的現代性時間意識。為了從文本上闡明此點，我們或可認為，當「我」把「日、月、星球、全宇宙」吞入「我」的體內從而使「我」具有了宇宙的形態，並使宇宙具有了「我」的形態之後，斂聚於「我」身體中的「光、熱與能量」使「我」能夠「去舊換新」，使「我」能超越一個秩序遂進入另一個新秩序。這種躍進／生長的行為便把「我」處於的歷史時間不斷推向前進，推向未來的新時代，「一個個恐後爭先，爭先恐後／不斷地努力，飛揚，向上」（宗白華1920：56-57）。新文化運動的主將之一李大釗表述了這一進步演化至完美未來的樂觀的至高圖景：「無限的『過去』都以『現在』為歸宿，無限的『未來』都以『現在』為淵源」（1918）。所以，「我」把「日、月、星球、全宇宙」的「光、熱與能量」吸納入「我」的體內之後，「我」身體的強勁、激昂、力量便表現為「高聲音，快速度，強熱能」的「狂叫，飛奔，燃燒」，促使「我」沿著一條水平時間線不斷地「飛跑又飛跑」，直到剛

顯現為「我」的自我－主體（釋為對現時間的自我定位），便以加速向前推進後的爆炸而告終。

從這飛速的時間運動中可以看出，作為行為主體的「我」因身體內的「光、熱與能量」的不斷激增，以至於根本就不能有一刻的停歇。由體內向體外能量的快速釋放使「我」的「雙腳」注滿了向前推進（「如電氣一樣飛跑」）的動力；使「我」的「嘴」因快速地奔跑而處於緊張的呼吸運動中，從而生出極端狂喜的自由（「如大海一樣狂叫」）；使「我」全身體的細胞因「雙腳的飛奔，狂叫的嘴」而沸騰、膨脹到了極點（「如烈火一樣燃燒」）。終於，這一連串的身體運動（雙腳，口／嘴，細胞）促使了「我」體內的「光、熱與能量」的最後大釋放：爆炸－毀滅／創生－開始；舊歷史之粉碎／新未來之誕生；單一自我與中心主體之否定／無我和宇宙大我的再生。正如拉康所說：「在我的歷史中所實現的定非過去的所是，因為過去已逝，甚或我之所是乃已然完成的現在完成時，而是我之未來的可能形構即為我現時將生成的東西」（1968：63）。

簡言之，通過分析〈天狗〉的敘述時間：從上體到下體的縱軸（自我的誕生過程）和從後向前的橫軸（自我與非我的生長形態），我試圖釐清「自我」如何在身體中，並通過身體形塑、構成及誕生的辯證過程，並且證明了郭沫若對身體這一獨特功能（哺育、誕生、生長、死亡／再生）的有力調動與準確把握。如上所述，本詩的雙重結構顯示出郭沫若對身體重要性的意識，這一意識抓住了世紀之交大變革的精神動態，以及將西方現代性移植於中國的夢想，中國新型知識分子對此表現出矛盾的心理（夢、欲望與焦慮）。最後，我們將以一幅圖表示縱橫兩軸交叉的結構形式：

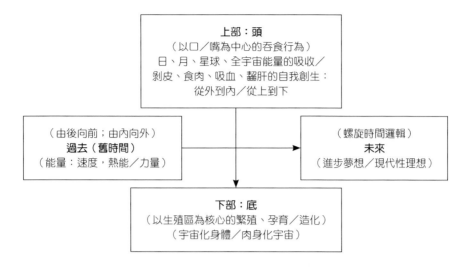

　　將上面的簡圖延伸至更深層的結構，即中國的社會－文化語境，如此便精確地揭示了以口／嘴為中心的吞食／吞噬的行為實際上是一種「祛魅」行為，褻瀆與俗化發生於中國從農業經濟向現代工業經濟的轉變，由一個王朝帝國向一個共和國的轉變，以及從一個靜止、封建的文化系統向一個科學民主與個體自我盛行的現代系統轉變的過程之中[22]。這一行為作用於兩個層面：一方面，「我」把所吞食之物從象徵著至高能力的上部（一切神性與神聖，至高無上，經典的宏大敘事，正統秩序）送入下部（感覺器官與生殖器官），通常被「上部」當作醜陋、低級、次等、非理性、骯髒、粗野、下流、寄生的、黑暗、混亂而被完全地壓抑、拒絕、控制和詛咒。在下部沸騰的血液、汗淋、饑腸絞痛、抽搐、痙攣的疼痛及顫慄的胃中，神聖性、正統性、崇高性以此種方式遭到了褻瀆與揭祕，從而經歷了為著他們的繁殖而創造的一種新秩序的否

---

[22] 馬克思·韋伯將興起於西方的現代性視為一種「祛魅」的過程，一種「神性被驅逐的過程，亦即，使之變得日常和平凡。通過工具『合理化』，使世界的內在意義與價值空乏。」馬克思·韋伯：《學術作為一種志業》（Max Weber, "Science as a Vocation"），載於馬克思·韋伯：《社會學論文》（From Max Weber: Essays on Scoiology）（1974：151-160）。更詳盡的研究，請參看斯科特·拉什&山姆·維姆斯特（Scott Lash & Sam Whimster）編：《馬克思·韋伯：合理性與現代性》（Max Weber, Rationality and Modernity），1987年。

決、消化與祛魅。從這個角度來看，從上部到下部的吞食行為恰好地反映了中國社會－文化語境中現代性構成的種種特徵：傳統的去合法性（反傳統的興起），權威性的消散（清朝土崩瓦解），傳統宏大敘事的中斷（白話文與多種文類之現代文學的興起）。

另一方面，從外到內的吞食行為實際上被視為一種對舊有價值規範的顛覆與替換，與對新價值的重建。「我」把外在於「我」的「光亮、可見與確定的世界」統統吞進「我」的身體內部。這個世界被傳統、倫理、道德價值以及秩序合法化了，身體通常遭到這些主導性力量的壓抑、折磨、規訓與虐待。非人的奴性、非人、非自我、非個性，以及麻木不仁的國民性被消化進入身體，並把它們拋入身體代謝的幽暗深處，置放在敞開於生死之際的神祕的空隙時刻：黑暗、死亡、神祕、生命、本能、欲望、性欲、衝動、意志、感性、瘋狂、愛。這一運動使穩固的等級秩序和封建價值符碼遭到中斷與顛轉，這是為了開闢一個以生命價值（生命意志、本能、欲望、感性、衝動）為中心的內在性獨特世界，最終重建一個以人的本性、個性、自我、主體性為存在基礎的新文化範式和生命表現的美學模式。

為了闡明此點，我們可以引用《女神》中包含了這些顛覆性理念的三首詩。在詩劇《湘累》（頁19）中，郭沫若借被放逐的屈原之口尋找「寬仁」之夜的迅速到來：

太陽往哪兒去了？我好容易才盼到，我才望見他出山，我便盼不得他早早落土，盼不得我慈悲的黑夜早來把這濁世遮開，把這外來的光明和外來的口舌通同掩去。哦，來了，來了，慈悲的黑夜漸漸走來了。我看見她，她的頭髮就好像一天的烏雲，她有時還帶著一頭的珠玉，那卻有些多事了；她的衣裳是黑絹做成的，和我的一樣；她帶著一身不知名的無形的香花，把我的魂魄都香透了。她一來便緊緊地擁抱著我，我便到了一個絕妙的境地，哦，好寥廓的境地呀！

在《夜》（頁127）一詩中，郭沫若以反常態的形式讚美黑暗的夜，稱此為真正的「德謨克拉西」（「解放、自由、平等、安息」）；而與此同時他憎恨那些製造「差別」的「外來的光明」。他唱道：「黑暗的夜！夜！我真正愛你／我再也不想離開你」。在《死》（頁128）一詩中，他又以更極端的方式把「死」譬喻為「年輕的處子」，稱「死」為「我心愛的死！」並時刻夢想見到「她」（死）。這種對「從外到內」的傳統敘述模式的大膽顛覆與替代，以及新的表現範式的建立，全然體現了「五四」時代自我意識的覺醒，生命價值的新發現，知識分子人格的重新塑造，同時還展現了二十世紀初現代性進程中自我覺醒的思維新路徑。

由外向內的「內轉」便是對人之存在的本體論的肯定，強調凡是內在的東西都是健康、自然、富有生命力和創造力的；反之則被設定為不健康、病態、枯萎與腐朽。正如周蕾（Rey Chow）所述，中國現代性進程中的「內轉敘述」被用於構建一個新自我的革命性努力中，「一種（反偶像的）『看見』『人性』的渾濁的嘗試……『人類思維』的一套新機制在嚴密的定向中趨進新中國」（1991：96）。然而周蕾也認為向內退撤，或作為一種不可穿透其內護的無上自我必定「切碎統一民族意識的龐大地位」。其中細節的敘述令「作為民族主體的身分」失去存在的可能性。因此，她最後的結論是：「敘述不再是構建民族的手段，而細節生成的過程正不斷地拆毀此類愛國大業」（同上）。鑒於中國幾千年的封建禮教、宗法制度以及偽道德對個體生命的無情扼殺、摧殘、壓制，對身體及其內在性價值的完全摒棄，否定和禁錮。這種「從外到內」的轉移，重新對身體的合法性，以及內在要素的絕對肯定可以說象徵了一個新的文化典範的誕生，並具有劃時代的影響和意義。

在更大層面上講，在外辱內亂的危機情景中，作為個性主體的「我」退回到「我」本身內在的生命之中，並發現了內在的身體本性：本能、衝動、潛意識、生育功能、感性、愛欲所具存的合法性，創造性和根源性力量，而不再是那種被傳統宏大敘事所定義的無用性、低級性

和醜陋性。如此一來，通過突出作為生命存在基質的自我，「我」便能完全依賴初始的本性和內在身體的力量，以及堅持以真實為本的身體內在的生命活力，向封建舊系統的一切形態發起攻擊。

正是源自於郭沫若找尋的「身體詩學」的新概念，在1921年，一篇題為（《西廂記》：藝術上的批判與其作者的性格）的論文中，郭沫若便對文學和生命（「性欲、潛意識、力比多、人性、夢」）進行了重新闡釋、顛轉和定位。他一開頭便把文學重新定義為「文學是反抗精神的象徵，是生命窮蹙時交出來的一種革命」。這正是封建禮教對人性、尤其是男女性欲的迫害、壓制，他從生理學、心理學上把人的性欲、無意識、潛意識、力比多闡釋為人的生理的自然發展和合理的心理要求，並對數千年以來禮教對人性，尤其是身體（如「纏足」的「戀足癖」）的摧殘進行了強烈的抨擊、批判，稱「以禮教自豪的堂堂中華，實不過是變態性欲者一個龐大的病院！」但同時，他又指出「如今性的教育漸漸啟蒙，青年男女之個性覺悟已如火山噴裂」，讚頌人的脈管裡流動著的「青春的血液」（1990：321-327）。

更有甚者，郭沫若在文章結束時完全顛轉了傳統文學對創作源泉和審美標準的定義，稱創作者在經過「個體的性欲」和「力比多」的「精神創傷」之後，「惟其有此精神上的種種苦悶才生出向上的衝動，以此衝動以表現文藝，而文藝之尊嚴性才得確立，才能不為豪貴家兒的玩弄品」（同上）。對個體內在質素的放大，對生命原動力的高揚，以及對身體內在性的創造性力量的稱頌，可以理解為五四新文化運動中「人的文學」得以建立的根本動力和基礎。此一決然的呼喊直接喚醒了那些仍沉睡在「鐵屋子」中的國民精神與靈魂，激發健康的、強力的國民性「啟蒙思想」來重鑄中國新人強健的人格結構。

從上部到下部，由外向內的運動就是一種邁入黑暗、混沌及死亡的時間之運動，其真正的目的便是為了從死亡中再生、復活、新生，從死亡中重建光明，正如詩歌〈Venus〉（頁130）所示：

我把你這對乳頭，

比成著兩座墳墓。

我們倆睡在墓中，

血液兒化成甘露！

1919年間作

　　所以，在橫水平軸方向，從內向外的運動恰好地表現為一種由後向前的時間運動。如果僅從時間運動來看，這種從上到下與由內向外的運動實際上是一種時間向後倒退的時間運動：從上部到下部呈現為一種下降與沉淪；由外向內則呈現為一種逆時方向的後撤與退化。

　　但從水平軸運動方向上看，這種時間的沉淪、下降實為向上，突破與進步。這在最後一行「我的我要爆了！」中的動詞「爆」最為明顯，這是因為一系列的驟變具有獨特的語義功能。爆炸就是「光、熱和能量」由內向外的釋放，就是某種內在的動力突破自我的內環、內層、內殼向外部空間的躍出、噴放。因此，由內向外的「爆炸」所釋放的「熱量」無疑顯現為「我」從後向前的高速飛躍。將此置入一個邏輯順序中，便可見到進步的程式：「我」否決過去時間，透過現在時間，意在進入一種未來時間，即進步、希望與現代性的新秩序。與此同時，一系列的新意象將會沿著這一連續朝向未來發展的歷史道路不斷湧現：新太陽、黎明、朝陽、新宇宙、新大陸、新春、新時代、新世界、新中國……。為了展現時間的意識：「時間的行動、創造、發現與變革……從黑暗中脫身而出的時代，一個覺醒與『復興』、預示著光明未來的時代」。卡林內斯庫（Calinescu）認為現代性常常以「光明與黑暗、白天與夜晚、清醒與睡眠」（1987：20）的隱喻形式，以及「上升、黎明、春天、青春、萌芽」的意象來表達自己（頁156）。

　　在李大釗那裡，我們同樣可以讀到他對中國自新的信念：「我們現在必須向世界證明的並非舊中國未死，而是一個青春的新中國正在誕生之中」（1918）。就此緊要點來看，在郭沫若的《女神》中，時間的

概念完美地表徵了始於啟蒙運動之後西方文明宏大的現代性：對於人性大解放與社會進步的樂觀信念，一個許諾「啟蒙理想的社會：自由、公正、理性、幸福、社會和諧以及文化追求、美」，這些全都仰賴科技的發展[23]。現代進步理想的天真與樂觀已然遭受嚴屬地質疑，對現代性傳統的重估與批判運動根植於啟蒙觀念，自西方19世紀中葉始，可以列出一長串批評家、哲學家與思想家的名字，例如，馬克思·韋伯對「工具理性」的全面宰治，以及「官僚系統」的擴張予以批判；卡爾·馬克思將西方現代性描繪成人的全面「異化」；涂爾幹把西方的個體存在特徵描述為「失範」（anomie）；佛洛伊德將現代人診斷為「壓抑變態」（perverse repression）的精神病人；尼采把西方的發展視為「混亂／頹廢」；海德格爾發現西方人甚至不「在世，而在此在」（「being-in-the-world, in Dasein」）；波特萊爾將現代性的進步時間重新定義為：「短暫、易逝、偶然」；傅柯的知識考古學詛咒通過技術的力量和西方現代性的知識，從而殘酷地「對人類身體的逐漸規訓與折磨」。然而對進步理念的誠摯信仰事實上引出了二十世紀伊始中國的一系列社會—文化的變遷、轉型與革命。

就我們對〈天狗〉一詩的細讀考察來看，可見一個現代新自我的誕生多歸功於郭沫若對於身體在創造行為中之重要性的意識。通過對這一重要文本的細讀，我們可以窺察在進步自我中湧現出了一條歷時軌跡，即身體的擴張生成使得面向現代性的進步自我之誕生成為可能。因此，一種新的探詢值得期待，一個新領域有待解決。

三、作為轉化宇宙大我的隱喻身體

在上文中，通過《女神》中肉體與直覺身體的功能，我們闡述了個人主義自我創生的詳細過程。《天狗》作為誕生事件的例證，在對其

---

[23] 對於啟蒙觀念更為詳盡的闡述，請參看尤根·哈貝馬斯（Jurgen Habermas）以下兩部著作：《現代性的哲學話語》（The Philosophical Discourse of Modernity），1987年《道德意識與交往行為》（Moral Consciousness and Communicative Action），1989年。

進行文本分析時，我指出了其中一個潛在的問題，即初始的自我最終從身體中爆炸後落腳何處？有關新生自我的位置帶出了兩個彼此關聯的問題。一是個人主義的「我」之爆炸源於身體之「光、熱與力」的積累，而這種積累又源自對「日、月、星球、全宇宙」的吞食／吞噬，「我」的爆炸顯示出在身體本身中無法定位這個新生的自我；二是雙重身體本身便具有自我超越與自我突破的力量，亦具有自我否定與自我再生的能力。因此，「絕對自我」（sovereign self）從膨脹身體中的爆炸開啟了一個敞開的時刻，一個發生的時刻，一個為了更大的世界而起程的瞬間。對於郭沫若來說，這一更大的世界便是宇宙。從《女神》的內部邏輯來看，這一特定自我（小我）與宇宙自我（大我）合而為一的衝動，是由郭沫若的世界觀和他對泛神論的狂熱信奉決定的（Lee 1973：181-186）。

對於郭沫若來說，宇宙和自然是動態的，充滿生機與活力，遍布創造力的種子，巨大而源源不斷的能量灌注其中。宇宙的運動永不停歇，其法則就是持續不斷更新的進化（郭沫若1989：82）。所以，他宣稱「把宇宙全體重新看作個有生命有活動性的有機體」（1990：23）。在郭沫若的世界觀中，此一宇宙觀念將不可避免地引導他走向泛神論，以及對泛神論的狂熱信仰：「詩人的宇宙觀以Pantheism為最適宜」（同上）。詩歌〈三個泛神論者〉（頁73-74）顯示了他對泛神論的欽慕：

三個泛神論者
一
我愛我國的莊子，
因為我愛他的Pantheism，
因為我愛他是靠打草鞋吃飯的人。
二
我愛荷蘭的Spinoza，
因為我愛他的Pantheism，

　　因為我愛他是靠磨鏡片吃飯的人。

三

　　我愛印度的Kabir，

　　因為我愛他的Pantheism，

　　因為我愛他是靠編魚網吃飯的人。

　　郭沫若的泛神論知識大體來自於三種文化源頭：西方、印度與中國。正是通過歌德，郭沫若才接觸到斯賓諾莎的作品；正是通過泰戈爾，郭沫若才接觸到卡比爾（Kabir）的哲學；正是通過莊子和王陽明，郭沫若才有興趣復興古代中國的泛神論。據李歐梵所說，郭沫若對泛神論的接受影響了他對「生命與生活的基本看法」，從那以後變成了他「晚後知識構成」的「根本源頭」（183-184）。

　　西方的泛神論核心概念是一種形而上學／宗教觀，即世上存在於一種無所不包的神性全體，換言之「上帝是萬物，萬物是上帝……世界同樣等於上帝或者在某種方式中，是其本性的自我表達」（Owen 1971：74）[24]。泛神論並非「人類中心說」，因為它拒斥對個人神性或更高意識的信仰；但相信在萬物內含有更高的統一力量或統一準則——在神聖的全體／整體中，上帝是萬物的內因（causa immanens）。由此可見，泛神論提供了一種「另類的有神論和無神論」，「一種無神論形式的一神教，或非人格神」（Levine 1994：2-3）。泛神論也堅信現實的存在形式僅僅是上帝的外表與反映，一個人關於自我的真實知識只能通過與

---

[24] 泛神論在此是一個非常難以把握的觀念，就這個主題來說，可參看目前為止最為綜合性的研究，邁克爾・P・列文（Michael P. Levine）：《泛神論：一種神性的無神觀》（Pantheism: A Non-theistic Concept of Deity），1994年。而印度哲學中泛神論的詳細知識，可參看W・S・厄克特（W.S. Urquhart）的傑出著作：《泛神論與印度哲學中的生命價值：與西方哲學互參》（Pantheism and the Value of Life in Indian Philosophy：With a Reference to Western Philosophy），1982年。就泛神論對西方浪漫主義的影響，可參看湯瑪斯・麥克法蘭（Thomas Macfarland）富有啟發的著作：《科勒律治與泛神論者傳統》（Coleridge and the Pantheist Tradition），1969年。另一浪漫主義泛神論的有用研究來自H・W・派博（H.W. Piper）：《活躍的宇宙：泛神論與英國浪漫主義詩人的想像觀念》（The Active Universe: Pantheism and the concept of Imagination in the English Romantic poets），1962年。

大寫自我的融合來獲得，因此，在個體自我與宇宙大我之間存在一個基本的聯繫。正如W.S.厄克特（W.S. Urquhart）指出：「人若不在同一時刻內抵達宇宙大我，那麼人不可能抵達真實的個體自我。因為，一旦抵達了個體的自我，便會發現它與普遍的大我相互一致了」（1982：117）。

郭沫若對中國泛神論者莊子大為欣賞，認為莊子抵達了「道」的世界，即宇宙的最高存在，並與偉大的自然全然地和諧共處，人必須擺脫自己的小我並充分展示自己的內在，即生命力。宇宙的永恆無限，在於個體的有限與速朽。從各種資源中，泛神論給郭沫若提供了一個激進的世界觀與精神氣質，喚醒了他與神聖的自然全體相交流的衝動；泛神論為他提供了一個越軌的幻景去超越肉體的自我，以便達至一個伴隨宇宙大我的活的全體。郭沫若泛神論的精神特質，在這段自我陳述中得到了精準的概括：「泛神即是無神。一切的自然只是神的表現，自我也只是神的表現。我即是神，一切自然都是自我的表現」（1990：311）[25]。

這段話顯示了動態的宇宙／自然乃是個人自我的本體論與個人自我「創生萬匯的本源」。一個人的自我之存在及其身體便是「宇宙意志」（作為上帝身體的世界）的具體顯現。因此一個人的自我及其身體可以「超越時空，而等齊生死」（同上）。這是一個無我的世界與宇宙自我的神聖結合體。後者表明，一個人的自我及其身體作為宇宙／自然的具體表現，乃是宇宙表達自身動態生命力的特別存在。自然／宇宙／上帝的活躍形式僅僅是一個人身體之固有內在的映射（內凝力），是「以全身全靈以謀剎那之充實，自我之擴張」（同上）。因此，如同自然那源源不斷的能量，一個人的自我與及其身體能夠具有使自身創造、死亡與

---

[25] 據邁克爾·列文的看法，泛神論並非無神論；它具有無神論的一神論形式。參看其作《泛神論》（頁2-3）。但H·P·歐文（H.P. Owen）則認為泛神論完全地等同於無神論。參看其作《神的觀念》（頁69-74）。前者認為如果泛神論將有神與非神的上帝一併拒斥，泛神論就不會是無神論。而後者認為，泛神論者拒絕上帝本體論的超越性，拒絕上帝創世，而主張世界中無所不在的神聖合一；因此拒斥上帝的時空之「超越性」乃是一種無神論信仰。大部分浪漫主義詩人信仰後者，即把泛神論視作無神論。可參看麥克法蘭：《科勒律治與泛神論者傳統》。作為一個浪漫主義詩人，郭沫若將泛神論解釋為無神論有著藝術與意識形態上的正當性。

再生的力量——一種對活潑生命的永恆復歸。郭沫若泛神論的核心在於對個人主義自我的放大，並融合於宇宙能量活躍的源頭。〈梅花樹下醉歌〉（頁95）中的兩行揭示了這一泛神論圖景：

> 我讚美你！
> 我讚美我自己！
> 我讚美這自我表現的全宇宙的本體！

賦予「梅花」以「內在的自我……生命的宇宙／源頭之粹」，郭沫若在一種獨特的世界觀中表達了自己的泛神論思想，即宇宙的個人主義觀。

因受了宇宙泛神論之活力的鼓舞，郭沫若在《女神》中的詩爆發出泛神論的精神氣質，例如〈天狗〉、〈女神之再生〉、〈鳳凰涅槃〉、〈日出〉、〈金字塔〉、〈梅花樹下醉歌〉、〈我是個偶像崇拜者〉、〈湘累〉、〈太陽禮讚〉、〈晨安〉、〈浴海〉、〈光海〉、〈雪朝〉、〈地球，我的母親！〉、〈立在地球邊上放號〉、〈三個泛神論者〉、〈夜步十里松原〉。在這些富有泛神論色彩的作品中，郭沫若個人主義泛神論與英雄主義哲學最突出的特徵乃是對世界的兩種呈現形式：（1）宇宙化的身體；（2）肉身化的宇宙[26]。

（1）宇宙化的身體可以被界定為獲得了宇宙基本元素（自然／世界／地球）的身體，因為身體的有機部分可以準確地同宇宙層面（自然現象、地理景觀）相等同。在這一宇宙化的身體中，人類身體的生命和宇宙生命親密相聯，相互表徵。一首關於神話英雄盤古的詩〈創造者〉（1984：402）便呈現了此種模式：

---

[26] 此種宇宙觀中的身體還可以在泛神論信仰中找到其根源，世界便是上帝的身體。簡而言之，如果世界被視作上帝的身體，比如上帝與世界關係如同我們與自己身體的關係，那麼上帝必須被認作全知全能。但有時「世界作為上帝的身體」這樣的觀點被視作宣稱世界神聖的泛神論，因為這正是上帝在表達自己。就這個主題，可參看格蕾絲・詹特侖（Grace Jantzen）：《上帝的世界，上帝的身體》（God's World, God's Body），1984年。

我幻想著首出的人神，

我幻想著開天闢地的盤古。

他是創造的精神，

他是產生的痛苦，

你聽，他聲如豐隆，

你聽，他籲氣成風，

你聽，他眼如閃電，

你聽，他泣成流瀧。

本體就是他，上帝就是他，

他在無極之先，

他在感官之外，

他從他的自身，

創造個光明的世界。

目成日月，

頭成泰岱。

毛髮成草木，

脂膏成江海。

快哉、快哉，快哉，

無明的渾沌，

突然現出光來，

月桂喲，你在為誰搖擺？

（2）肉身化宇宙表示具有身體特徵的宇宙。身體的血肉經過轉化，生長、繁殖、存活並創造出宇宙自身的肉體部分[27]。在〈夜步十里松原〉（頁98）一詩中，這一特徵得以清晰地顯示：

---

[27] 就這兩種呈現模式，可參看巴赫金富有啟發性的研究：《拉伯雷及其世界》（336-357）。

夜步十里松原

海以安眠了。

遠望去，只看見白茫茫一片幽光，

聽不出絲毫的濤聲波語。

哦，太空！怎麼那樣地高超，自由，雄渾，清廖！

無數的明星正圓睜著他們的眼兒，

在眺望這美麗的夜景。

十里松原中無數的古松，

都高擎著他們的手兒沉默著在讚美天宇。

他們一隻隻的手兒在空中戰慄，

我的一隻隻的神經纖維在身中戰慄。

　　這兩種對於個人主義泛神論的呈現模式，表明了郭沫若在莊子與王陽明的哲學中如何發現了「宇宙與人之全體的世界觀」（郭沫若1985：39）。一方面，泛神論的精神氣質展露在宇宙化的身體之中，而肉身化宇宙似乎為了與宇宙大我融合而超越了個體小我；另一方面，這樣的融合催生了重塑其自身身分的活力能量。在給宗白華的一封信中，郭沫若強烈地表達了再生的意願：「我現在很想能如Phoenix一般，……把我現有的形骸燒毀了去，唱著哀哀切切的輓歌把他燒毀了去，從那冷靜了的灰裡再生出個『我』來！」（1990：19）。然而在文學創作中，這兩種泛神論世界觀的呈現模式又是如何實現的呢？

　　從上引的兩首詩以及上文對〈天狗〉的分析可以看出，這種泛神論的精神特質的文本表現只能在修辭形式，即在一種隱喻結構中實現。因為，一個人的身體無論如何也無法在物質上變成宇宙／自然／地球；宇宙同樣也無法有機地占有人類身體的基本元素。為了呈現這一世界觀，詩人需要依靠隱喻、轉喻、提喻這類修辭方式[28]。正如在〈天狗〉這首

---

[28] 就詩歌語言中隱喻、轉喻與提喻的功能，可參看羅曼・雅各森（Roman Jakobson）：《語言的兩個方面，與失語症的兩種類型》（Two Aspects of Language and Two Types of Aphasic

詩中，天狗與天狗的吞食同為隱喻：「我飛奔」、「我狂叫」、「我燃燒」隱喻地傳達了「速度、熱量與力」，而諸如「皮、肉、血、心、神經、脊與腦」這樣的身體部位可以被理解為自然與地理風景的提喻表現（諸如聲音／雷聲，呼吸／風、眼淚／水、頭髮／樹林）。然而，隱喻才是泛神論敘述的修辭核心，正是這一主要形象闡明了泛神論者的世界觀（Weltanschauung），亦即此身體乃是隱喻的身體，隱喻了宇宙、自然、世界及地球的有機生命秩序。接下來，我將擴大考察的範圍，詳細考察郭沫若浪漫的泛神論－英雄式創作中，宇宙化身體及肉體化宇宙的隱喻作用。我將其概括為四種主要作用。

第一，昇華作用：在《女神》中，郭沫若對自然與地理元素的利用為日、月、星、星球、地球、天空、河流、海洋、山脈、波浪、雷聲與洪水，它們均被賦予了巨大的量度、數量、形狀、尺寸、能量與力量。通過將身體與這些巨大的自然實體相認同，「我」（一個身體的自我）可以獲得一種崇高的、宏偉的、強力的形象——成為獲得宇宙地位的大我。在〈天狗〉中，天狗第一次將「日、月、星球、全宇宙」吞食，並且顯示出與自己所吞食之物完全等同。在另一首名為〈電火光中〉（頁77）的作品裡，郭沫若以這樣的崇高方式表達了貝多芬的創造力：

電火光中

……

哦，貝多芬！貝多芬！
你解除了我無名的愁苦！
你蓬蓬的亂髮如像奔流的海濤，
你高張的白領如像戴雪的山椒。

Disturbances），以及他對波特萊爾、莎士比亞、葉芝與帕斯捷爾納克的分析，參看克莉絲蒂娜・潑墨斯卡（Krystyna Pomorska）、史蒂芬・魯迪（Stephen Rudy）編：《文學語言》（Language in Literature），1987年。

你如獅的額，如虎的眼，

你這如像「大宇宙意志」自身的頭腦！

你右手持著鉛筆，左手持著原稿，

你那筆尖頭上正在傾瀉著怒潮。

貝多芬喲！你可在傾聽什麼？

我好像聽著你的symphony了！

1919年年末初稿

1928年2月1日修改

　　第二，催化作用：身體與浩瀚宇宙及巨大自然（宇宙化身體）相認同的過程乃是一次力量與能量的蓄積，賦予「我」（一個身體的自我）源自宇宙的諸多元素的不斷生長、不斷更新、不斷勝利的力量。在《天狗》中有這樣一行：「我是全宇宙的Energy的總量！」為了顯示出身體的能量化，宇宙諸元素被隱喻地吸收進了身體。在〈我是個偶像崇拜者〉（頁99）中，郭沫若唱道：「我崇拜太陽，崇拜山嶽，崇拜海洋；／我崇拜水，崇拜火，崇拜火山，崇拜偉大的江河」。〈太陽禮讚〉（頁100）這首詩則直截了當地喚起了創造動態能量的強烈欲望：

太陽喲！你請永遠照在我的面前，不使退轉！

太陽喲！我眼光背開了你時，四面都是黑暗！

太陽喲！你請把我全部的生命照成道鮮紅的血流！

太陽喲！你請把我全部的詩歌照成些金色的浮漚！

　　第三，淨化作用：在郭沫若雙重身體的觀念裡，一個新身體的重生乃是基於腐朽身體的死亡（稍早已經討論過），那麼，新身體的重生又如何可能呢？這不僅僅是簡單地摒棄了垂死的舊身體後，憑空（ex nihilo）創造一個全新身體的問題。這一定經過了淨化的過程，確切地

說一個揚棄的過程。為了完成這一過程，郭沫若溯源於水：江河、大海、海洋、雨水、雪、波浪、潮汐、露水與泉水。為了將這些水注入身體並將它們與血、呼吸、脈搏、神經、骨頭融合，好讓它們穿流於身體，清潔身體，並最終淨化身體。通過水中的身體淨化，一簇新鮮的、充滿生命力及活力的力量在身體中再生，並終將引致新身體的誕生。〈浴海〉（頁70-71）一詩有效地闡明了身體經由水的淨化過程：

浴海

太陽當頂了！

無限的太平洋鼓奏著男性的音調！

萬象森羅，一個圓形舞蹈！

我在這舞蹈場中戲弄波濤！

我的血和海浪同潮，

我的心和日火同燒，

我有生以來的塵垢、秕糠，

早已被全盤洗掉！

我如今變了個脫了殼的蟬蟲，

正在這烈日光中放聲叫：

太陽的光威，

要把這全宇宙來融化了！

弟兄們！快快！

快也來戲弄波濤！

趁著我們的血浪還在潮，

趁著我們的心火還在燒，

快把那陳腐了得舊皮囊，

全盤洗掉！

新社會的改造，

　　全賴吾曹！

1919年5月間作

　　第四，再生的作用：一具身體的再生並非終結於身體自身，因為新的身體必須總是保持其生命處於不斷革新的動態之中。一言蔽之，新身體（一個身體的自我）必須通過生命的永久復歸，而在終點凱旋。因此，單一的肉身必須將自己與不斷生長的自然融合，以便吸收源源不斷的生命動力。正如郭沫若在〈西湖紀遊〉中唱到的：「我本是『自然』的兒，／我要向我母懷中飛去！」（頁163）。在與宇宙生命的永恆力量之融合中，「我」作為一具肉身獲得了不斷再生的力量，變成了宇宙的「自我」，亦變成了「宇宙的本體」。郭沫若在《梅花樹下醉歌》一詩中呈現了這一觀點：「梅花呀！梅花呀！／我讚美你！／我讚美我自己！」身體性的「我」一旦獲得不斷再生的力量，郭沫若的泛神論精神氣質便具備了泛神創造最有啟示性的想像力，此一點我稍後會論及。現在，從對身體的「我」賦以宇宙大我的地位這一昇華作用，到獲得宇宙力量的能量化；從新身體的揚棄蛻變，到生命永久復歸的再生，我們看到了作為泛神論世界觀之隱喻的身體本質，這一世界觀潛藏於郭沫若的《女神》中，存在於《女神》中「身體自我」的修辭易容（tropic transfiguration）內，強調有限的小我與宇宙大我的融合，並最終使有限的「我」轉化為無限的大我。

　　通過對身體的隱喻敘述，郭沫若的泛神論思想實現了從「小我」向「大我」的互為轉變，也就是從「肉體有限性」到「宇宙無限性」的相互轉變。在《女神》中，此種轉變的意識形態意義在於，身體作為宇宙秩序的隱喻，在五四新文化時期產生了四種相應的顛覆行為：（1）去崇高行為：「我」的崇高地位的確立乃是通過「我」與宇宙的巨大部分相認同而達成，與此同時，也顯示了對現有支配秩序的去崇高化，對已然豎立起的神聖性的平凡化。在對崇高之「我」的頌揚過程中，封建系統中所有的神聖性將不可避免地失去它們的控制力，並終將消失；

（2）麻痺行為：當「我」從宇宙中獲得巨大的力量，一切通過支配秩序抵達的權威／權力都將無力同「我」相匹敵，因此，在那個隱喻的世界，「我」是個偉大的勝利者。

（3）衰退行為：當「我」的身體獲得了充沛的生命源泉時，健康與不斷進步的生氣通過自然之水的淨化與滋養，舊秩序將會失去其支撐自身的力量，因為它喪失了生命轉化的源泉；（4）腐朽行為：「我」已經與自然一道抓住了生命的永恆復歸，然而，舊秩序因其內部的黑暗與腐敗而衰亡，並完全崩塌。在《女神》中，郭沫若從泛神論世界觀的角度，有力地對支配社會－文化的舊秩序進行了想像性的顛覆。從歷史的角度來看，這些顛覆行為，這些經由身體（作為宇宙的動態生命秩序之隱喻）所展示的欲望與理念，可以被理解為中國知識分子對他們所擔當的現代性啟蒙大業的獨特彰顯。

從直覺身體、力比多身體與生殖的物質身體中，創造一個進步的個人主義自我；在隱喻的泛神論者的身體中，實現個人主義自我與宇宙大我的融合，郭沫若似乎已經完成了自我的塑造、創造與誕生的轉變過程，完成了與宇宙與自然之永恆性的融合。事實上，在創造性地融合了顛覆的肉體自我與活躍的宇宙大我的張力中，他似乎完成了「現代性」的話語敘述（discursive narrative）任務。如果事實如此，那麼我們或許會問：從直覺身體中創造而來的個人主義小我，以及由泛神論者的隱喻身體所建構的宇宙大我能否將中國從內外深重的危機中拯救出來？個人主義與泛神論的話語能否構成詩人的現代主義衝動所誕生的基礎？崇拜「光、熱、力量」的詩人之終極目標是什麼？誰在擁抱「快速、高聲與巨能」？誰在讚頌「太陽、光明、光明、黎明與甦醒」？

從歷史的角度來看，個人主義的出場以及泛神論者的世界觀根本不可能將中國從雙重危機——西方列強的軍事進犯，傳統價值體系的崩塌與個人與民族身分的危機——中解救出來，更不能成為詩人現代性之夢的終極目標。《女神》中的詩人（許多新式知識分子，例如魯迅、李大釗、胡適、陳獨秀、周作人、聞一多等均是如此）最終尋找與讚頌的

是一個強大國家的再生——新中國的誕生，即郭沫若的夢想：「第三中國——美的中國」（郭沫若1973：190）。個人主義自我之創造，與泛神論者宇宙大我之融合乃是新中國再生之前提。換言之，新的國家身分之誕生必須基於強壯的身體、進步的自我以及不斷勝利的世界觀之上，進而從肉體上與精神上提供不斷生長的建構之力量。強健的個人主義自我之直覺創造與力比多創造，加之與不斷生成的泛神論者宇宙大我之融合，終於在民族主義運動對新中國的夢想中達至頂點，因此亦成為中國現代性的支配性話語。在本文語境中，這種民族主義衝動彰顯在激情的身體中，為了構建新的民族身分，自我獻身的激情身體尤顯必要。接下來，我將詳述激發新民族身分創造的燃燒激情。

四、作為獻身新民族身分的激情身體

民族主義是現代性的一個基本特徵，其興起十分晚近[29]。簡而言之，民族主義可以理解為一種民族感，或一種歸屬於同一民族的自我意識[30]。在討論郭沫若所採用的民族主義之內涵以前，簡要澄清何謂「民族」便十分必要。

「民族」（nation）可以大概以兩種方式述說：其一，「民族」特性的構成在於其空間位置與其種族身分，這一點為民族之一分子提供了

---

[29] 我對本文中民族／民族主義的概述主要來自下列著作：歐尼斯特‧勒南（Ernest Renan）：《民族是什麼》（Qu'est-ce qu'une Nation）；路易士‧L‧斯奈德（Louis L. Snyder）編：《民族主義的動力，其意義與發展的讀物》（The Dynamics of Nationalism, Readings in Its Meaning and Development），1964年；漢斯‧科恩（Hans Kohn）：《民族主義的理念》（The Idea of Nationalism），1969年；埃裡‧凱杜裡（Elie Kedourie）：《民族主義、民族與國家》（Nationalism, Nations and State），1982年；歐尼斯特‧蓋爾納（Ernest Gellner）：《民族與民族主義》（Nations and Nationalism），1983年；尤金‧卡曼達（Eugene Kamenda）編：《民族主義：一個理念的本質與演化》（Nationalism：The Nature and Evolution of an Idea），1976年；羅斯‧普爾（Ross Poole）：《道德與現代性》（Morality and Modernity），1991年。近年來對此一觀念的解構性探究，可參看本尼迪克特‧安德森（Benedict Anderson）：《想像的共同體：民族主義的起源與散布》（Imagined Communities: Reflections on the Origins and Spread of Nationalism），1983年；霍米‧巴巴編（Homi K. Bhabba）：《民族與敘事》（Nation and Narration），1990年。

[30] 歐尼斯特‧蓋爾納（Ernest Gellner）持相反意見，他認為：「民族主義並非民族覺醒的自我意識，民族主義發明了『不存在的民族』」（1983：15）。

共同的根源：「本地人」（「natio」）——祖國。每個民族必須宣示其民族成員共同生活的土地，而這塊土地也會成為民族文化創造的源泉與目的。在這一地理空間內所形成的共同體、國家景觀會被視為神聖而不可侵犯，並被賦予了靈魂、精神與個性。與此同時，它們也成為民族慶祝與紀念的物理空間（Renan 1990：18；Poole 1991：96）；其二，與民族的空間身分同等重要的乃是民族在時間中的位置與身分，由於文化內涵系統的有別之故，尤其在表述的策略以及一系列句法與修辭的敘事技巧，使得時間的位置與身分只能在其歷史的形式中展現自身[31]。通過共同的語言（國語），這一敘述形成了民族成員對本民族之過去、現在和未來的認同感，因此把民族定義為通過時間，特別是通過民族歷史中共同的苦難回憶之經驗而持久存在的共同體。

民族作為時間敘述的重要主體不僅聯結了過去（歷史中的驕傲／羞辱、勝利／失敗，以及光榮／苦難），解釋了目前的存在（一種共同命運感），而且預測了未來的進程（共有的願景與夢想）（Poole 1991：96）。因此，在一個水平的、同質的維度所形成的時間中，民族敘述創造了「同時性」（simultaneity）（Anderson 1983：30），並進一步建構了一致的「民族性」（「nationness」）（Bhabha 1990：2）。民族主義的一般行為包括：守衛、保存或提升這些民族身分的承諾與欲望（領土完整性與文化獨特性），或轉變的欲望，進而在感到不足、不利與缺乏的時刻創造一個新身分。

二十世紀初，民族主義興起時，中國正面臨一系列的危機：被西方列強打敗；民族身分正遭到嚴重的威脅；面對文化失落與種族滅絕時的巨大恐懼，以及對傳統文化的懷疑，對革傳統之命盛行[32]。在那樣一

---

[31] 最近對於民族構成的日益濃厚的學術興趣在於研究文化交流（出版物、大眾媒介與流行文化）與敘述手段。參見霍米·巴巴與安德森的著作，亦見於P·查特吉（P. Chatterjee）：《民族主義思想與殖民世界：派生的話語》（Nationalist Thought and the Colonial World: A Derivative Discourse），1986年。

[32] 對於二十世紀初的中國危機與民族主義的發生，可參看周策縱：《五四運動：現代中國的知識分子革命》，1960年。還有林毓生：《中國意識的危機》，1986年；舒衡哲（Vera Schwarcz）：《中國啟蒙運動：知識分子與五四遺產》，1986年。

個關鍵時刻，保存並提升民族身分、改變文化的不足以便構建一個新身分，並最終拯救中國，這些成為五四時期中國新式知識分子不可逃脫的任務與英雄般的欲望。民族正投入新身分的再造，郭沫若運用什麼樣的救贖話語來塑造民族主義者的形象？他創造出什麼樣獨特的「英雄敘述」？在新的民族身分與種族的新塑造中，身體扮演了怎樣特殊的角色？接下來，我將探討這些問題。

　　創造新民族的意願縱貫整部《女神》。在〈女神之再生〉中，女神決定去驅趕「倦了的太陽」並創造些「新的光明、新的溫熱與新鮮的太陽」（頁8）；在〈棠棣之花〉中，合聲唱道：「我望你鮮紅的血液，／迸發成自由之花，／開遍中華！」（頁31）；在〈鳳凰涅槃〉（頁34-46）中，鳳凰最後從閃爍的火光中復活，頌揚了已死的世界已經重生，而且還賦予她一個完全的新身分：快樂、新鮮、芬芳、美麗、生氣勃勃、自由、不朽、英雄主義、幸福、熱情與崇高；在〈晨安〉中詩人唱道：「晨安！我年青的祖國呀！／晨安！我新生的同胞呀！」（頁64）。如此強有力的激情展望出一幅精力充沛、新鮮的太陽，一個自由的中國，一個光明的未來，一個新社會，一個新黎明，以及一個健康的母親顯現在一種新時間結構的想像重構中，由此而催生出一個現代民族身分的新敘述。正如上文我對〈天狗〉與其他詩的分析中所傳達的，時間在《女神》中的敘述，完全不同於傳統的時序所具有的循環性與凝固的特徵，而呈現出進步的、不斷向前、水平的發展，並最終導致了自顯的目的論：一個新生民族－國家的現代性[33]。這一向前的、向上的線性時間敘述之發生，一方面證明了詩人的夢想：一個獨立自主、自由、強大而充滿生機的新中國之再生，同時另一方面也為了此一目的（telos）的話語敘述而建構一種民族想像的進步修辭。

　　在趨向未來、目的論的敘述時間下，對新民族身分的創造不僅僅成為郭沫若民族主義的英雄主義投射，而且其中裹挾了強烈的民族文化－

---

[33] 關於民族主義敘述中的時間意識，可參看安德森：《想像的共同體》（28-31）；亦可見於霍米・巴巴：《民族與敘述》（293-300）。

歷史的自我意識，它先於個體（時空中的共同體）而存在，是一種歸屬的原則，增進了對民族身分之渴求的理念。換言之，民族身分的創造激情，一方面積極地肯定了「親族關係的詞彙『祖國，motherland（母國），Vaterland（父國），patria（父國）』或關於家鄉的詞彙『heimat（故鄉）或tanah air（土地與水，印尼語的家鄉群島之意）』」中「有自然聯繫的事物」（Anderson 1983：131）；另一方面，在其它層面復活了源自「鄉人（人民、人）健康的、純粹的、精力充沛的生命」的民族象徵主義（Gellner 1983：57）。因此，民族的自然地理景觀（比如長城、黃河、長江、西湖、峨眉山、洞庭湖、大森林與大草原等）與《女神》中廣泛描寫的民族文化象徵（神話／傳說中的男／女英雄：盤古、女媧、天狗、鳳凰涅槃等）、歷史人物（老子、孔子、莊子、孟子、屈原等），以及同胞（健康的老人、美麗的女人、精力充沛的孩子）之間產生想像性的認同，並最終喚起民族獨有的精神氣質。

尤其通過對界定一個民族歷史－文化之共同回憶的敘述呈現、喚醒及肯定，一個民族的歷史經驗（共同的種族歷史）能夠被喚醒。為了在危難之時為民族提供一個能夠持續下去的偉大理念，喚醒一個民族身分的意識便由此而生。通過對河流、山脈、自然地點以及地理景觀的讚揚、放大與崇拜造就了一個民族存在的空間，激發了對美麗的「家／家園」的渴慕，以激勵同胞自發地去保護、防衛一個國家的空間完整性[34]，進而通過同胞的愛、擁抱與讚美，最終造就出一種體現同命運的共同性格，鑄成一個以有機共同體而凝聚的生存意志。在郭沫若所建構的民族新觀念中，民族性的自我意識表述為三層，而且更為重要的是，他拯救民族的英雄意志為中國新式知識分子所共有，隨後便發展成為中國民族主義歷史中的統攝性話語，就是：為民族的新生而做出的英雄主義的自我獻身的激情身體[35]。在《棠棣之花》（頁31）中，這樣的激情

---

[34] 據霍米・巴巴的觀點，作為「民族身分內景」的景觀隱喻之頻現與「光的特性」、「社會能見度」、「目光的力量」這些視覺的在場不無關係。參看其著：《民族與敘述》（頁295）。

[35] 例如聞一多本人便是一個浪漫主義詩人，他極度著迷於為新中國的誕生而自我獻身的英雄般激情。比如在〈發現〉、〈祈禱〉、〈一句話〉、〈我是中國人〉等詩中，他極度地頌揚了

犧牲便清晰可見：

> 我想此刻天下的姐妹兄弟們一個個都陷在水深火熱之中，
> 假使我們能救得他們，便犧牲卻一己的微軀，
> 也正是人生第無上幸福。

在民族主義的話語中，自我捐軀意味著一種自發的承諾，用「一種純粹與無私的氣息」去經歷界定民族所是的苦難、羞辱、失敗與痛苦（Anderson 1983：131-138）。自我獻身的行為最終認可民族現存的價值，同時也體現了民族的本質。前者表示苦難與獻身的意義，而後者則展現出苦難與獻身的理由（raison d'être）。

一方面，民族的純粹性要求對民族絕對的愛，要求呈現與形成民族的具體個人無條件的奉獻，因為民族的命運與每個人的身體休戚相關；另一方面，人人為民族自願獻出自己的血肉，並非個體生命的絕對死亡，而正是超越個人肉身死亡的永恆之明證。通過為民族的自我獻身行為，每個相互隔絕的身體被裹入集體的存在之中，通過共同身體之身分的建構，集體存在將自身塑造為民族身分的基礎。在民族危難之際，自我獻身的自發行為為社會生活提供了某種團體律令，即民族主義處於自身同仇敵愾的男子氣質之中（作為民族守衛者的男性身分，家庭、母親以及女性的象徵）實際上民族主義亦即「女性之歸來：每個男人／戰士作為父親／丈夫／兒子為民族／家庭／家園的保護與抗爭而捐軀，也就是為了每個作為母親／妻子／女兒的女人所居住的地方而捐軀」（Poole 1991：104-105）[36]。

自我獻身的榮耀。正如他在《我是中國人》中唱道：「我沒有睡覺！我沒有睡覺！／我心中的靈火還在燃燒；／我的火焰他越燒越燃，／我為我的祖國燒得發顫」（1993：234）。

[36] 不過有必要從女性主義的視角來對中國民族主義進行粗略的再考察，因為男性話語總是處於支配地位。儘管郭沫若把詩集命名為《女神》，並賦予她超強的生殖、生育的能力，可是，這只是一副偽裝的形象，因為這些女神／女人富有男子氣概──女性身體被賦予了男性的意志與能量。中國現代文學內的民族主義話語男性拒斥與閹割女性，而這一問題仍是學術界的盲點而未予關注。劉禾開創性地討論了民族主義敘述中男性對女性身體

　　在郭沫若的《女神》中，具有自我獻身這一自發行為的激情身體，被用來推翻、變革舊的中國（舊中國：一所監獄、地獄、墳墓、屠宰場，飽含殘酷、黑暗，以及腐朽的社會秩序）：為了未來新民族的來臨，超越個體的身體構成了郭沫若的民族主義意識形態之內核。在〈女神之再生〉與〈鳳凰涅槃〉兩首詩中，死亡／再生行為均指向為了一個新民族的創生而犧牲個體的英雄主義。正如聶嫈鼓舞她的兄弟：「願將一己命，／救彼蒼生起！」（頁28）：

> 我望你鮮紅的血液，
>
> 迸發成自由之花，
>
> 開遍中華！

因此對於郭沫若來說，新民族誕生的前提基於個人身體的絕對犧牲。沒有個體生命的奉獻，新的民族身分之形構絕無可能。因為這一新民族具有理想的身分，來鼓舞每個人創造這個美麗的民族，個體血肉的自我奉獻，及其高尚的價值乃是應有之義。為了應答這一召喚，追求這一理想，郭沫若建構出了三種自我獻身心理動力所認同的想像性理想，也意味著中國現代性的民族主義敘述出現了三種話語構成範式。

　　其一，為愛人而自我獻身的激情身體：祖國是一個年輕美麗的女郎；對她的愛情則是至高的幸福。〈爐中煤〉（頁58-59）一詩則是闡述此一觀念的最好例證。在此詩中，詩人將「祖國」比作「年輕的女郎」，「我」將自己認作爐中煤，情願把自己「燃燒」成灰燼：

爐中煤
——眷念祖國的情緒

的抹除：《文本、批評與民族主義文學：〈生死場〉的啟示》，載唐小兵編：《再解讀：大眾文藝與意識形態》（1993：29-50）。亦可見於劉禾（Lydia Liu）：《跨語際實踐》（Translingual Practice），1995年。

啊，我年輕的女郎！
我不辜負你的殷勤，
你也不要辜負了我的思量。
我為我心愛的人兒
燃到了這般模樣！

啊，我年輕的女郎！
你該知道了我的前身？
你該不嫌我黑奴魯莽？
要我這黑奴的胸中，
才有火一樣的心腸。

啊，我年輕的女郎！
我想我的前身，
原本是有用的棟梁，
我活埋在地底多年，
到今朝總得重見天光。

啊，我年輕的女郎！
我自從重見天光，
我常常思念我的故鄉，
我為我心愛的人兒，
燃到了這般模樣！

1920年1、2月間作

　　灌滿了燃煤能量的熱烈身體成就了一次充滿激情的自我獻身行為，並釋放出了英雄主義的光芒。在此，郭沫若建構了他所認同的理想對象：視祖國為年輕美麗的女郎。正是出於對她的愛，我「燃到了這般

模樣！」，「我」毅然讓自己為她獻身了。從這一激情的獻身來看，「我」可以達到最高的幸福，且別無他途。「燃燒」在郭沫若的創作語系中是一個核心語彙，它具有多向度的隱喻功能。「燃燒」或「燃燒」行為本身不僅表示身體的熱能學，而且還表示《鳳凰涅槃》這首詩中的再生能力。「燃燒」不僅意味著自我獻身之身體的英雄激情，同時還意味著現代性的內驅力與生產力，體現為郭沫若所熱切擁抱的現代機器（飛機、火車、汽輪、摩托與光），因而是現代物理學與精神現象的結合。通過將祖國認同為自我獻身的美麗年輕女郎，郭沫若清晰地表達了中國現代民族主義敘述最具想像力的範式。

其二，為母親而自我獻身的激情身體：地球即是母親，母親即是祖國。正如上文所述，組成民族主義敘述中自我獻身之本質的乃是為了女性身分而垂死抗爭的男人：女人作為母親／妻子／女兒本質上定義了家園／家庭／國家的身分，正如「國家」（國一家）二字所內含的意蘊。在〈地球，我的母親！〉一詩中，郭沫若觸及了他的第二個想像認同，即把「地球」視作照顧、養育、承受以及愛著他的「偉大的母親」。把地球認同為母親，為詩人提供了獻身的理由；換言之，將地球賦予女性特徵實現了兩個隱喻轉變：從地球到母親，以及從母親到祖國（母國／motherland）。正是後者引導了詩人的自我獻身的行為。因此，必須呼召人人來「報答／回報」母親／祖國賜予他的一切，並強烈地要求許下完成職責的承諾，縱觀整首詩：「對於你，表示我的孝心」（頁80）、「我要強健我的靈魂，／用來報答你的深恩」（頁83）。報答母親／祖國的情感是一種自願獻身的道德行為，它最終將令個體與祖國結成一體——「我只願赤裸著我的雙腳，永遠和你相親」（頁79-81）：

> 地球，我的母親！
> 天已黎明了，
> 你把你懷中的兒來搖醒，
> 我現在正在你背上匍行。

> 地球，我的母親！
>
> 你背負著我在這樂園中逍遙。
>
> 你還在那海洋裡面，
>
> 奏出寫音樂來，安慰我的靈魂。
>
> 地球，我的母親！
>
> 我過去，現在，未來，
>
> 食的是你，衣的是你，住的是你，
>
> 我要怎麼樣才能夠報答你的深恩？

　　這種將母親視為祖國的認同感總在提供凝聚民族歷史身分的生命力，並進一步定義了自我獻身的合法性。正如詩人接著唱道：「從今後我也要把我內在的光明來照照四表縱橫」（頁84）。對母親的絕對之愛等同於對祖國的絕對之愛，因此對這種絕對之愛的積極主動奉獻從而被喚醒，並得到了內在的認可。

　　其三，為家園而自我獻身的激情身體：大好河山即是家；家即是新中國。自然景觀是一個民族空間身分的神聖實體，它抱持、保護、養育個人的身體。生活在這片空間裡便是展現民族擁有一個共同根源的意願，以便於將不同部分統一於單一的民族性。在《女神》中，詩人將自己的讚美、愛戀與崇拜激情投射到了壯麗的景觀之上，其實是一種對民族空間神聖性的自覺意識——建造一個家園的意識。正如「晨安」（頁64）一詩所表達的那樣：

> 晨安！我年輕的祖國呀！
>
> 晨安！我新生的同胞呀！
>
> 晨安！我浩浩蕩蕩的南方的揚子江呀！
>
> 晨安！我凍結著的北方的黃河呀！

因為景觀造就了民族的物理空間，那麼稱頌每個個人身體之家園的景觀即是擁抱民族的唯一性，亦即，中國作為一個大家園。因此，「燃燒著激情之火」的身體對於美麗河山的獻身不僅與景觀的神聖性合而為一，同時亦建構了作為家園的國家——新中國，一個美麗家園的處所。就此而言，郭沫若在激情身體的自我獻身之民族主義敘述中，完成了第三種話語範式的建構。

在對作為自我獻身之動力的三種想像認同物：為愛人、為母親、為家園而獻身的解碼中，我們發現，在郭沫若的民族主義敘述中，新民族的身分之夢的本質由三種話語範式所揭示，而這三種範式則含有三種基本元素。也就是說，三種範式的核心是激情身體，它為了愛情、民族、家園而自我獻身，並共同創建了他們的身分，以此超越了個體的犧牲。通過為自我獻身而發明的這些想像性認同範式，我們可以揭開二十世紀初期的民族身分危機時代，中國新式知識分子偉大的民族主義理想。從歷史的角度來看，《女神》中由愛情、祖國與家園之想像性形象所建構的為新民族而生的民族主義理想不僅變成了中國現代知識分子為之自願獻身的道德價值依據，而且還積澱，結晶成了一種不可抑制的潛意識內驅力，不斷激勵人們去實現中國的現代性大業。

從這個意義上講，郭沫若對新民族的民族主義理念而建構的話語敘述隨後便崛起為一種超越了具體歷史的超驗話語。然而，正如蓋爾納所指出的「民族主義是一種偶然的、人為的、意識形態發明」，它發明了並不實存的民族（1987：56）；安德森也認為，民族是歷史的人造物，是人類想像中的虛幻共同體（1983：15-16）。因此，要使新民族的幻景成為現實，郭沫若令自己陷入了長久的掙扎中；更為重要的是，由於激情身體自發地自我獻身於愛情、祖國與家園這些想像性範式的建構，他註定要經歷一種難以割捨的複雜痛－快、折磨－狂喜，喚起這種複雜痛快感的正是中國現代性與啟蒙運動大業的歷史宿命。

但是當我們沿著這個「超級所指」運動的軌道溯回到它最初的胚胎狀態時，我們目睹到的不再是一個超驗性的「所指霸權」王國，而是

它的一系列游離的歷史蹤跡（historical traces）。說得更具體一點就是，郭沫若究竟是從哪一個角度去看待民族──國家這些概念的？那種已具有了超驗性地位的民族主義理想在它最初的歷史生產中又呈現為什麼狀態？郭沫若的民族主義又與當時五四新文化時代所表現的以反傳統主義為特徵的民族主義思潮又有什麼不同的關係（比如與魯迅、胡適、陳獨秀等人的民族主義觀的區別）？下面，我們將從屢見於郭沫若論文藝的有關文章（1920-1930）中去尋找證據來試圖釐清這些問題。

五、郭沫若的身體詩學與新民族幻象

在郭沫若後來談到他的創作時，他曾多次坦白了他的民族主義傾向。在《創造十年》一書中，他說：「五四以後的中國，在我的心目中就像一位很聰俊的有進取氣象的姑娘，她簡直就和我的愛人一樣。我的那篇〈鳳凰涅槃〉便是象徵著中國的再生。『眷念祖國的情緒』的〈爐中煤〉便是我對於她的戀歌。〈晨安〉和〈匪徒頌〉都是對於她的頌詞」（1932）。當他從日本乘船回國，船抵達黃浦江口時，他看見「同屬於黃帝子孫，神明之遺裔」的「苦力兄弟們」，自己的同胞在「異族的皮鞭下呻吟著」，他寫道：「除非是那些異族的走狗，誰也不能夠再閉著眼睛作夢。美好的風景畫被異族塗炭了」，他馬上在心中產生了強烈的民族意識，「那時候我還沒有階級意識，我只有民族意識」（同上）。在另一處，他又承認，「在中國說來，新文學的出現就是資本主義的反映……在我個人來講，那時倒沒有什麼明確的意識，雖然民族意識卻很強」，「在那時很渴望中華民族復興，在〈女神之再生〉、〈鳳凰涅槃〉裡都有意識地去表現著」（1936）。

從這裡可以看出，是歷史的苦難使郭沫若萌發了強烈的民族主義意識，從而使他在其作品中寄託了對一個新國家的嚮往，這在文章的前面部分已加以了討論。但是，既然一個人已經具有了對一個新民族－國家的期望，那麼，他也應該有一個何為一個國家及其目的的理念。在1923年發表在《創造週報》上的一篇論《國家的與超國家的》文章中，

郭沫若闡明了對國家及其目的的理解。他寫道：「國家本是一種人為的制度，它的目的是保持人類的安全」，他認為這是「一切國家的存因和目的」（1989：182）。在「國家的歷史漸漸演進之後，國家竟成為人類的監獄，人類的觀念竟瘐死在這種制度之下了」。而生活在國家圈域中的「普通的人類」，不是「成為亂臣賊子」，就是「遭燔戮之苦」，「遭流讁之刑」，這種國家最後不過是人類的「牢籠」而已，人類根本就不可能在其中獲得「取樂的感情」（同上）。這種把「國家」定義為一種「人為的制度」，即，人工虛構之物、創造之物，而非天經地義的天賜存在（「天命論」）；把國家的目的闡釋為「保持人類的安全」和其人民在其中「取樂的感情」，即，疆域的完整性，為民謀幸福。如果把這種國家的理念放在本世紀初的中國去衡量當時作為國家的中國和其目的，我們就會發現這一種對「國家」及其「目的」的理念是多麼富有洞見的思想。

從郭沫若有關對中國現狀的描述中，我們可以切分出國內國外兩個方面去審察。在國內方面，郭沫若曾在多篇文章中驚歎中國國力的衰弱，政治的腐敗，人民的貧困，道德的淪喪以及由此表現出對這個國家及其目的的絕望，挑剔和抨擊。在〈文藝之社會的使命〉中，他驚歎道：「我們的民族已經衰頹到了不可思議的地步」（1989：205）。在〈一個宣言〉中，他又歎呼：「但是我們的民族精神如今是萎靡到了極點了」（頁222）。在〈孤鴻——致成仿吾的一封信〉中，他寫道：「時代的不安迫害著我們的生存。我們微弱的精神在時代的荒浪裡好像浮蕩著的一株海草。我們的物質生活簡直像伯夷叔齊困餓在首陽山上了」（1990：7）。造成這種民族的衰竭和人民的困苦的原因是，「中國的政治局面已到了破產的地位。野獸般的武人專橫，沒廉恥的政客蠢動」（頁3）。「我們中國現在弄得這般糟，大局不能統一，一般社會人士都懷著自私自利，閉循苟且的精神」（1989：205）。「世道的杌陧，國度的傾邪，是制度不良所致」（頁221）。

在國外方面，「貪婪的外來資本家壓迫，把我們中華民族的血排

抑成黃河、揚子江一樣的赤流……我們暴露於戰亂的慘禍之下，我們受著資本主義這條毒龍的巨爪的蹂弄」（頁3）。「我們所處的中國尤為是受全世界的資本家壓迫著的中國，全世界的資本家把他們自己的本國快要榨取乾淨了，不得不來榨取我們，每年每年把我們的金錢榨取幾萬萬海關兩去」（1990：26）。「外來的資本主義要把中國束縛成一個恆久的鄉村，作為發洩它們過剩的資本，過剩的尾閭」（頁94）。從上面的論說中可以看出，郭沫若把造成「民族衰頹」的罪過歸咎的那個「國家」實際上指的是當時的軍閥專制政權（state），而不是指我們在前面界定的「民族－國家」概念（nation）。正是當時的state所表徵的nation，一個既不能抵禦外國列強的入侵，又不能為人民謀辛福的腐敗、癱瘓又無力的國家－政權。因此，既然一個國家只不過是「人造的制度」，而這個國家又違背了其建國的「目的與理念」，作為個體的我既不能認同它，也不能／更不值得為它獻身，那麼摧毀，廢除這個舊的國家而創造一個新的民族－國家則是應該而又合理的個人對國家的責任與義務。但是，一方面，這個腐敗無能的state（政體）已使這個nation（民族－國家）陷於了完全癱瘓，崩潰的苦難絕境之中；另一方面，外國列強已滲透到國家的心臟，既對其自然資源進行了全面瓜分，又使民族文化的生命根源瀕於一片枯竭、失範之中，那麼，身陷這雙重危難情境之內，民族主義所擁抱的未來新民族－國家理想又怎樣才能實現，其想像力的根源和理論依據何在？個體的獻身行為又該以怎樣的方式進行？對於這些問題，我們將嘗試從以下四個方面加以探討。

　　首先，郭沫若從世界主義的立場去論說中國及中國文化能存在下去的根據和理由。在《女神》中，我們可以讀到幾層「混雜」共存共生的張力結構，其中之一便是民族主義與世界主義（cosmopolitanism）這一層緊張關係。構成《女神》中的世界主義觀至少有以下幾種因子。在地理位置上，有太平洋、北冰洋、印度洋、大西洋；東西半球；亞洲、非洲、歐洲、美洲；紅海、恆河、喜馬拉雅山、貝加爾湖、尼羅河；在風景名勝歷史建築物上，有金字塔、蘇伊士運河、巴拿馬運河、加利弗

利亞瀑布；在國家方面，有俄羅斯、法國、印度、埃及、比利時、愛爾蘭、美國、巴拿馬；在人種方面，有黃種人、白種人、黑種人；在歷史偉大人物（神話／古代／現代），有Cupid、釋迦牟尼、Anus、Hygia、Salome、Apollo、Poseidon、Baccus、Faust、聖母、耶穌；哥白尼、達·芬奇、羅丹、華盛頓、林肯、惠特曼、Spinoza、Kabir、Beethoven、Carlyle、席勒、Goethe、Mendelsoln、Brahms、托爾斯泰、列寧、克倫威爾、黎塞爾、馬克思、恩格斯、達爾文、鄧南遮、馬丁·路德、尼采、盧梭、丕時大羅啟、泰戈爾、馬克司威尼、Campbell、拜倫、雪萊、羅素、哥爾棟、Wilde；在方向上，有東、南、西北；在動物方面，有大象、犀牛、鳳凰、鯨魚；工業文明產物，有摩托車、煙囪、X光、輪船、工廠、巨炮、飛機、電燈；大量外文及譯文入詩，有Phoenix、Comedy（科美體）、Sten hal、Henri Beyle、Pioneer、Bengal、mdsamt、Symphony、rhythm（律呂）、Pantheism、Violin、Piano、Soprano、德謨克拉西、密桑索羅普、Disillusion、Misanthrope、Orchestra、Open-secret、Hero-poet、Proletarian-poet、unschoen（不美）[37]。

　　如果把這些具有超國界，無種族優劣之分又無文化高下之別的世界大同主義觀放入一個腐敗、黑暗、癱瘓又封閉保守的中國時，或者把中國嵌入（inscribe）這個大世界主義景觀之中時，我們就會發現民族主義與世界主義在《女神》中的「混雜性」（hybridization）不但不矛盾，而且還具有獨特的動機與意義。把世界的多樣性／異質性（heterogeneity）納入中國境域（Context），一是可以讓世界進步之光「照亮」（enlighten，啟蒙即「照亮」之意）中國內部的黑暗與無序，激發起全民族的救亡圖存的大覺悟大反省；二是可以突破封建的封閉以開放的情緒充分吸收，模仿（借鑑）並發展世界先進的成分從而為新民族－國家的宏圖構築存在的基礎。把中國溶入全世界的版圖，使中國成

---

[37] 詩人學者聞一多認為這種形式在新文學中「才見得是個稀少的原質，同我們的舊文學比起來更不講是破天荒了」（1923）。而另一詩人穆木天認為這種「外來語」入詩表現了「那個轉形期中的揚起的特徵了」（1941）。但詩人朱湘則反對這種「西字」入詩，因為是（1）「單調的結構」；（2）造成視覺的「不和諧」（1934）。

為構成一個全世界的不可分割的一環，則可以說明中國生存權的根據和理由，即，既然中國是全世界的一部分，那麼她是絕對不可以被消滅，瓜分霸占和被擠出地球之外的（魯迅1973：382-383）；作為大同世界之一員，中華民族應享有與其它民族平等存在的權利。正是從這層意義上，郭沫若才把中國的「傳統精神」闡釋為「使人類治平，而不在家國」的「以四海同胞的超國家主義」，他寫道：「在東西各國，傳統精神與世界主義，是冰炭之不相容，而在我們中國，我們的傳統精神便是世界主義」（1989：184）。這種由世界主義所表現出的對中國傳統文化的「嶄新解讀」（誤讀？）一方面透露出了本世紀初中國新興知識分子對世界文化（西方文明）認同的急切心態；另一方面又可以體察到由西方的入侵和瓜分在中國新興知識分子心理創傷中所引起的對作為民族與文化完整性，獨特性和中國的生存權的極度憂患意識，即夏志清所洞察出的「感時憂國」（obsession with China）（1971）。

其次，正如五四時代大多數中國新興知識分子一樣，郭沫若借用了達爾文主義的進化論思想來闡發中國必須發展的理由。但已從世界主義的自我定位中獲得了生存權的郭沫若卻表現出了與他的五四同代人（魯迅、胡適、陳獨秀）在看待中國現存之問題上截然不同的認識觀。譬如，陳獨秀在運用社會達爾文的進化觀對中國社會考察之後，得出了中國因其社會毫無進化，競爭的自我求新的能力必遭「劣敗淘汰」這一悲觀主義的結論（1916：3）。魯迅在早期從進化論的角度去診斷中國國民性時，發現民族根性腐爛不堪與不可救藥，便發出了「中國終將被擠出地球」和「滅絕種族」的哀嘆（1973：382-383）。從達爾文進化論思想出發，郭沫若把「宇宙的內部」理解為「一個不息的鬥爭」，而「鬥爭的軌跡便是進化」，所以，「鬥爭」與「進化」就是宇宙的「自然法則」（1990：82）。唯有遵循這一「宇宙的運行」的「自然法則」，人類才能生存、繁衍和發展。他說，「我們的生活便是本著宇宙的運行和促進人類的進化」（同上）。宇宙的規律是進化的，人類依靠這一規律也必然會進化的，因此，人類歷史也是進化的。基於這種進

化邏輯，中國和中國文化是必然向前進化的，而這種進化是誰也阻擋不了的。

為了闡明進化的觀念和中國必然發展的理論，郭沫若則多次運用了「河水」向前「流動」來喻示歷史向前的推進，用了「涓涓細流匯大海」的常識來表示中國必然發展的事實。他寫道：「長江是流徙著的，流過巫山了，流過武漢了，流過江南了，它在長途的開拓中接受了一身的鮮血，但終竟沖決到了自由的海洋」，並相信這是「人類進化的一個象徵，這是人類進化的一個理想。人類是進化著的，人類的歷史是流徙著的」，所以這種「歷史的潮流已經快流到它的海洋時期了」（頁81）。他認為，中國的歷史已經流了「三千年了，它已經老早便流到世界文化的海邊」，但由於「沿海都是綿亙著的險峻的山崖」，中國的歷史便因此「停頓著了，倒流著了」，不過郭沫若相信只要在「這個山崖的阻礙」上，「由內部來鑿通，由外部來鑿通」，中國具有的「不可限量的無限大的潛能」，便終將「突破鴻蒙」，奔向全世界大融和的「海洋」。他繼續寫道，「全世界的江河都在向著海洋流。任你怎樣高築你的堤防，任你怎樣想深浚你的陂澤；你不許它直撞，它便要橫衝；你不許它橫衝，它便要直撞」（頁80），所以，中國必然進化發展的潮流是阻擋不了的歷史事實。這種用「水流」的綿延不斷和其勢不可擋的「動（運動與動力）與力（前驅力與推進力）」的修辭轉義來表現社會歷史的進化論思想可以恰好地辨明中華民族及其文化在這種「物競天擇，適者生存」的變化求生的世界競爭中是不可能被淘汰和消滅的，同時也照現了作為詩人的郭沫若的一個闡釋問題的獨特視角：直悟的隱喻模式，即，決定一個民族的進步和其文化的發展的動力源泉就是構成一個民族生命的根本元素：水與血液。只要保持這種「生命的動」所孕育出的「創造性力量」，這個民族便將具有綿延不息的強大生命力[38]，在此，郭沫若借用「水與血液」的隱喻模式正好顯示出他與五四的同代人的不同之處。

---

[38] 這一觀念恐怕受到了柏格森的影響。他從柏格森的《創化論》中讀到了一種「生的哲學（1990：55）。」

再次之，為了實現由民族的「水與血液」所孕育出來的強大進化生命力能夠轉化成民族發展的內在動力，郭沫若強調必須恢復民族文化傳統中的「固有的創造精神」（1989：157）。在郭沫若看來，中華民族的「固有的創造精神」就是「動的文化精神」，就是「進取的，實踐的，求生之充實的，謀積極人生之圓滿」的精神，一言以蔽之，就是郭沫若心中極端推崇的那種以動的創造本能為特徵的酒神（Dionysus）精神和以向真理積極勇進，生命自強不息為特徵的浮士德（Faust）精神（頁151）。然而，當郭沫若從中國傳統文化中「讀出」了一種Dionysus-Faustian精神的時候，一個極端弔詭（Paradoxical）的歷史問題便呈現在我們面前，這就是，在五四新文化運動一片全盤性反傳統主義的高潮中，作為「時代象徵的號角」（穆木天語）的《女神》的作者；作為五四新文化運動中自我／個人主義話語的「創造者」；作為一名宣稱是「一切偶像破壞者」；作為一個泛神論者，一個無神論者，甚至作為一個世界主義者，一個達爾文主義者，一個被稱為「中國新文化中的真詩人」（宗白華語），郭沫若並沒有像他的同時代人（如魯迅、周作人、胡適、陳獨秀、李大釗、錢玄同）那樣表現對中國傳統文化的全盤又堅決的否定[39]；恰恰相反，在五四高峰時期發表在《時事新報·學燈》（1920年2月1日號）上的《郭沫若致宗白華》的長信中，郭沫若還在大談孔子，並把他成為「人中的至人」（1990：22）。與此同時，他還批評有些人把孔子罵為「中國的罪魁」，「盜丘」，並且要求「新文化建設者」以孔子纂集《國風》的「絕倫的精力，審美的情操，藝術批評的妙腕」去編集一部《新國風》作為「民眾藝術的宣傳」和「新文化建設運動之一助」（頁20）。他寫道：「我想我們要宣傳民眾藝術，要建設新文化，不先以國民情調為基點，只圖介紹些外人言論，或發表些小己的玄思，終竟是鑿柄不相容的」（同上）。從這方面來看，聞一多先生把《女神》的作者批評為「對中國文化的隔膜」，一個只在「盲

---

[39] 關於全盤反傳統主義，參見林毓生《中國意識的危機》（1986）中的相關論述。

從」傳統文化的另一種「背時」態度，這似乎是一種令人倍感困惑的矛盾現象。究竟是什麼因素促成了郭沫若在對傳統文化評估方面採取這種較為審慎的態度？在傳統文化中，究竟哪一部分才算是他竭力想復活的「固有的創造性精神？」下面我們將逐一「發掘」出具體證據以便澄清這些困惑。

在郭沫若看來，中國之所以「弄得這般遭」，「政治的不完美，科學的不發達」「固然是重大的原因，而藝術的衰亡、墮落，也怕是最大的原因之一。美的意識的麻痹，怕是空前未有的」（1989：205）。這種把國家的危亡歸咎於文化藝術的衰落，即中國文化本身已喪失與外國文化對抗的能力，所以當中國在與外國列強交手時，中國文化便就一觸擊潰，正好是五四新文化運動中大多數中國新興知識分子所持的一種共識，在這層意義上，郭沫若又與他的五四同代們交叉匯合。現在，既然問題已經挑明，中國在本世紀初所遭遇的一系列失敗和屈辱皆是因為自己文化內部的無力、腐朽所致，那麼，能夠挽救中國滅亡的有效的方法就是怎樣使民族文化內部本身重新具有抵抗、戰勝異族文化的力量。在五四新文化運動中，對這一問題解答所採取的方式存在著巨大的差異。概括起來就是：第一，傳統文化是一種過時的舊文化，其根基已經完全腐爛變質，其價值規範已不再適用，所以就應該從整體上予以摧毀，加以全盤否定，從而創造出一個全新的文化典範來改變中國的處境，這便是全盤性的反傳統主義思想，五四運動主將如魯迅、陳獨秀、胡適、李大釗等皆持這一觀點；第二，文化是一個有機的整體，文化的衰微主要是它內部「創造性精神」的喪失或者受到「蒙蔽」，只要能把這種傳統的「創造性精神」加以「復活」或者使它從「沉睡」中甦醒並加以發揚光大，而同時又吸收其它文化的精華，傳統文化便可轉化成新型的現代文化，中國便能有救，持這種觀點的人可以稱為文化改良主義者或者文化保守主義者，郭沫若在當時可以說更傾向於後一種思想。

基於這樣一種藉思想文化（藝術／美育）以解決社會民族問題的文化民族主義思想，郭沫若便提出了把中國「動的文化精神」恢復過來

的主張。從他對這一主張的有關論說中，我們可以剖析出這種思想內含的四個層面：一是恢復／喚醒傳統文化固有的精神；二是把這種「復活的文化精神」與世界（西方）文化相融合從而獲得民族傳統文化「本沒有」的精神；三是民族傳統文化固有的創造性精神具體表現在民族藝術的繁榮，民族審美意識，審美情操的提高，所以為了實現此一目標，必須開展、提倡全民族的藝術運動；四是復活民族文化的固有精神而發展全民的藝術運動的真正目的便是「人的改造」，只有實現了中國人的精神意識的轉變，使中國民眾既具有創造性的精神又具有「審美的靈魂」，那麼，中華民族與中國文化不但不會滅亡、被剷除，而且定將存在下去，發展壯大起來。這四個方面歸納起來就是「傳統文化固有的創造性」恢復所應採取的方式，所應抱的胸襟，所必須施予的物件與所應抵達的目的。而其中的根本思想並沒有超脫出五四新文化運動所提倡的「人的改造」，「國民性的批判」，「人的文學」等這種以人本位為核心的文化救國模式。下面我們將較具體地引證一下郭沫若在這四個方面的論說。

在《一個宣言》（1923）中，郭沫若大讚中國的悠久歷史文化，說：「我們中華民族本是優美的民族之一，我們在四千年前便存有極優美的抒情詩，大規模的音樂，氣韻生動的雕刻與繪畫」（1989：222）。在〈論中德文化書〉這篇重要文章中，他在把中國文化拿來與希伯來文化和印度文化進行了比較之後，得出了「中國的固有精神當為動態而非靜觀」的結論（頁149）。在〈生活的藝術化〉一文中，他用南齊畫家謝赫的「氣韻生動」的藝術思想去衡量以「由靜而動」為特徵的西洋近代藝術精神的西洋繪畫，並斷言強調以「動就是動的精神，生就是有生命，氣韻就是有節奏」為特徵的中國藝術「實在比他們（西方）先進了」（頁209）。但是為什麼這種「本來是動的進步」的中國文化精神突然停滯不動而衰退了呢？郭沫若認為，這是只強調「靜觀的印度文化之遺誤我們」，「我們自佛教思想傳來以後，固有的文化久受蒙蔽，民族的精神已經沉潛了幾千年」，他相信，「要救我們幾千年來

貪懶好閒的沉痼，以及目前利欲薰蒸的混沌，我們要喚醒我們固有的文化精神」（頁157），則必須回到傳統文化中去，「研究古代的精華，吸收古人的遺產，以期繼往而開來」（頁222）。

與陳獨秀那種全盤否定「孔學傳統」和胡適徹底「錘碎，燒去」「孔丘的招牌——無論是老店，是冒牌」的反孔精神不同（胡適1922：1129），郭沫若則從以孔子為代表的儒家思想中演繹，找到了一種精神，一種價值和思想，一種在他看來不但可以「在這個新時代裡製造一個普遍明瞭的意識」，而且還可以激發出一種「向真理猛進」的「堅決精神」，這就是以道家無神論為本體觀和以儒家以個人為本位的「以積極進取的動態中以求生之充實的」中國文化具有的創造性精神（1989：152）。他寫道：「我們的儒家思想是以個性為中心，而發展自我之全圓於國於世界，所謂『修身、齊家、治國、平天下』，這不待言是動的，是進取的」；而道家思想則是「效法自然」、「生機永遠不息……人類的創造本能便能自由發揮而含合光大」（頁149）。郭沫若在五四時代從遭到摒棄的傳統文化中讀出了一種時代的「動與進取」的特徵，一種傳統文化向現代不斷轉化的「流動」精神，這不得不說與他把歷史進化看成是「如水綿延」的思想有密切的關係。但是，這種在民族主義語境中對本土文化傳統的讀法並不是建基在對異族文化，尤其西方文化的絕對排斥之上的，相反，郭沫若反覆強調「復活的」中國文化精神應該盡量吸收、容納異國文化的長處，尤其是中國傳統文化中缺乏的「科學精神」，即，「追求普通妥當的真理」而「增進人類幸福於無窮」的精神。他說，「從希臘文明遞演出的科學精神正是我輩青年所當之深深吮吸而以自為營養的一種資料。科學雖不是充實人生的一個全圓，但它是這個全圓的一扇重要的弧面；」（我們）「吸吮歐雨的純粹科學的甘乳」（頁152）。對西方科學精神和民主價值觀的熱烈追求則是五四新文化運動時期的中國現代性潮流所需，但是，在引進西方現代知識形式時又能對本土文化傳統加以轉化以使傳統文化價值觀適應現代社會並為現代社會所用，而不是予以全盤拋棄，也不是一味抬高本土文化的獨特

性而盲目排外，這在五四新文化運動時期（或者在近現代中國歷史中）是很難切實辦到的。從上述討論中來看，郭沫若的較為審慎的理智態度或多或少可以算得上是一個現代性意義上的新保守主義者（如哈貝馬斯對啟蒙思想的再闡釋而被稱為新保守主義者一樣）[40]。

復活「淹沒已久」傳統文化的創造性力量，「極力闡發我們固有的精神」，使「中國得早一日成為世界主義的新國」（頁185），在郭沫若看來，這是「生在再生時代的青年」的「責任」。但是，當何為民族傳統固有的創造性特質被發掘、敞亮了出來之後，又怎樣才能使它轉化成「救國救民」的力量？也就是說，以什麼樣的載體（medium）才把這種創造性特質呈現出來？如前所述，郭沫若把民族的衰弱的原因歸咎於藝術的衰亡所致，而藝術的衰亡又致使傳統文化中固有的創造性精神不能體現出來，從而使民眾疏離了這個創造性的中心並進而導致了民眾美的意識的麻痺。所以，「要挽救我們中國，藝術運動是不可少的事」（頁205）。郭沫若把藝術定為救國強民的手段主要看重了藝術獨有的功能，精神和使命。郭沫若認為，藝術具有兩大使命，「統一人類的感情使趨向於同一目標的能力」和「提高個人的精神，使個人的內在的生活美化」（1990：49）；「藝術是人類內在強大生命力的表現，具有美的感染力量和感化效果，可以使民眾養成一個美的靈魂」（1989：207）；「有優美醇潔的個人才有優美醇潔的社會」（頁275）；藝術的「真精神」就是「把小我忘掉，溶合於大宇宙之中的即是無我」（頁211）。只要中國社會中每個人都具有了「藝術的真精神，都以無私無我為一切生活的基本，那麼這個世界便成了一個理想的世界了」（同上）。

借藝術的凝聚、昇華、感染和召喚功能去提高民族的內在精神和民族素質，陶煉出「一種救國救民的自覺」，這充分表現了詩人郭沫若的理想主義情懷。自本世紀初蔡元培宣導「美育」以來，借藝術／美育救

---

[40] 把郭沫若冠之「新保守主義者」只是相對五四文化激進主義而言的，此處並無與哈貝馬斯比較之意。其實，就文化保守性來講，郭沫若的態度／立場也是充滿矛盾的。比如，當他攻擊吳稚暉等人宣導「整理國故」時，他就猛批「國學」傳統。但當他從五四以後所形成的小宗派主義圈子脫離時，他又把「國學傳統」看得如此高妙。

國救民的理想熱情便一直沒有消減過，五四時代除了郭沫若外，還有周作人、林語堂、李金髮、宗白華、胡適、魯迅等人。其實，不難看出，這種藝術光邦強國現象的真諦並不是在於藝術／美育的實行便可以挽救危亡在即的國家，而是在於藝術／美育的實行可以促進「人的改造」；可以喚醒中國民眾麻木的生命意識和療治傳統根性的痼疾，最後促成一個新國民的誕生。把新民族－國家的希望奠基在中國人本性的轉化之上，而中國人根本的轉變則需由藝術／美育運動來完成，這幾乎是五四新文化運動思想革命的一條主軸，沿著這條軸線，我們不但可以聆聽到本世紀初中國新興知識分子崇高無上的民族主義理想之喧囂聲，而且還能深深感受到文學藝術所被賦予的和所需承載的「超負荷」緊張關係之嘶裂之苦。這或許對文學藝術本身是一個莫大的不幸，但是，正如郭沫若所說，「它的功用對於中國的前途是不可限量的」（頁206）。

對於如何使藝術／美育去改造人，郭沫若幾乎沒有發展出一套完整的理論。作為一位浪漫衝動的詩人，他不可能像魯迅、胡適、蔡元培、周作人、宗白華等思想家那樣具有一副精細的理論頭腦。不過，我們仍然可以從他的零星片語中，讀到他對人的改造的有關見解。在《三葉集》「郭沫若致宗白華」（1920）一信中，郭沫若提出了「詩的創造是要創造『人』，換一句話說，便是在感情的美化（refine）」的命題（1990：49）。至於如何「美化」感情的方法，他完全同意宗白華在來信中（1920年2月20日）所表達的四個主張，就是：「（一）在自然中活動；（二）在社會中活動；（三）美覺的涵養（學習音樂繪畫，多讀天才詩人的詩作）；（四）哲理的研究」並最後向宗白華表態，「我今後要努力造『人』，不再亂做詩了。人之不成，詩於何有」（頁50）。在〈兒童文學之管見〉（1921年1月15日）一文中，他認為「人類社會根本改造的步驟之一，應當是人的改造。人的根本改造應當從兒童的感情，美的教育著手。有優美醇潔的個人才有優美醇潔的社會。因而改造事業的組成部分，應當重視文學藝術」（275）。他要求大力提倡「導引兒童向上，啟發其良知良能」的「兒童文學」，因為「文學對於人性

之薰陶，本有宏偉的效力」，而兒童對未來的新民族－國家尤其重要，「對於我國社會和國民，最具起死回春的特效藥」，「今天的兒童便為明天的國民」（頁276）。所以收集具有藝術價值的童話、童謠；創造「劇曲形式」的兒童作品和翻譯外國的兒童文學作品有助於兒童心理與生理上的健康成長，使他們成為未來國家的真正新國民。

除對藝術家本身需要改造和對兒童文學的提倡外，郭沫若的「人學」中一直存在著一個重要的主張就是，反對貴族藝術而使藝術平民化（頁223）。如果說中國的沉落就是因為藝術的衰頹所致的話，那麼，藝術的衰頹就是藝術為「特權階級所獨占」的結果。藝術一旦被「特權階級」所獨占，在郭看來，就會出現兩種惡果：「民眾與藝術接近的機會逾少，民眾因之而缺乏營養」與「藝術失卻了民眾的根株，藝術亦因之而失去生機」（同上）。前者導致了中國民眾缺乏「美的意識」和「美的靈魂」；後者則是「中華藝術的衰頹」的根本原因所在，所以從「人的改造」和「新國民的出現」角度出發，必須「把藝術救回，交還民眾！」這樣不但可以「使藝術感染民眾的生息」而且還能「把民眾提高到藝術的水準」。只要能做到這兩點，郭相信，「人的改造」過程不但可以完成，一個新民族－國家不但可以降生，而且「未來的世界文化是我們的」（1990：83）。從藝術家本身的更生到對培養未來新國民的兒童文學的宣導最後到藝術的平民化，郭沫若以一個詩人的特有想像力回應了五四新文化運動掀揭的以「人的改造」為核心的「人的文學」的最強音，但與魯迅等新文化主將們不同，郭沫若卻從「藝術造人」中得出了中國人是可以造化而新生的這一充滿美好的希望的結論。正如他在《一個宣言》結束時所宣稱的，「浩蕩的天地開放在我們面前，我們要同聲歌唱讚美的歡歌」（1989：223）。

在前面的論述中，我們已經明瞭了郭沫若的文化民族主義所內含的三個層面，就是，從世界主義的立場為中國辨明了「生存權」；以達爾文進化的思想為中國爭得了「發展權」而又以對民族文化傳統的復活而為中國的發展找到了「動與進取」的精神源泉，那麼最後餘下的問題

就是，既然一個未來美好的新民族－國家是終究要到來的，中國「人的改造」和「新國民的誕生」通過文學、藝術／美育之動力也是可以實現的，那麼，在對以現政權為代表的國家既不能認同，更不能獻身的歷史遭遇中，個人的獻身行為又以什麼方式進行呢？在《我們的文化》一文中，郭沫若把人的時代精神定義為獻身的精神。他說道，「我們的精神就是獻身的。我們的世界是我們的頭顱所砌成，我們的文化是我們的鮮血的結晶」（16卷：80）。要進行個人的獻身行為，個體必須找到其情感的認同物。無疑，為未來的新民族－國家而獻身是至高無上的行為，但就民族－國家的未來只不過是一種心理／精神世界的想像物而已，她本身尚未形成任何符號化的實體可言。所以，當個體要為這不可預測的美好未來而獻身時，而接納這獻身行為的「實在對象」總是不在場，缺席而虛妄的。當個體肉身所捐獻的物件顯現為一個空洞，一個虛幻之物，一個深淵甚至是一個迷宮時，個體肉身的捐獻行為便將是一種毫無價值、毫無效力的盲從舉動。

在前面對《女神》以激情之軀而獻身的分析中，郭沫若以一種隱喻的修辭行為把「地球」喻為「母親」：母親等於祖國；把「大好河山」喻為「家園」：家園等於中華。在這裡，為了實行個人的獻身行為，郭沫若以同樣的隱喻修辭方式把未來虛有，「尚未」（not-yet）之物具體化成「大好河山」（地理景觀，風景）的實在客體並賦予她們以肉身的存在狀態，即，大好河山（長江黃河）即為個體的身體／肉身。從表層意義上看，大好河山（長江、黃河、大自然）與我們的身體同形同態又同在，她們的存亡關係到我們身體的存亡，所以命運相連（同命運）；而在潛深層意義方面，大好河山（長江／黃河，大自然景觀）卻是未來新民族－國家的具體化象徵物，也是其立足之上的基礎，她的「獻身」（突破阻礙之物並匯入海洋的犧牲精神）則喻示了我們的無條件的捐軀。從這裡面，郭沫若就為向未來的獻身行為找到了「實在的認同物」。下面的獨特表述恰好地顯現了郭沫若的「肉身化自然景觀獻身隱喻」的證據。

在〈我們的文學新運動〉中，郭沫若在表達他要「把一切的腐敗的存在掃蕩盡，燒葬盡，迸射出全部的靈魂，提供出全部的生命」之後，他寫道：「黃河與揚子江系是自然暗示於我們的兩篇偉大的傑作。承受天來的雨露，攝取地上的流泉，融化一切外來之物於自我之中，成為自我的血液，滾滾而流，流出全部的自我。有崖石的抵抗則破壞，有不合理的堤防則破壞，提起全部的血力，提起全部的精神，向永恆的和平海洋滔滔前進！」（1990：4-5）。在〈我們的文化〉中，他又寫道：「長江是流徙著的。流過巫山了，流過武漢了，流過江南了，它在長途的開拓中接受了一身的鮮血，但終竟沖決到了自由的海洋」（頁80）。如前所述，「水與血液」的融合便是生命生生不息的源泉。而在這裡，「水＋血液＋獻身」的交會則表達了一個民族生命自強不息的源泉，同時這三元素的內在轉化／內在辯證存在關係既為新民族－國家的降生提供了生命的基礎，又為以血肉之軀的獻身行為找到了生命認同的神聖證據。以這一種獨特的隱喻性敘述，詩人郭沫若便和盤托出了他在本世紀初和中國現代性潮流中，以愛－祖國－家園為核心的民族主義理想模式，以及為這理想的感召而自我獻身所帶來的一種難以拆解的痛苦－快感歷史複合體。

結語

在整篇文章中，我們已就與身體主題相關的三個問題展開了討論，即，以一個原欲、本能的母性身體為特徵的自我模塑與創造活動；以身體為宇宙秩序隱喻的大我生成過程和最後以激情之軀而獻身的民族主義的救國運動。在進行每一問題的討論時，我們盡量從文學文本中找出其論證的依據而不作虛枉的宏論。從仔細的閱讀中，我們得出了身體在《女神》世界中對創造自我，表達宇宙大我和激發民族主義理想方面發揮了十分關鍵的作用的結論。通過上述的探討，我們認為把郭沫若及其《女神》放在現代性架構中予以重新定位的任務可以說已基本完成，現在留給我們的問題便是，當《女神》世界中那個由強大生殖

力的母性身體所創造的進步向上的自我隨即被強大的民族主義獻身運動抹除和碾碎之後；當以激情之軀而自我獻身的民族主義浪潮隨著五四新文化運動邁入「冷卻」階段之後；當太陽、火與光明的時間敘事轉向暗夜、潮溼之後；那麼，自我、身體與時間又呈什麼形態呢？又會構成一個什麼樣的現代性話語呢？將會建構哪一種現代性的話語能量或力比多經濟（*économie libidinale*）？向前的、無往不勝的、生成能量的身體何時抵達其閾限而開始令郭沫若深深陷入的「煩悶、倦怠、無聊、苦澀與漂流」（1990：9）？現代性敘述將突然朝何處轉向？在接受郭沫若熱烈身體中燃燒能量的「下墜」（「*falling-downness*」）時，誰又會被提及？所有這些問題將被帶入另一個知識視野，這將是我們下一章所要探討的問題，無疑，問題也將得到澄明。

【第二章】頹廢的身體： 李金髮詩中的 悲悼否定倫理學

　　隨著李金髮的詩集《微雨》在1925年出版問世，中國現代文學便崛現了一次話語範式的轉向。這一年還見證了國民「力比多經濟學」（*économie libidinale*）的可怕危機，這場危機見諸於李金髮詩中隨處可見的身體疲勞，以及與之共生的精神疲憊[1]。這場「力比多經濟學」危機顯現為無力感、活力能量的貧乏、健康生命的凋零、倦怠與煩悶的遲緩流動、萎靡不振的漠然、深深的悲傷與悒鬱。最能表徵這種無力感危機的典型形象即是一個精疲力盡的人，睡覺時雙臂交叉，雙手抱頭啜泣。無力的身體與低落的情緒以前所未有的密度滋生出了不斷蔓延的民族幻滅感，可以更準確地概括為「狂蕩的頹廢」（*une turbulente décadence*）。五四時期中國最重要的作家與批評家之一茅盾（1921／1989：118-120）對這種後革命狀況作出了敏銳的觀察：

> 中國現在社會的背景是什麼？從表面上看，經濟困難，內政腐敗，兵禍、天災……表面的現象，大可以用「痛苦」兩個字來包括。再揭開表面去看，覺得「混亂」與「煩悶」也大概可以包

---

[1] 1919年，19歲的李金髮去往法國留學，學習藝術。1920年至1924年在巴黎和柏林時，他創作了最主要的三部詩集。1923年，他將題為《微雨》、《食客與凶年》的兩部詩集分別寄給了周作人，以及北京大學的一個著名教授。由於出版延期，只有《微雨》在1925年11月出版；另外兩部詩集《為幸福而歌》出版於1926年，《食客與凶年》則出版於1927年。他的第四部也是最後一部詩集《異國情調》則出版於1942年，那時他在重慶。此後，李金髮再未寫過詩。關於李金髮的生平創作，可參看楊允達：《李金髮評傳》，1986年；陳厚誠：《死神唇邊的笑：李金髮傳》，1994年；本文中李金髮的詩作均引自於周良沛編：《李金髮詩集》，1987年。不另加注。

括了現社會之內的生活。……一方面是因為舊勢力的壓迫太重，
社會的惰性太深，使人覺得前途絕少光明，因而悲觀；一方面是
因為他們自己的思想迷亂。……由煩悶產生的惡果，一是厭世主
義，一是享樂主義，──這是兩個極端。

李金髮通常被視為第一個向中國文學引介法國「世紀病」（maladie
du siécle），及頹廢觀念的中國詩人。李金髮詩中展露出這種全新的
詩歌寫作意識，開啟了一種全新的現代性敏感（蘇雪林1933；朱自清
1935；孫玉石1985；楊允達1986）。

因此，從郭沫若到李金髮的轉向乃是一種認知質的轉變。這並不
僅僅描繪了中國現代性能量之力比多經濟的一次中斷、一方裂痕與一段
溝壑，同時亦創造了生命衝動（élan vital）與頹敗直覺之間那持續震盪
的話語張力。在中國新文學的第一個浪漫主義詩人與象徵主義之父的中
間，崛現出了一個兩極世界：一極以郭沫若筆下的持續創造之身體為代
表，這身體被四溢的、向前進步的爆炸性能量所灌注；另一極則以李金
髮筆下無法行動的麻木肢體為代表，它被倦怠所黯淡，被昏昏欲睡所困
乏與誘惑。對於郭沫若來說，每一個早晨都閃爍著旭日初升，為了勝利
的自我之誕生，到處彌漫與輻射著生命之光。然而對於李金髮來說，正
與洋溢著創造力的郭沫若相反，早晨是絕佳的睡眠時間，太陽耗盡了它
的能量而盡顯黯淡。對於郭沫若，世紀意味著黎明、春天與青春；而對
李金髮來說，世紀則意味著黃昏、秋日、衰老與沉睡[2]。分別引用兩位
詩人各自的作品便足以展現二人詩歌意識的差異。在郭沫若的〈晨安〉
一詩中（1978：19），我們聽到：

晨安！常動不息的太陽呀！

---

[2] 馬泰·卡林內斯庫（Matei Calinescu）認為，頹廢通常與「沒落、黃昏、秋天、衰老和耗盡
這類概念，在更深的階段還聯繫著有機腐爛和腐敗的概念──同時也聯繫著這些概念慣有
的反義詞：上升、黎明、青春、萌芽等等」（1987：166），顧愛彬、李瑞華中譯（2004
年）。這一闡述準確地解釋了郭沫若與李金髮之間的二極張力。

> 晨安！明迷恍惚的旭光呀！
>
> 晨安！詩一樣湧著的白雲呀！
>
> 晨安！平勻明直的絲雨呀！詩語呀！
>
> 晨安！情熱一樣燃著的海山呀！
>
> 晨安！梳人靈魂的晨風呀！
>
> 晨風呀！你請把我的聲音傳到四方去吧！

在李金髮的《ode》（頁274）這首詩中，可以目睹一種迥然不同的認知圖景：

> 且闔你的眼兒，
>
> 任清晨去沉睡，
>
> 花枝受重露而疲乏，
>
> 長松的臂兒，
>
> 正因擁抱遠露而龍鍾

郭沫若力比多經濟中的能量激情為李金髮衰老的疲乏所替代，郭沫若熊熊燃燒的熱量變成了李金髮的冰冷寒徹。在力比多經濟的輪番爭鬥中，一種訴說寒冷、黑暗、卑屈、毀滅與疼痛的新敘述由此而生，這種新敘述轉向了現代性的負面，轉向了人類存在的地下世界，一言以蔽之，我將之稱為「頹廢敘述」，它與郭沫若的太陽、光芒、火焰、以及黎明的進步精神之敘述截然相反。光明與黑暗、興起與衰落、熱與冷、以及沸騰與無力戲劇性地構成了中國現代性自我模塑的二元敘述。這恰恰反應了現代性觀念中內存的兩股矛盾衝動，正如卡林內斯庫（Calinescu）（2004：11）所說：

> 最廣義的現代性，正如它在歷史上標榜的那樣，反映在兩套價值觀念不可調和的對立之中，這兩套價值觀念對應於：（1）資本

主義文明客觀化的、社會性可測量的時間（時間作為一種多少有
些珍貴的商品，在市場上買賣），（2）個人的、主觀的、想像
性的綿延（durée），亦即「自我」的展開所創造的私人時間。後
者將時間與自我等同，這構成了現代主義文化的基礎。

　　一方面，「進步現代性」（progressive modernity）包括了科學與技
術、理性崇拜、人文主義自由觀念以及時間的終極勝利等人類進步的
信條；另一方面，「美學現代性」（aesthetic modernity）將人性危機的
深刻意識、時間的短暫性、生命的平庸以及現代之美（波特萊爾式的
「beauté moderne」）的無畏創新性給戲劇化了。這種現代衝動的悖論構
成了現代性之劇烈衝突的兩面，因此在現代文明的力比多經濟中，形成
了一種不可調和的張力。「從此以後兩種現代性之間一直充滿不可化解
的敵意，但在它們欲置對方於死地的狂熱中，未嘗不容許甚至是激發了
種種相互影響」（頁48）。從這一角度看，李金髮的現代性抉擇是美學
式的，他處身現代性內部的黑暗空間，專注於對生命的醜陋、悲劇美
感、痛苦與神祕加以極端地揭示與徹底地剖析。

　　儘管李金髮詩歌作品的出版代表了中國象徵主義詩歌的誕生，然
而就其文本在中國的接受度來說可謂命途多舛（孫玉石1985：157）。
與郭沫若的《女神》被立即接受形成鮮明對比，中國知識分子對李金髮
的第一部詩集《微雨》的反應相當的糟糕與冷漠。他們批評李金髮所運
用的古怪意象與晦澀意義，批評他對頹廢畸形的崇拜與其詩句法規則的
混亂（蘇雪林1969：152-159）。一些人將「詩怪」這樣的標籤加諸其
身，另一些人甚至將他的詩歌嘲笑為「笨謎」或批評為「糊塗體」。[3]
從另一角度觀之，對李金髮詩歌的閱讀，公眾反應多為負面，這恰恰證
明了一種新的美學敏感性的誕生。換言之，當時真正撼動中國讀者慣常
的美學品味的，並非李金髮所採用的自由詩形式，而是其頹廢的感性，

---

[3]　第一個稱謂來自於黃參島：〈《微雨》及其作者〉，《美育雜誌》，1925年第二期。另外兩
　　個則分別來自於胡適和梁啟超，轉引自秦亢宗：《現代作家和文學流派》（1986：158）。

一種極度沉溺於新奇、歡愉與人類腐朽之美的審美意識，讀者鮮少在以往的中國文學的審美中見識過這樣的衰落與毀滅。例如《巴黎之囈語》（頁60）一詩，李金髮寫道：

> 如暴發之憤怒，
>
> 人在血湖上洗浴了！

另一首詩《遠方》（頁115）則展示了他詩歌的怪異性：

> 我浸浴在惡魔之血盆裡，
>
> 渴望長跪在你膝下。

　　這樣的古怪意象喚起了深重的頹廢情緒，這在中國傳統詩人的詞彙中難尋蹤跡，卻常見於波特萊爾和瓦雷裡的詩中[4]。中國現代審美中「詩性認知閾」（「poetic episteme」）的戲劇性斷裂，乃是與之共生的中國現代性的結果，這導致了藝術關注的新轉向。周作人將這一審美學認知的斷裂描述為「這種詩是國內所無，別開生面的作品」（1925）；朱自清認為這是「一支異軍」（1935：7-8）。可以想見，郭沫若與李金髮之間審美意識的鴻溝有多大，他們共存於中國現代性話語空間的力比多能量卻迥然不同[5]。將李金髮與郭沫若並置於力比多能量的橫向語

---

[4] 波特萊爾對李金髮產生了密集的影響，有時他被稱作「東方的波特萊爾」。就法國象徵主義對李金髮之影響的研究，請參看孫玉石：《中國初期象徵派研究》，1985年；楊允達：《李金髮評傳》，1986年；哈利・阿蘭・卡普蘭（Harry Allan Kaplan）：《中國現代詩歌中的象徵主義運動》（The Symbolist Movement in Modern Chinese Poetry），學位論文，1983年；金絲燕：《文學接受與文化過濾：中國對法國象徵主義的接受》，1994年。

[5] 為了展現郭沫若與李金髮之間表達的巨大差異，宋永毅將郭沫若《女神》和李金髮《微雨》兩部詩集中的主要意象，用表格加以統計：

意象 次數	寒夜	死	死屍 枯骨	墳墓	落葉 狂風	荒野 廣漠	殘月	殘陽 夕陽	殘血 汙血	汙泥 泥濘
《女神》	5	4	2	3	1	0	1	1	0	1
《微雨》	38	8	19	7	10	7	9	15	5	12

境中的目的在於，探索支配中國現代詩歌之自我塑造的另一種內驅力。這樣的並置將揭示一種新的中國現代性敘述空間。因此在下文中，我將聚焦於李金髮反映在身體中，或身體感受到的頹廢觀念，我以為這一頹廢觀念可以為解開李金髮「晦暗詩性意識」祕密提供關鍵的鑰匙，這一審美意識的崛起關聯著中國現代性之自我形構的能量。

一、肉體的頹廢經濟學：無力感、衰弱、喪志症與倦滯

　　如果李金髮的詩集《微雨》標誌著中國現代詩歌審美現代主義情感的新紀元，那麼詩集中的第一首詩〈棄婦〉則是一把激發並穿透這新敏感性的利刃，此詩徹底地超越了舊有傳統的詩歌認知，宣示了一種新表達範式的誕生：現代漢詩的頹廢敘述[6]。作為新審美意識的開創性作品，〈棄婦〉為李金髮的主要作品定下基調，尤其定義了他的詩歌創造，聚合了他的基本美學特徵。本詩顯現的自我形象與以往截然不同，由一副受折磨、被拋棄、被殘毀的身體呈現出來：

棄婦

　　長髮披遍我兩眼之前，

意象\次數	太陽	日出	大海怒濤	烈火	熱血	明月清風	白雲流水	潺潺清泉
《女神》	55	9	14	27	5	5	10	3
《微雨》	10	2	0	0	0	1	1	1

參看宋永毅：《李金髮：歷史毀譽中的存在》，見於曾小逸編：《走向世界文學：中國現代作家與外國文學》（1985：395）。

---

[6] 在詩的歷史功能方面，李金髮的〈棄婦〉可以同他的導師波特萊爾的〈腐屍〉（*Une Charogne*）一詩相比較。埃裡希・卡勒（Erich Kahler）認為〈腐屍〉開啟了對身體世界的嶄新感知，「感官現實的某種超越性」並未向上進入精神與抽象的領域，而是向下、向內進入了某種「內在的超越、潛存在」，進入了身體的感知與人類情感的神經。埃裡希・卡勒：《高塔與深淵：個體轉化之研究》（The Tower and the Abyss: an Inquiry into the Transformation of the Individual），1957：154-160。關於波特萊爾〈腐屍〉在中國的接受狀況，有這麼一點有趣的值得注意，在《微雨》出版的前一年，1924年十二月，著名詩人徐志摩將此詩譯為中文，題為〈死屍〉。在詩開頭，徐志摩寫了一篇長序言，將此詩讚為「《惡之花》詩集裡最惡亦最奇豔的一朵不朽的花」（1992：312-315）。徐志摩對此詩的盛讚激起諸如魯迅這類作家的批評，他嘲諷徐志摩的話為「徐志摩先生的神祕談」，參看孫玉石：《中國初期象徵派詩歌研究》（1985：60-62）。

遂隔斷了一切羞惡之疾視，
與鮮血之急流，枯骨之沉睡。
黑夜與蟻蟲聯步徐來，
越此短牆之角，
狂呼在我清白之耳後，
如荒野狂風怒號，
戰慄了無數游牧。

靠一根草兒，與上帝之靈往返在空殼裡，
我的哀戚惟游蜂之腦能深印著；
或與山泉長瀉在懸崖，
然後隨紅葉而俱去。

棄婦之隱憂堆積在動作上，
夕陽之火不能把時間之煩悶
化成灰爐，從煙突裡飛去，
長染在游鴉之羽，
將同棲止於海嘯之石上，
靜聽舟子之歌。

衰老的裙裾發出哀吟，
徜徉在邱墓之側，
永無熱淚，
點滴在草地
為世界之裝飾。

　　凸顯此詩的敘述並不是向上的昂揚，而是力比多能量的向下衰落；
強健的身體並未產生爆炸性的運動，相反卻顯示出殘缺生命的凋零；對

未來的絕對光明沒有強烈的欲望，相反卻呈現地獄世界的深重黑暗。在這首詩中，我們目睹了毀滅性時間那無盡的煩悶對身體所作的殘酷折磨，目睹了一個望求速死的衰弱自我。詩中彌漫著寒冷、沉重、乾燥、黑暗、傷感與凝固的空氣，昏暗、模糊、幽閉、空虛、貧瘠、陰森的光線，以及夜晚、夕陽、灰燼、無淚、枯骨與秋天的時間經驗。所有這些元素激起的頹廢與感傷，造就了棄婦的無力感、了無生氣的乏味、全然的病態、衰老、怠惰、意志缺乏與虛弱[7]。在導向她最終的虛弱與衰老的過程裡，她失卻了體內的生命法則，棄婦的生命不過是一股黑色的膽汁流穿她乾枯與冰冷的肢體，因了她內部的惡化，誘使她沉溺於嗜睡的深淵。

關於棄婦之命運的敘述，此詩展現出兩種敘述結構：第一種結構呈現了「我」作為懷有懺悔情緒的敘述者產生出婦女無望與無助的空間性視野，亦即婦女對其苦難的自我敘述；第二種結構則呈現在第三人稱中（讀者、目擊者或詩人），對婦女所陷深重悲悼不可避免性的時間穿透。空間性結構涵蓋了前二節，這兩節詩的展開伴隨著對空間之光明的拒斥，長髮披遍使空間表面一分為二，這種分割使得雙眼透明的視線漸趨模糊。「隔斷」是一個分開「我」與外部世界的動作，它導致了一個遁世者墮入捆鎖的封閉內在。短牆、荒野、空谷、懸崖、山泉與長髮、鮮血、枯骨、黑夜、怒號的狂風，以及俱去的紅葉諸意象並置，不可能激起任何空間的救贖性。

本詩的時間結構則顯現於第三、四節。這一結構的獨特之處在於時間的否定性經驗引發了棄婦之生命的哀戚、恐懼、龍鍾、疲乏與乾

---

[7] 除了已經在前面提及的馬泰・卡林內斯庫對西方文化中的頹廢概念的研究之外，還有柯拉德・斯沃特（Koenraad W. Swart）：《19世紀法國的頹廢意識》（The Sense of Decadence in Nineteenth-Century France），1964年。還有一本頗有用的著作為丹尼爾・匹克（Daniel Pick）：《墮落的面孔：歐洲的失序（1848-1918）》（Faces of Degeneration: A European Disorder, c. 1848-c. 1918），1989年。至於身體與文化上的憂鬱影響，可參看沃爾夫・勒配尼斯（Wolf Lepenies）：《憂鬱與社會》，1992年；亦可參看西格蒙德・佛洛伊德的對此一概念的精神分析研究，見於《西格蒙德・佛洛伊德心理學著作全集標準版》（The Standard Edition of The Complete Psychological Works of Sigmund Freud），Vol. 14（1957：239-258），以及米歇爾・傅柯《瘋癲與文明》的部分研究，米歇爾・傅柯：《瘋癲與文明》（Madness and Civilization）（1988：117-158）。

枯。「堆積」一語生動地指涉了重複時間的累積，無所不同亦無所改變，只不過是單調而同質的時間。時間太久，以至於無法耗盡；要不然就是太短，流逝緩慢。正是沉滯的時間之煩悶殺死、吞噬並麻痺了棄婦的生命，這使她無法朝著一個充滿希望的終點運動，而代之以最後絕望的加速到來，墮入死亡空白的裂隙。棄婦被持久的煩悶蠶食了精血，這令她感到老態龍鍾與筋疲力盡。夕陽之火、游鴉、海石、衰老的裙裾以及乾枯的眼淚諸意象一齊加強了時間的毀滅效果[8]。因此，在空間的維度中，棄婦被永恆的天堂拒斥（「靠一根草兒，與上帝之靈往返在空谷裡」）；相反在時間的維度裡，卻被一股不可抗拒的墮力拉入沉睡的悲慘冥界（「衰老的裙裾發出哀吟，／徜徉在邱墓之側」）。

由此看來，〈棄婦〉一詩實際上即為李金髮對永恆與一瞬之本性的沉思，生命的空間拯救遭到拒斥，而生命的時間頹廢卻終將獲勝。因此「我」對於天堂之救贖的幻夢為時間的怪獸所擊碎，而她的被棄則由此呈現為兩個層面：既處於失敗的結局果中，也處於她對這種失敗的悲劇意識。於此，李金髮以時間總是謀殺、屠戮、吞噬與耗盡人的生命與鮮血的觀念，完全地顛轉了郭沫若進步的自我對時間的英雄般勝利。「我」總是處於一種萎靡不振的煩悶中，這煩悶僅生出貧瘠。這種時間的非生殖觀念，正是李金髮從波特萊爾與魏爾倫借來的主題，同樣，也正是李金髮之頹廢情感的具體化。

在上面這首詩中，我們已無法找到一具飽含強能量、高熱能與快速度的身體，而這些均是郭沫若《女神》中的關鍵，我們也無法再看到「永恆之女性」如何「引領我們上升」，相反，一個被棄於短牆與空谷的女性，唱著她將死的輓歌，呈現於我們目前。在隱喻的意義上看，李金髮的棄婦形象正是郭沫若筆下那耗盡了能量的女神。這正是女神火熱身體的最終爆炸，接著便從其天堂境界中墜落。在她的庸常狀態中，只

---

[8]　就文學中時間的倦息與無聊這一主題的研究，可參看萊因哈特・庫恩（Reinhard Kuhn）富有啟發性的著作《正午的惡魔：西方文學中的倦息》（The Demon of Noontide: Ennui in Western Literature），1976年。

剩下倦滯、清醒、冷靜，以及缺乏行動的意志。一句話，她退入了力比多能量衰減的流動之中，一場無力感的危機隨之攫住了她的整個世界。

　　能量驟降的無力感危機散布於李金髮的多數詩中。能量與活力還未完全消失，而能量的退減卻使能量自身無法增長。能量流的路徑被隔斷，以至於有機身體並未經受任何的權力意志。這種無力感表現於身體運動的阻斷與凝滯之中：

　　　　當一切撫慰來到，
　　　　我遂痛哭
　　　　四肢笨重而頹萎。

　　　　　　　　　　　　　（〈A Henriette d'Ouche〉，頁369）

以及：

　　　　深願如舊兩手抱著頭，
　　　　夢見命運之征伐，
　　　　但昏醉而愚笨著，
　　　　任你生活在我厭倦裡。

　　　　　　　　　　　　　　　　　（〈哀吟〉，頁319）

或表達於行動的意志被麻痺（一種怠惰的症狀）的狀態中：

　　　　我可愛之盛年悉消散了，
　　　　最初的友誼亦疏冷了，
　　　　失去了可恃之force
　　　　留下這種痛之身軀。
　　　　如少你的擁抱，
　　　　我四肢更臨風冰冷，

心兒因貧血而跳

睫兒因疲乏而下垂。

（〈多少疾苦的呻吟……〉，頁561）

或表達於生命的枯萎，以及苦澀的幻滅感中：

你傍著雪兒思春，

我在衰草裡聽鳴蟬，

我們的生命太枯萎，

如牲口踐踏之稻田。

（〈時之表現〉，頁407）

以及：

我們之四體在斜陽流血，

晚風更給人蕭索之情緒，

天兒低小，霞兒無力發亮，

像輕車女神末次離開世界，

我們之希望，羨慕，懊悔，追求，

在老舊而馴伏之心底衝突。

（〈愛之神〉，頁373）

關於「天兒低小」一行，令我們想起波特萊爾《惡之花》中〈憂鬱〉：

當低重的天空如大蓋般壓住

被長久的厭倦折磨著的精神；

當環抱著的天際向我們射出

比夜還要愁慘的黑色黎明；

（波特萊爾〈憂鬱〉，郭宏安譯）

對波特萊爾來說，天空如沉重的大蓋壓住天際，使大地籠罩在黑暗中，這象徵著「蕭索，以及深深的絕望」（Auerbach 1965：150）。庫恩（Kuhn）則說，低重的天空被縮減為一個地牢，這令人想起貧瘠的景況，倦怠之獸正在逼近，它的一個大哈欠就能把整個大地吞噬（1976：22）。但李金髮的隱喻並未止於此，它還傳遞出能量的嚴重貧困。由於大地變得呆板，太陽不再升起，沒有任何能量得以產生。因此，身體中的能量危機日益顯著，一直持續。正如他寫下：「所有的期望還在遠方，／不死的頹廢既在目前了」（〈你白色的人〉，頁636）；身處怠惰的黑暗景況：「空泛／之須與深切求，／齧食軀殼之一部」（〈時間的誘惑……〉，頁334）。李金髮將時間的虛弱無力概括為「時代疲乏」、「世紀之夜」以及「深眠之侯」（頁275）。

由於生命活力法則的缺席，無力感危機相應地導致了某種身體的深重危機。換言之，身體的各個部位立即就感受到了力比多能量的危機。這僅僅是某個身體部位在接收、容納與記錄這種能量的突減與消逝，而能量則源自於顯現危機的諸種形式之中。無力感危機正是在身體的有機部位中才得以展開，而這身體便由肉體頹廢的機能所構成。在李金髮的詩歌中，能量的貧困使我們目睹了一具身體的雙腿凝固、雙手無力、雙耳失聰、雙目失明、心臟停止、味蕾枯竭、面目蒼白、鼻子阻塞、口無食欲、骨骼枯瘦。下面，我將概述身體各部位的肉體頹廢。

腿：能量危機起初影響腿，使其無法行走：「你沉重而笨之步／遲點將失你隨他之路徑」（〈街頭之青年工人〉，頁94-95），或從動作中麻痺雙腿：「我不繼續前路，怕踐踏了牧童的淺／草，願長與跳蕩之心哀哭這命運」（〈心〉，頁394）。由於能量缺失，腿使不出力，因此變得完全的疲乏。「淡白的光影下，我們蜷伏了手足／口裡歎著氣如冬夜之餓狼」（〈給蜂鳴〉，頁7），或是「無須理解，我費上

帝給來的本能，擺／動所有之手足，拖著腿兒如載重之／耕牛⋯⋯」（〈Falien與Helene〉）。最後，雙腿精疲力竭、顛簸、搖晃、倒下並變得愈發瘦小：

> 腳兒太弱小，我無能穿你翼鞋而遠走，
>
> 縱遇荒漠與曲徑，無讓我導路在前頭，潛力與真理！
>
> （〈心期〉，頁445）

還有一例：

> 吁，我革履笨厚，
>
> 腳兒弱小無力，
>
> 何處是情愛之Sagesse。
>
> （〈Sagesse〉，頁429）

由於雙腿被耗盡的能量所麻痺，死亡臨近：「我的鞋破了，／終將死休於道途，假如女神停止安睡之曲。／我手足蜷曲了，／不能在遠處招搖而呼喊」（〈慟哭〉，頁117）。

手：當腿麻木，便不能往前挪一步。對於一個困於無力之境的人來說什麼都無從發生。一切變得靜止不動，了無差別。於是雙手慵懶，甚而怠於搬動。人像一尊雕塑般立在那兒，呆若木雞。「煙在喉裡，／手在褲袋裡，／雖顯出可憐，／但一半同情，一半timide」（〈短牆的⋯⋯〉，頁197）。手在褲袋裡無所作為，因為他們太過倦怠與憔悴：「我臂兒瘦了／全因飾帶抽得太緊麼？」（《春思》，頁262）。

口：在腿苦於挪動，手無法抬起之後，口這一部位則表現出食慾的消失，或經歷著味蕾的枯竭。郭沫若「天狗」的那種強烈的動物性欲望了無所存。「遠處的旋風能乾枯我的唇，／將催我心兒頻跳」（〈多少疾苦的呻吟〉，頁565）。此處生出二事，一方面，口無食慾在於吃

食太過無味，或沒有力量進食：「螞蟻是太擁擠的，／蚯蚓無味！」
（〈生之炎火〉，頁616）。另一方面，無所進食因為大地貧瘠：「我
欲狂呼，但口兒無意地闔著，／我欲痛飲，但樽兒因日光乾枯了」
（〈不相識之神〉，頁325）[9]。在嘴巴了無食欲或是無所進食之際，
身體中積聚能量的機制便缺失了，生命進而終被否定。人備受著倦怠、
虛弱、空洞與悽愴的困擾。

　　眼：由於腳無所動彈，故視野受限，眼中世界所及之處總歸於了
無差別。換言之，腳之無力感同樣麻痺了目之視野。因此，雙眼無法看
見遠方，或無所可見：「我的眼將無力再看，／雖然如此深黑」（〈假
如我死了〉，頁167）。雙手的懶散使得雙眼疲乏而睡意綿綿：「倦睡
之眼，／不能認識一個普通的名字！」（〈下午〉，頁18）。眼裡同樣
也看不出一點炎火的光芒，而只有模糊與黑暗：「眼兒失亮，／口角流
涎」（〈生之炎火〉，頁616）。如果雙眼無光而無法瞅見，他們必會
變成盲眼與死眼：

> 我們眼兒死了，但心仍清新，
>
> 蕩漾在désir divin裡，
>
> 聯想到更遠之遠處去！
>
> 地獄之火正燃燒頸項。
>
> （〈Sonnet〉，頁301）

　　李金髮眼之修辭的特別處在於這樣的人物形象：苦澀地啜泣，並
用雙手掩蓋憔悴之面，一個被冷淚窒息的人，或耗盡了眼淚的人：「但
勿哭泣，／我們乳色之淚流盡了」（〈花〉，頁312），或是「及得到
一點教訓，／眼淚亦流乾了」（〈舉世全是誘惑〉，頁618）。落入
「動盪的衰滅」（une turbulent decadence），雙眼不僅僅失去洞入之光

---

[9]　正如庫恩所注意到的，儘管大地豐饒多產，但憂鬱對他來說則是一塊貧瘠的石頭。這一經
　　驗是意志麻痺的直接後果（1976：91-92）。

（*lumičre*），同時亦目睹了「眼球的放逐」，既而變為悲與苦的來源：

> 容我再吻一次
>
> 在你黑溜之眼裡，
>
> 因他們是哀哭之源。

（〈問答〉，頁490）

此一眼之缺陷——無核的眼球，造出一個黑洞、一個地獄或深淵，或者說雙眼被磨成一個平坦、荒蕪、廣闊的盲視——與郭沫若的以日為中心的世界全然相反，太陽作為生命之源發動著向前的進步，並開拓了啟蒙運動的現代性話語中看見／識見（*voir*／*savoir*）的邏輯。

耳：如果〈棄婦〉的聽覺部分激起了對空間救贖的不可能性的恐懼，那麼李金髮大部分聽覺敘述中的耳朵則被其它虛弱的身體器官所震聾。外部聲響被全然隔絕。除了寂靜什麼都無法進入耳朵的內部。「惜我們既聾啞一半」（《我求靜寂》，頁228）；甚至上帝也變聾了：「呀，你在暗處嘻笑，／遂成了這誘惑，／我多麼呼喚，／但聾廢了的是上帝和你」（〈你在夜間……〉，頁231）。如果上帝之聾預設了希望的不可能性，那麼人便缺乏聽的能力來滿足他生命的終結。這樣的無力感情形將會發生在身體的器官內：

> 決戰以外的憤怒，
>
> 直象詩人之筆，
>
> 聲，啞，無味而昏醉。

（〈生〉，頁255）

最後是心：心是一個人滋養、給予並且把握力比多能量的生命核心。當一場無力感危機影響並滲透了身體的外在部分，比如上述的腿、手、口、眼與耳時，那麼心會怎樣？如果腿無法移動、手不能挪動、

口沒有食欲，那麼顯然心便死去：「吁，日光斜照著，我心是陰處的死葉麼？」（〈Ballade〉，頁491）；或：「惟心兒全無勇氣／欲與傍晚之歌聲同萎靡」（〈耳兒……〉，頁539）。赤貧之心如秋之死葉，腐敗，並受盡折磨。心中一片空無，再也無法生出生命之血：「我多孔的心，／做夢在蓮葉柳條上，／每個空間的顫響，／給他多少驚醒之因」（〈秋老〉，頁622）。穿過心的洞孔，流出一股疼痛、暗淡、有毒、有腐蝕性的氣體或精汁，使得身體完全的麻痺、倦滯、虛弱與頹廢（Foucault 1988：124-125）。

從診斷為全然麻痺與肉體枯竭的腿、手、口、眼、耳與心之無力症候看，我們目睹了身體的器官正處於一種退化、腐壞與墮落的殘缺狀態，在一種「內部惡化」的殘酷中被折磨、被殘毀（Pick 1989：190）[10]。最終，來自於這一剝奪生命之基的腐壞導致了身體之生命衝動的完全死亡，繼而處於枯骨與殘缺部位之形式中的身體的腐壞痕跡得以被揭示：「我見慣了無牙之顎，無色之顴，／一切生命流裡之威嚴，／有時為草蟲掩蔽，搗碎，／終於眼球不能如意流轉了」（〈生活〉，頁99）。肢體的殘缺在另一首題為《斷送》的詩中反映出來：

> 自然夜狼與豪狗，
>
> 撕散我們的軀體，
>
> 拋擲殘骨的炎日之下，
>
> 接受新月與微風的友誼。
>
> （《斷送》，頁631）

如此古怪的身體意象引發以下問題：該如何理解在郭沫若的敘述中，處於強健狀態的身體退化為李金髮筆下的殘缺狀態。依西奈

---

[10] 匹克（Daniel Pick）在其著作《墮落的面孔：歐洲的失序（1848-1918）》（Faces of Degeneration: A European Disorder, c. 1848-c. 1918）中，對現代西方文化史中支配一個時代墮落與腐朽的典型話語進行了非常詳盡的研究（1989）。

（Sinai）看來：「所有進步衝動或早或遲均會倦怠」（1978：5）。因此，頹廢身體的敘述可以被理解為一種經驗性效應（*experiential effect*），或理解為進步的力比多能量經濟的結果（Calinescu 1987：156）。但對於詩人來說，儘管肉體的頹廢狀況顯得殘忍、且剝奪生命，但這正是一種「美學姿態」（「aesthetic posturing」）（Swart 1964：249）。從身體萎靡不振的腐朽敘述——意志缺乏、衰弱、怠惰、倦滯中，這種頹廢情感的持續開啟了一種新的美學空間，一方面，它提升、超越、穿透此種腐壞的本質，另一方面其本身被描繪為非連續的美學經驗，以此來對抗啟蒙敘述。「欲問此殘酷之神祕麼？／除了美神便無人能回答」（〈你的Jeunesse……〉，頁273）。作為一種源於自身之頹廢的美學情感，它哺育了自身不育的貧瘠，這種貧瘠產生出了負面的愉悅形式：黑暗、寒冷、潮溼與昏睡。這些負面愉悅標示出力比多升降路徑上的另一個拐點，這恰恰就是郭沫若詩歌中，啟蒙之正面愉悅的反面。

二、反啟蒙美學：黑暗、嗜睡、冰川、潮溼與泥濘

在柏拉圖的《理想國》中，有一則著名的洞穴寓言。囚徒掙脫鎖鏈逃出了陰暗的洞穴，曝露於耀眼的陽光之下，這一行為不僅指涉人從對知識的無知中覺醒過來的歷史性時刻，也引發了通過啟蒙運動（enlightenment）而誕生的現代性神話，其中暗含了光熱、光亮、明眸、遠景以及對光明未來的預示戰勝了西方文化的黑暗（Calinsecu 1987：19-22）。然而，正如飛向太陽的伊卡里亞式（Icarian）的激情註定要燃及自身，光明未來的景象註定會迷失，進步的神話亦難免會崩潰。作為美學現代性的首位詩人，波特萊爾斷言現代啟蒙並未照亮世界，卻使之模糊；因此他對目光／太陽（*ocular / helio*）的啟蒙計畫完全不感興趣：「*Plonger au fond du gouffre, Enfer ou Ciel, qu'importe? / Au fond de l'Inconnu pour trouver du nouveau!*」「跳進深淵的深處，管他天堂和地獄，／跳進未知之國的深部去獵獲新奇！」（Baudelaire 1958：12-13）。

可以將此一反啟蒙情愫理解為返回人原先逃離的洞穴：從明亮外

部（extérieur）的太陽與光亮復歸至內部（intérieur）潛在的玄黑與黯淡
（Lepenies 1992：104-114）。在波特萊爾的洞穴或深淵中，惟有惡之花
在生長，惟有負面因素被讚揚。在我們的語境中，李金髮通過追隨波特
萊爾的反田園詩美學，來對抗阿卡迪亞式的自然狀態：彌漫著清明空氣
的黃金時代和收穫牛奶與果汁的季節。他無懼地跨過光明與黑暗的門
檻，從而返回到原始洞穴的黑暗中：「黎明浸過昏睡之岩穴，／嘲笑顛
沛／這詩人之靈」（〈晨間不定的想像〉，頁377），「無底的深穴，
／印我之小照／與心靈之魂」（〈無底的深穴〉，頁70）[11]。

　　太陽的能量已被燃盡，光明太陽的反面便是黑暗、黑夜（noche
oscura）的降臨。李金髮將此黑暗情景稱之為「世紀之夜」。對李金髮
來說，黑暗之夜意味著外在日光的終結，與內部生命的開始。正如波
特萊爾曾寫下這樣的句子：「無垠的黑夜仍似混沌初辟」（1958：34-
35），因此黑暗並非恐懼：「呵夜是黑的，／你的微笑是美麗」（〈柏
林之傍晚〉，頁283）；黑暗能為疲憊的靈魂提供一處蔭蔽：「深望黑
夜之來，遮蓋了一切／恥辱，明媚，饑餓與多情」（〈給蜂鳴〉，頁
7），詩人從光明的無聊與孤獨中飛向這片舒適之境：「呵，這肅殺
之長夜；／詩人之逃遁所」（〈遠方〉，頁114）。由於對光明／生命
的拒斥，夜晚變得同樣刺激：「誰愛這垂楊，／夜如死神般美麗！」
（〈心為宿怨〉，頁537）。現代生活中沒有什麼比縈繞著憂鬱頹廢的
暗夜之境更真實。當夜幕降臨，那些在光亮中隱身的物體在黑暗中現
形：鬼魂、怪物、吸血鬼、餓狼、精蛇、蝙蝠與烏鴉；遭受光明世界拋
棄與折磨的人在黑暗中聚集：流亡詩人、受傷動物、醜婦、酒鬼、魔術
師、瘋子；為光明世界所禁止的則為黑暗之夜所讚美：吸食鴉片、沉湎
酒色、瀆神、謀殺暴力、夢遊以及所有狂歡式的犯罪。所以黑暗世界比
光明世界更具強健的生命力。黑暗世界生出它內在的自由、秩序、能量

---

[11] 洞穴、峽谷、深淵或無底深洞的意象在李金髮的詩歌中普遍出現。這些意象與波特萊爾
　　的關係之研究，可參看金絲燕：《文學接受與文化過濾：中國對法國象徵主義的接受》
　　（1994：252-254）。

與莊嚴，以及最重要的，屬於它的愉悅與美學：

> 黑夜之宮庭
> 將開著花了，
>
> （〈黃昏〉，頁183）

以及：

> 無懊悔而溫暖指頭的摸索，
> 在灰色而近於青的林裡，
> 你唇裡含著黑花之萼，
> 如來自Infante園裡。
>
> （〈我該羞愧〉，頁238）

　　在李金髮的反照亮修辭（counter-illumination）中，這兩個客觀對應物充當了黑暗的調停者：烏鴉和霧。烏鴉釋放出人類無可挽回的命運，啟蒙世界的災變不可復原（irrémédiable）。烏鴉在愛倫坡和波特萊爾的作品中處於關鍵地位，同時亦成為李金髮筆下的威嚴形象[12]。作為一隻地獄與頹廢之鳥，而非天堂與啟蒙之鳥的烏鴉，其形象與黑暗和夜緊密相連。李金髮的〈棄婦〉宣示著夕陽之火何以無法將時間之煩悶化成灰燼，或長染在游鴉之羽。這首詩記錄著在毀滅性時間所造之地獄中婦人不可避免的死亡。由於詩人將邪惡之鳥的形象扭轉為「大善之鳥」（a bird of great good），詩人亦將自己視為向著「世紀之墟」復仇的烏鴉：「我將化為黑夜之鴉，／攫取所有之腑臟」（〈慟哭〉，頁117）。他賦予在夜中飛翔的烏鴉超凡的力量去刺破黑暗的真實：

---

[12] 作為地獄中受詛咒的鳥，烏鴉的文學譜系可以說源遠流長，但被合法化為現代世界的必然災難之號角的烏鴉，其現代功能或許始於坡的長詩〈烏鴉〉，波特萊爾曾受此詩的影響。參看愛德格‧愛倫‧坡：《愛德格‧愛倫‧坡：詩與故事集》（Edgar Allan Poe: Poetry and Tales）（1984：81-86）。

> 看，群鴉飛翔了，黑的鴉群，
>
> 就世界之評判者，帶來之
>
> 海潮，從低處升騰，
>
> 日落時必湧過在我們墳上。
>
> （〈英雄之歌〉，頁130）

　　霧是黑暗的另一種表現，霧反對啟蒙的清晰度。作為混亂與愚昧的負面形象，霧常常成為被強光殺死的物體。霧的消散是照亮的條件，太陽出現的前提。換言之，當霧延宕了太陽的光線，情況便倒轉過來：正是霧殺死或戰勝了太陽：「我愛這殘照的無力，何處的霧兒能朦朧我尖銳之眼」（〈我愛這殘照的無力〉，頁203）。在霧的氛圍裡，光明暗淡無光，任何變化或運動的動作都停止了，腐爛與頹敗的種子繁茂興旺：

> 世紀的衰病，攻打我金髮之頭，
>
> 如秋深的霧氣，欲使黑夜更朦朧。
>
> （〈印象〉，頁389）

　　正如烏鴉可以刺破黑暗的真實，霧則揭開了黑暗的深度──神祕與夢境在這黑暗下方裂開，成為了詩歌中的兩個基本要素。由於事物的透明度，光明世界顯得無聊、單調，因而失掉了夢境般的、神祕的成分。對於詩人來說，黑暗是基礎，因為黑暗如此深邃無底、充滿神祕，滋養著詩人夢的根苗，以及日常中的幻想：「你是我多年之廚師，／供給一切生命之營養」（〈夜之歌〉，頁92）。作為一種將黑暗與夜歌頌的否定美學，李金髮顯示出自己與啟蒙中無上的理性那澄明、清晰與透明的對立，取而代之的是對現代生活中的混亂之歡、夢境與神祕極其鍾愛。正如他寫道：「我閉著眼，一切日間之光亦／遮住了。世界將從此灰死麼？」（〈慟哭〉，頁116）。

　　我們對黑夜的第一反應便是身體昏沉的死氣與貧瘠的惰性。換一種角度來說，身體被這種用來對抗光明現代性的黑暗激情所占據，夢的衝動終於在深睡的徒然狀態下達到頂點。此外，當四肢在衰弱與意志缺乏的狀態中麻痺時，身體機能的唯一快感便是沉睡（Kuhn 1976：161）。睡眠是做夢的前提，是在憑空創造的夢境世界中存活的唯一方式。因此，在波特萊爾的作品中，我們看到了一個交叉雙臂而入睡的人，他似乎永遠無法甦醒。正如波特萊爾（1958：102-107）這樣吟道：

> 睡夢中奇跡層出不窮
> ……　　……
> 空中飄過昏暗的愁雲，
> 罩住淒涼麻木的世界

　　李金髮的時間處於世紀之夜，他能安睡其中，一切都為深睡的天氣所縈繞：「在那裡鳥兒是疲倦的，／蜂兒戀著睡眠」（〈永不回來〉，頁277），因為睡眠可以滋養一個激發詩歌的黃金之夢：「若我的歌唱無催眠之可能，則談／說更成空泛」（〈戲與魏爾倫（Verlaine）談〉，頁507）。使人沉睡的一個基本因素當然是時間之煩悶，它在一個人的內心中只產生虛無：「破裂的遠鐘，／催趕我們深睡」（〈詩人凝視……〉，頁236），「縱冷月清照，／遠鐘催著睡眠」（〈放〉，頁157）。因此我們看到一個被漠然與懶散所擊敗的人，攜著疲倦的雙眼，聽聞鼾聲四起，似乎永遠不會醒來。不僅僅是這個人沉入睡眠，他的整個世界——自然、月、樹和鳥——同樣步履緊隨，沉入睡眠：「榆樹，紫藤花，天門冬和淺草，／都因黃昏之舞蹈的疲乏而沉睡了」（〈明〉，頁181），或者「我妒忌香花長林了，／更怕新月依池塘深睡」（〈遲我行道〉，頁424）。

　　夜臨則眠，日出則起，這對一個人來說很正常。但在李金髮的世界中，情況卻完全相反。在他的世界中，睡眠的最佳時間是在早晨和中

午：「你，鮮豔之日光／照了她晨間的曉妝，／複環視伊午後的倦睡」
（〈日光〉，頁494）。日頭高照時睡眠並非一種正常的時序，它暗示
著重症疾病。正如下面的詩寫道：

> 這是睡眠的時候，
>
> 如午晝化作黃昏。
>
> 殘廢之乞丐佇立路側，
>
> 欲慈悲人造他的幸福。

（《詩人凝視……》，頁233）

　　在李金髮的詞彙表中，有那麼一個因素導致了這種時間的錯亂，這
個因素來自於從醉酒中抽離出非凡的睡眠之樂。波特萊爾認為醉酒是時
間的反面或虧損，它激烈地造成了所有感覺的完全顛倒——「為了不感
覺到時間可怕的重負將你的肩膀損壞，並將你彎折在地，你必須不間斷
地保持醉意」（Poulet 1962：142-143）。沉醉運用它神奇的想像力，乃是
對恐懼之事的短暫勝利（頁134）。李金髮也將酒看作大神，能成倍地增
加睡眠的樂趣：「大神之美酒，直醉我清晨之倦睡」（〈岩石之凹處的
我〉，頁90）。沉入酩酊，時間變成一座深淵，一個人可以在想睡時睡
去：「我沉密之夢在浮生裡蜷伏深睡」（〈故人〉，頁288）。在酒醉的
狀態下，在清晨或中午入睡變成一種正常的時間意識，恰與太陽、光明
對立：「是以金色之日光，長睡在淺渚上」（〈生之疲憊〉，頁128），
「奈日光消失時，／我的心已甜睡了」（〈歌唱呀……〉，頁247）。
　　李金髮通過在晨間與午間的睡眠來拒斥太陽，這可以被解釋為李金
髮背離啟示與啟蒙，或可解釋為在波特萊爾與瓦雷里的影響下，李金
髮對現代性的黑暗進步發出最徹底的頌揚。正如波特萊爾在其不朽作品
《惡之花》中的宣示：「無知、無教、無望、無感，沉睡，仍是沉沉
睡去，如此今日便是我唯一所願。一個低賤而可惡的願望，卻誠懇」
（1958：XVI）。李金髮同樣捕捉到了這種感染力，用以對抗陽光閃耀

的射線，並尋求一種啟蒙的負面圖景與盲目圖景：

> 夜兒深了，鐘兒停敲，
> 什麼一個陰黑籠罩我們；
> 我欲生活在睡夢裡，
> 奈他恐怕日光與煩囂。

> 蜘蛛在風前戰慄，
> 無力組世界的情愛之網了，
> 吁，知交多半死去，
> 無人獲此秋實。

（《愛憎》，頁386）

　　背對太陽與光亮，是為了擁抱黑暗中的睡眠，或通過對太陽的拒斥來拒絕啟蒙與啟示，而活力的能量便隨即消失，他的世界滿目寒冬，他體驗到的周遭一切都被寒冷窒息。波特萊爾在詩中道：「這冰凍太陽的寒冷殘酷」（1958：34-35）。由於太陽能量的缺失，使得激情被耗盡，寒冷描刻出頹廢美學的基本品味，因此寒冷造就了現代性敘述中的範式轉向。波特萊爾英雄般的浪蕩主義（*dandyism*）可以被定義為「寒冷，清醒與嘲弄」（Pine 1988：23），它令人造的怪異之美超乎於自然事物之上。令身體失去熱情的疲倦與怠惰是酸性的，也因此是陰寒的（Jameson 1988：7-8）。傅柯認為，穿流於憂鬱症世界的烈酒便陰寒無比，這種寒冷來自於身體中耗盡了活力的極大熱量（1988：120-129）。身體中冷燃燒的激情，不會產生流變，而代之以凝固，不會進步，而代之以反向的無效。作為一種反常症狀的寒冷，這種美學狀態表達了消極現代性中反田園詩的視野，尤其是波特萊爾式的話語感知[13]。

---

[13] 馬歇爾‧伯曼（Marshall Berman）：《一切堅固的東西都煙消雲散了：現代性體驗》（All That Is Solid Melts into Air：The Experience of Modernity），1983年。伯曼在波特萊爾中區分

李金髮的詩歌中，寒冷在共同影響身體的冬、寒風、雪、冰與霜的世界裡顯現自身，而產生出頹廢的另一分支敘述。

在四季中迴圈出現的冬季事實上擁有兩個對立面，就豐富、豐收、豐饒來看，冬季是一個荒疏、貧乏、貧瘠、荒蕪與稀薄的無效季節，因此冬季成了秋季的反面：「蕭索的秋，／接著又這冰冷的冬」（〈溫柔〉，頁139），就熱量、生長與能量來說，冬季就是寒冷、雪、冰、雨、空缺與睡意，這與夏天正相反：「他們聯結了殘冬，／遠離了盛夏」（〈永不回來〉，頁276）；因此，從夏到秋再到冬成為了生命消弭、稀薄與湮滅的過程。在春天發芽、夏天生長、秋天成熟與冬天死亡的象徵性循環中，冬季最確切地體現了生命與文化不可避免的衰敗、瓦解與災變。因此對詩人來說，在長夏與金秋的消逝之後，冬季成了個陌生人：「冷冬已叩我的門，／我將懊喪地迎此生客」（〈斷句〉，頁411）。在《冬季》一詩中，李金髮緊隨夏多布里昂（Chateaubriand）的步履，敘述灰濛濛的秋色，北風吹過原野，枯葉脫落，一群野鴨排列整齊，掠過憂鬱的天穹。詩人問道：

> 吁，冷冬，你來自天邊，來自地心？
> 寄宿在我們心頭，
> 用往昔僵死人類之威武，
> 重戰慄零落的詩句：
> 時而喪氣痛哭，時而向空長歎。
>
> （《冬》，頁555）

哭泣伴著入睡，絕望伴著撫慰，冬季或許變成了一架冰冷的搖籃，慫恿著某人入睡：「我不看不見什麼，／忘卻一切憎和愛，／震盪在冰

了現代性的兩種圖景：田園詩與反田園詩。前者宣示了工業中進步的動力同樣能在藝術中實現，在波特萊爾那裡呈現為浪蕩子的形象，而後者則詛咒物質進步的理想，這種理想摧毀了美學之美的情感。

冷之搖籃裡，／一半哭泣一半入睡」（〈夜歸憑欄二首〉，頁520）。因為冬季是季節輪替的最後一環，冬季定然目睹了生命的全部進程，因此冬季作為各類早先事件的見證者，自身被賦予了合法性。冬季作為人類命運的證人，其概念非常的具有破壞性，冬季並不僅僅是傳統理解中人類生命的殺手，而更多的是人類碎片的見證者，甚或收集者，冬季使人類的生命與文化得以生長。正如李金髮寫下：「只有冷冬之坎坷作證」（〈無題〉，頁686），以及「我惟有待冬天回來，／親熱地訴我的悲哀」（〈景〉，頁28）。辯證地說，冬季將死亡帶入無生的季節，然而在死亡所傳導的殘酷塵屑之外，冬季可以成為種下生命之種的聖人，並期待著生命的復甦。

寒冷的核心是雪、冰與霜，它們在李金髮詩中創造了一個冰川世界。寒冷的空氣與氛圍僅僅令人在身體和心理上感到陰寒或顫慄，但雪、冰與霜真正地消弭了有機生命，而進入到一個空白、純白與荒疏的抽象世界，生命不在其中。在冰河世界中，事物穩定而凝固，在其幾何表面上，自由的流動被與日俱增的堅硬與強度所阻礙；在這寒冷的深度之下生長出腐化的萌芽，它催生了有機生命的分解與死亡。因此冰雪世界意味著乏味、穩定、堅固、貧瘠、殘酷與頹廢。雪是冬季的象徵，寒冷的寓意。

在李金髮雪的敘述中有一個特別的形象：冰雪世界裡的烏鴉，喚起殘酷、深寒與貧乏的感覺：「年日告終時，／亦群鴉般汙損在殘雪裡」（〈給Jeanne〉，頁16）或「你注視我如同雪後之寒鴉」（〈無題〉，頁112），「冷雪凍了窗門的蒸汽，／〈月夜啼鴉〉／因我們的生命是飄蕩」（〈Soir Heureux〉，頁278）。雪消弭了熟悉感，而揭開了一個陌生化的死亡、乾燥與沉默的世界：

沉寂

一切沉寂了！笨重的雪疊蓋了小路和石子，

並留下點在死葉上。

枯瘦的枝兒喪興地互相抱著，像欲哭無淚！

似乎大地憤恨了，欲張手直捏死萬類在玩意兒裡。

（〈沉寂〉，頁141）

　　上文已經談到，冬、雪、冰與霜組成的冰冷世界終於在身體危機中達到頂點，奪命的寒氣麻痺身體的所有知覺，亦即，一具僵化的生命變成了雪與冰（Kuhn 1976：221-225）。因此，在李金髮的詩中，我們經常能看到，在寒冷的天氣中，一副軀體長得精瘦，在陰寒潮溼的冬夜被凍到麻木：「眼兒閉著，／四肢僵冷如寒夜」（〈寒夜之幻覺〉，頁101），「迫生命之鐘聲響了，／我心與四體已僵冷」（〈愛憎〉，頁385）。一副血已冰冷的軀體：「我殘忍之筆竟如此寫，／我惟有流我心頭之冷血為池沼」（〈給X〉，頁45），其靈魂與皮膚也是冰冷的：「雪花僵冷人肌，／狂風欲掠毛髮西去」（〈偶然的Home——sick〉，頁659）。在人體內流動的有害的冷膽汁使他害了傷寒熱病：「我怕更患傷寒，／遂裹胸襟遠遁／但逃向何處？」（〈Hasard〉，頁530）。被冰川的寒冷凝固，身體不再具有個性，變成一座概括出一種完整的力比多經濟學的雕塑，這便是身體不再提供生命活力的結果。

　　在波特萊爾的詩學中，現代之美並非源於有機自然：「自然不教導我們什麼，實際上什麼都沒有」，而是出自計算過後的精緻的或人造的色彩——「一切的美和高貴全是理性與計算的結果」（Baudelaire 1972：32-37），因此，這些浪蕩藝術家的美學便是這種現代之美的確切表現。他的高傲、孤絕、淡然、冷漠、疏離所喚起的寒冷是一種氣質，產生自他「毫不妥協的精算」（「uncompromising calculation」）[14]。李金髮對於冷漠的非自然體驗同樣與寒冷之美相關：「你造冷我室內的空氣，／使得美人全戰慄」（〈我們風熱的老母〉，

---

[14] 就現代之美的討論，亦可參看文森特‧德貢布（Vincent Descombes）：〈現代之美〉，見於《現代理性的氣壓計：論時下的哲學體系》（The Barometer of Modern Reason: On the Philosophies of Current Events），1993年。

頁649），「那孤冷的中天，／將成我的安慰」（〈即去年在日爾曼尼〉，頁571）[15]。正如一種美的禁欲感染力，這種與寒冷有關的美學冷漠性，乃是藝術家為對抗啟蒙美學的凡庸激情所具有的英雄意志的某種古怪表現：

> 啊，我之寂靜與煩悶，
> 你之超然孤冷。

（〈戲言〉，頁104-105）

類似還有辯證地通過冷與熱的隱祕回轉：

> 線以曲而益美
> 心似冷而愈熱

（〈海浴〉，頁513）

我們將冰天雪地的寒冷世界描繪為兩個世界：一個是堅固、強硬、僵化、乾燥的世界，上面覆著雪；而在另一個世界，堅硬的幾何雪面下腐敗在生長。對於腐爛的有機生命來說，最重要的元素便是溼度。也就是說，為了醞釀萌芽的腐朽或侵蝕，潮溼與水分的濃度乃是必要前提。換言之，這樣的世界站在太陽、火焰與田園詩的對立面，並且在黑暗與寒冷的形式中，最終變得潮溼、陰暗、黏滯與悒鬱。就有機生命而言，潮溼的黑色體液在身體中流動，這液體腐蝕著生命力。如果田園詩與進

---

[15] 事實上，在中國古典文化敘述中，冰、雪、霜常被用來描寫冷淡、至高之美、默然，這種美或許會激起某種受虐激情。例如，一個冷淡的女孩常被形容為「冷若冰霜」，而這並不含有某種負面的批評，卻包含了某種正面或仰慕的態度。同樣的事實還把冰用來描繪梅花，在古典文化敘述中，特別是在古典詩歌中，對梅花的迷戀被描述為「冰美」。另外兩個關於冰的正面成語為「冰肌玉骨」與「冰清玉潔」，此處僅舉以上幾例。然而，儘管中國古典詩歌中的冰、雪、霜的意象確實代表某種詩學理念，但這些意象與現代詩人中對社會氛圍反叛的敵意卻無關係。唯有在現代性的紀元中，這種特殊的意象才表示一種面對社會的負面詩學態度，同時在藝術世界的「私人內景」（private interior）中對美的正面讚揚。

步的世界充滿天堂般的陽光與明亮，那麼反田園詩的負面世界便是淫雨綿綿的潮溼地獄。在李金髮的詩中，潮溼被塑造成兩歌個意象：溝渠與苔蘚。因此，造成了現代美學視野內的質變，生命被剝去了現代進步的莊嚴與神聖，而轉向了凡庸與瑣屑。因此，李金髮見證了由潮溼所致的腐爛：

> 留下前代頹敗之墟跡，
> 時釀潮溼之空氣，
> 欲吞食一切季候之華。
>
> （《重見小鄉村》，頁668）

對李金髮來說，藍天的對立面即為潮溼的溝壑或地牢——囚禁人類的深淵：「故宮的主人／向斜陽取暖，／因人類努力在深溝裡」（〈晚鐘〉，頁352）。這暗示了生命已不可避免的腐朽荒蕪：「溝流混你的腦血，／吁，蠕動並掣著肘。／你尋得一切餘剩，／遂藏身道旁溝裡」（〈一二三至千百萬〉，頁86）。

潮溼的另一個意象是苔蘚。上文提到，與光明太陽相反的世界即為潮溼的世界。總是處於黑暗、寒冷的世界裡同樣生滿苔蘚。換言之，潮溼之處，必生苔蘚。苔蘚生長在太陽絕不會照射到的陰庇處。由於完全與太陽和陽光隔絕，發黴的世界或許會逐漸腐蝕所有的有機生命，但不會立即死去。因此，苔蘚的形象不外乎腐蝕、消極、冷酷、貧瘠與有毒：「他們岩石似的心房，／既生滿苔痕」（〈永不回來〉，頁276），「汝可以沉睡在幽潤之蒼苔上／不夢想一切事情」（〈汝可以裸體……〉，頁189）。因為苔蘚屬於真菌，一種靠附著於某物而生長的植物，被附著物為其提供生長的生命源泉，所以它本身沒有根。苔蘚像是某種派生物，具有寄生性、乖張、暗示著悲劇感、無根性、痛苦、疏離、呻吟、易逝，最有意味的是，暗示出不育的頹廢：「新秋之林，帶來心的顏色與地獄之火焰，／使我欲安頓在蒼苔陰處之魂，又被格落

／之聲驚散，……」（〈謳歌〉，頁460）。苔蘚也許是深淵中唯一的「惡之花」（fleur du mal），在頹廢的種子裡生根發芽，有機生命在可怕的時間中最終被侵蝕：

> Tristesse引了惡魔伺候在四圍，
>
> 欲促時間去就死，
>
> 惟屋後的流泉去憑弔，
>
> 短牆是不關心這點的。
>
> Voilà灰暗而生鏽的鐵鎖，
>
> 安排了正預備消滅我們：
>
> 笨厚的蒼苔上，
>
> 狐兔來往之遺跡，
>
> 欲睡還醒之柱石，
>
> 供傷心人倚靠而痛哭，
>
> （《柏林之傍晚》，頁282）

　　目前為止，我已確認了構成反啟蒙與反田園詩修辭衝動的基本形象：黑暗、嗜睡、寒冷與潮溼，它們暗含在李金髮詩歌中頹廢的話語特徵裡。與光明對立的系列形象中的最後一組是泥土與沼澤。經過寒冷與潮溼的作用，腐蝕的最終狀態或結果便是泥土，因此這是人類生命以及啟蒙最糟糕的狀態。義大利詩人吉亞科莫·列奧帕爾迪（Giacomo Leopardi）把時間描述為「泥土的世紀」（century of mud）[16]。在波特萊爾的詩裡，我們讀到「一天早晨，在一條淒涼的街上」（1958：84-85），還有〈不可救藥〉（68-69）：

> 一個觀念，一個形式，

---

[16] 轉引自同上Reinhard Kuhn（1976：282）。

> 一個存在，始於藍天，
>
> 跳進冥河，泥濘如鉛，
>
> 天之眼亦不能透視；

　　波特萊爾筆下的溝渠形象，與李金髮的一樣，世界立於天空的絕對透明的反面，不過是一塊厚厚的泥板，與天空的絕對透明相反。泥濘的世界充滿混亂、不透明、黏稠與貧瘠。這裡寸草不生，這是存在的最庸常狀態，是恐懼與死亡的狀態。因此在李金髮的詩中，人的心、靈魂與生命被降至一個泥濘不堪的世界：「我已破之心輪，／永轉動在泥汗之下」（〈夜之歌〉，37頁），「我們的生命，／如殘道的泥濘般可怕」（〈人〉，頁258）。生命的空間被全然密封，生命力的靈光遭到徹底消滅：「玫瑰在陽光下變色。／一切強暴，使我鮮血停流，／終曳著木屐，過此泥濘之世！」（〈岩石之凹處的我〉，頁90）。如果啟蒙意識形態的信條是：通過人的理性，在絕對光明的未來中永遠進步（Habermas 1987：1-6）的話，那麼泥濘形象呈現出的絕不是進步的光明世界，而是與此正相反的世界：結不出果、無可挽回的衰落，最後縱身墜入地獄的混沌之中：

> 爬蟲在溝裡匍匐，
>
> （前一步退兩步）
>
> 以後沉思了片刻，
>
> 似歎息這世界的泥濘，
>
> 妒忌人類之闊步。

> 　　　　　　　　　　　（《你還記得否……》，頁176）

　　正如此詩所暗示的，人類在一個泥濘的世界中爬行，如同溝渠中爬行的蟲。人的努力最終不過是前進一步換來後退兩步的代價。換言之，人類努力向著一個所謂的光明未來進步，通常墮落與退化便緊隨其後。

因此，進步即頹廢，無限的生長帶來無可避免的災難（Calinescu 1987：156）。李金髮對理性進步神話的徹底拒斥顯得如此特別，以至於很難在中國現代性與啟蒙運動的大業中找到相應的回聲。但毋庸置疑的是，波特萊爾對啟蒙進步的極度憎惡，對反啟蒙的意識形態產生了巨大的影響。

在上述的討論中，我通過論述惡魔激情對啟迪的背離來展開我的觀點，這種激情使人返回洞穴，通過黑暗、沉睡、寒冷、潮溼與泥濘的敘述，人第一次逃離了耀眼的陽光。通過對這些形象的細緻地關注，我已經探討了其中幾種特別的形式，它們具體表現為啟蒙大業中的祛魅進程。從我們的細緻研究中可發現，在波特萊爾的影響下，經由對太陽、光亮與啟迪、啟蒙的拒斥，李金髮的頹廢敘述已然顯露。與郭沫若的太陽、光亮、火焰與黎明的敘述正相反，李金髮被力比多能量的經濟危機所征服，創造出一種黑暗、嗜睡、寒冷、潮溼、泥濘的敘述，這種敘述指涉了一場正在發生的危機，並且對啟蒙與現代性提出了質疑。正如斯勞特戴克（Sloterdijk）指出的那樣：「簡而言之，在啟蒙運動的許諾中存在的，不僅僅是啟蒙本身的危機，也不單是啟蒙者的危機，而是啟蒙之實踐方式的危機」（1989：88）。

最重要的是，回歸黑暗洞穴並非設法找尋一塊僻靜處所，而是重新尋找一個出口。在本文的語境中，問題變成了：現代性與力比多能量的危機出現後，頹廢敘述與反啟迪話語如何影響個體的自我身分？或者說，個體自我如何回應啟蒙與啟迪的衝動？這些問題與現代性話語狀況中的自我塑造相關，對於自我身分的全新理解無疑也開始顯露。就這個問題來說，我們將轉向下面的探究：反照敘述。

三、反照敘述：一種褻瀆性啟迪

反射光或折射光是貫穿李金髮詩中反覆出現的母題，我稱其為「反照性詩學」（poetics of reflexivity）。反照性／自反性詩學是對李金髮的整個主題學進行有效性解釋的一個考驗，與此同時，反照性詩學預示了

中國現代文化的敘述裡涵蓋身分與自我構成的諸多話題。用卡林內斯庫的話來說，美學的個人主義是界定頹廢的關鍵（1987：170）；頹廢美學真正的主角應是「自我的崇拜」（Pine 1988：20）；頹廢的主要特徵在於「事後考慮……反思……沉思生命的美德，及其情緒與突發事件；以及過度精緻與造作的惡習」（頁15）。阿多諾在討論現代憂鬱與無聊中的內部（*intérieur*）意象時，同樣將反思解釋為憂鬱意識的本質性隱喻（1989：41-59）。克爾凱郭爾亦將現代概括為「反省的時代」（reflecting age），其特徵在於，削平與抽象化令人生畏的清晰，本質上類同的諸意象的某種粗表流動，以及內部自我與外部世界之間存在無法彌補的裂痕（1978：69）[17]。因此，反照的母題明白無誤地捕捉到了現代性狀況中自我的某些本質。於是我們在波特萊爾（1958：104-105）中讀到：

> 明晃晃的巨大鏡面，
> 被所映的萬象惑迷！[18]
>
> （D'immenses glaces éblouies
> Par tout ce qu'elles reflectaient!）

換言之，作為返回黑暗、困倦、寒冷、潮溼、泥濘洞穴的結果，由於背對啟迪的陽光，人類所能感受到的唯一光源便只是從背後傳來的折射光，這光顯得幽暗、模糊，且扭曲。與郭沫若的強健身體轉向作為自我之基本能量的太陽、光亮與火焰不同（「太陽喲！我背立在大海邊頭緊覷著你。／太陽喲！你不把我照得個通明，我不回去！」，1978：100），李金髮詩中的形象被太陽所眩至盲，因而轉離了太陽，結果對自我的啟迪被拒斥。隨後，黑暗洞穴中的自我轉向鏡子、玻璃、水晶、

---

[17] 關於克爾凱郭爾的反省概念，亦可參看哈威‧弗格森（Harvie Ferguson）：《憂鬱和現代性批判：索倫‧克爾凱郭爾的宗教心理學》（Melancholy and the Critique of Modernity：Soren Kierkegaard's religious Philosophy）（1995：60-80）。

[18] 夏爾‧波特萊爾：《巴黎的憂鬱》郭宏安譯（2013：312）。

大理石、花崗岩、寶石、鑽石、月亮、水、雪、冰、霧、泡沫、與苔
蘚。只接受從基原處散發的光照，它們自身中未包含一絲「原初的自然
光」。太陽、星辰與行星在它們內部折射，並通過它們傳遞[19]。因此自
生光與折射光之間的劇烈差別標誌著現代中國文化敘述中與自我塑造有
關的另一種話語轉向。隨著這一質變性轉向的發生，中國現代性敘述中
自我的反照意識便隨之初現端倪。

　　讓我們首先揭示自生光與反射光對自我塑造產生的基本差別。就前
者來說，在「我」或觀看者與自生光的源頭——太陽之間，存在一種生
物關係（*bio*-relationship），因此，眼睛／「我」（eye／I）接收徑直傳
遞的光。對於「我」來說，自生的太陽完全自足、透明，且向心式的；
「我」與光源的距離純而無雜，因為「我」即太陽，太陽即「我」，因
此，向著啟示的太陽流動的「我」可以被視作對自我的絕對讚頌，中心
的「我」之自主性在郭沫若〈天狗〉——「我便是我呀！」——的吞噬
行為中得以闡明，儘管這種自主－自我（auto-self）被日益高漲的民族
主義所背離。郭沫若自生光的唯我論創造出一種永遠進步，永遠凱旋的
「我」，向著自身反射的自我，諸如此類的反思空間卻不會相應的出現，
在中國現代性的話語中，自我與身分的敘述因此被鐫刻上了某種匱乏。

　　就後者來說，則內存在著一種三角關係：「我」經過鏡像的中介，
抵達光的源頭——太陽。因為光芒並不直接傳至眼睛／「我」——「眼
角膜、黏性體液、眼球晶體、視網壁」——而是通過鏡像的反照（Jay
1992：7），因此，對「我」來說，光源是間接的、離心的、他者指向
的。「我」與光源間的距離遙遠而破碎。伴隨著光對眼睛／「我」視作
反照的鏡面物的照亮，「我」由此經歷了鏡面物反照中的光／生命。此

---

[19] 就光明與黑暗的詳盡討論，參看安娜－特麗莎・泰門妮卡（Anna-Teresa Tymieniecka）：
《光明與黑暗的基本辯證法：生命之本體創造中的靈魂激情》（The Elemental Dialectic
of Light and Darkness: The Passions of the soul in the Onto-Poiesis of Life），1992年。亦可參
看馬丁・傑伊（Martin Jay）：《垂目》（Downcast Eyes），1993年；大衛・邁克・列
文編（David Micheal Levin）：《現代性與視像霸權》（Modernity and the Hegemony of
Vision），1993年。

處的分裂將這反照重複為間接的雙重迂迴：光源與鏡面物的反照；眼睛／「我」又再次反照鏡面物中的反射光。對重複本身的再重複並未創造出同一性或相似性，卻創造了破壞其統一性的差異、剩餘與他者性。

就此一意義看來，德里達的論述或許有助於我們理解此種雙重反照：「不再存在單純的起源，因為被反映的東西本質上被一分為二，並且不僅僅是它的影像的自我補充。反映、影像、摹寫將其複製的東西一分為二。思辨的起源變成了差別。能反觀自身的東西並不是一；起源與其再現、事物與其影像的相加律是，一加一至少等於三」（Derrida 1976：36）[20]。在這種雙重反照中，「我」的直接對應物同自生光源一起被阻隔了；最初的光源被無限地拒斥。所以，「我」不得不生活在鏡面物中，或立於鏡面物前，或依靠著鏡面物。正當「我」眺望鏡面物的反射光時，一場危機突現；在鏡面物中，對「我」自身的反映顯得空洞、匱乏和虛妄，「我」顯現為非我與分裂的自我，這些皆來源於一個隱形而模糊的深淵處。經過此種反照的啟示，自我危機的覺醒時刻如約而至——折回鏡中自身的瞬間[21]。

正如被照亮的並非真實，而是自我的虛妄，「我」並不在場，也沒有「我便是我」，卻有「我是一個他者」（*Je est un autre*），一個非我。因此對啟迪的褻瀆乃是經由一個自我反照的異度空間才得以進行[22]。中國現代性的狀況，應歸因於根本不同的光源圖景：要麼作為自生光轉向太陽，要麼作為反射光轉離太陽。力比多能量經濟學的不同形式也由此建立：通過將身體與光源相認同，郭沫若創造了飽含生命衝動的自我；而李金髮則通過眺望鏡面物中的反射光，使自我發散為一個個分裂的自

---

[20] 德里達：《論文字學》，汪堂家中譯（1999：50）。

[21] 就人類自我與身分構成中的自反性功能的進一步討論，可參看羅伯特·斯格爾（Robert Siegle）：《自反性政治：敘述與文化的本質詩學》（The Politics of Reflexivity: Narrative and the Constitutive Poetics of Culture），1986年。

[22] 對於褻瀆啟迪（profane illumination）的概念，我在此使用與瓦爾特·本雅明的涉及主體差異的「啟迪」（Erleuchtung）不同。當然，我對本雅明的啟迪論述進行了闡明。就本雅明的褻瀆啟迪概念的討論，可參看瑪格麗特·科恩（Margaret Cohen）：《褻瀆啟迪：瓦爾特本雅明與超現實主義革命的巴黎》（Profane Illumination: Walter Benjamin and the Paris of Surrealist Revolution），1993年。

我[23]：

> 曙光反照出每個人的，
>
> 有死的恐怖的臉顏，

（〈無依的靈魂〉，頁707）

在李金髮的詩中，可以分辨出反照的三種交錯形式。一是反照光中的他者性。正如上文所述，「我」在鏡面物中映射出自身，而鏡面物則依次反射源於太陽、星辰、行星與天空的光。這些鏡面物可以被分為兩類：（1）礦石、鏡子、玻璃、水晶、大理石、花崗岩、寶石與鑽石；（2）自然意象、月亮、水、雪、冰、霧、泡沫、浪與露。所有的這些物體本身並不釋放任何光，但它們內部都共同具備反射或折射的能力，它們可以反射／折射太陽光。換言之，如果太陽系不再把光灑向這些物體，那麼它們也就變得黑暗無光；或者說，如果這些物體的表面被汙染、破壞與遮蔽，那麼它們都將失去反射的能力[24]。

除了具備反射的能力外，它們還擁有相同的觸擊點，亦即都用表面來反射外來光，它們所反射的亮光從不進入其內部的深處。因此，反射光無法穿透，只在表面流動。從品質上看，除了大理石、鑽石和花崗岩外，第一類的鏡面物性質脆弱；除了月亮外，第二類的鏡面物性質短暫。就此看來，當「我」眺望鏡子時，鏡子反映出的自我顯得遙遠而虛幻，也就是說，鏡子反映出的並非是「我」，相反卻是「非我」：「不足信之夜色，／亦在鏡屏裡反照，／直到月兒半升，／園庭始現莊

---

[23] 對分裂自我這一主題的研究，可參看〈現代主義自我〉，見於克里斯多夫‧巴特勒（Christopher Butler）：《現代主義：歐洲的文學、音樂、繪畫（1900-1916）》（Early Modernism: Literature, Music, and Painting in Europe, 1900-1916），1994：89-106；鄧尼斯‧布朗（Dennis Brown）：《二十世紀英語文學中的現代主義自我：自我分裂研究》（The Modernist Self in Twentieth-Century English Literature: A Study in Self-Fragmentation），1989年。

[24] 關於身分的反射／反省話語的一本有趣著作，可參閱魯道夫‧加謝（Rodolphe Gasche）：《鏡子的錫箔：德里達及其反思哲學》（The Tain of the Mirror: Derrida and the Philosophy of Reflection），1986年。

重之氣息」（〈樂土之人們〉，頁678）；「我」一閃而過的一瞥顯得
古老：

　　　無定的鱗波下，
　　　杈椏的枝兒
　　　攬鏡照著，
　　　如怨老之歌人。

（〈柏林Tiergarten〉，頁492）鏡中反映的「我」本身乃是一個空虛、
無限的深淵，這深淵逃避對自我的把握。反映在鏡中的部分作為一種分
裂，將自身騰空為他者，因此，反映在鏡子內部（intérieur）的部分作
為他者，與處於外部（extérieur）觀看的「我」之間構成了一種張力：

　　　無底的深穴，
　　　印我之小照
　　　與心靈之魂。
　　　永是肉與酒，
　　　黃金，白芍，
　　　岩前之垂柳。

　　　無須幻想，
　　　期望終永濤頓，
　　　如戰士落伍。

　　　饑渴待著
　　　罪惡之懺悔，
　　　痛哭在首尾。

　　　　　　　　　　　　　　　　　　（〈無底的深穴〉，頁70-71）

127

反照敘述的主體呈現在這些自然意象中：月、浪、雪、冰、霧、泡與露。與鏡面物的堅硬易碎不同，自然物顯得瞬息與易逝，易於腐朽，比鏡子激發更多的冷感。李金髮在一首詩中描述了他生活在黑夜中的恐懼，站立於愁慘的景象裡，傾聽活物們痛苦的抽泣。他希求上帝的光芒能替代他深深的悲傷，但是：

> 反照之湖光，
>
> 何以如芬香般片時消散；
>
> 我們之心得到點：
>
> "Qu'est ce que je fais en ce monde？"
>
> （〈夜歸憑欄二首〉，頁521）

水之反照中的青春易逝性同樣表達於另一首詩中：

> 你當信呵！假如我說：
>
> 池邊綠水的反照，
>
> 如容顏一樣消散，
>
> 隨流的落花，還不能一刻勾留！
>
> （〈溫柔〉，頁136）

間接反射光中的「我」不僅僅缺乏深度、轉瞬即逝，而且由於光源——太陽的分隔，而更顯得無力。在詩歌〈不相識之神〉中，李金髮將虛弱無力的「我」比作雪後無法走出殘道的爬蟲，陷於困境，心力憔悴：「我們蹲踞著，／聽夜行之鹿道與蕭殺之秋，／星光在水裡作無力的反照，／伸你半冷之手來／撫額使我深睡，／呵，此是fonction-dernier！」（〈不相識之神〉，頁325）。有時，反照喚起了詩人的恐懼：「夜潮追趕著微風，／接近到淒清的淺堵，／稍微的反照之光，／又使他退後了」（〈十七夜〉，頁193）。

除了令生命凝固的雪的形象外，「舉目一望，／更可見崑崙積雪的反照」（〈給Z.W.P〉，頁488），另一個反照形象是水上的泡沫，它展示出「我」漂浮無根的衰頹狀況。泡沫準確地顯示「我」漂浮於水面的經驗，它盡可能地寄生在無深度的表面。泡沫代表著縮減至最淺顯的瑣屑與無意義外表的生活或自我。將自我攪得六神無主的漩渦不過是在間發性的單調與平庸中空虛地重複自己。在無效旋轉的反照中，「我」感知到了行將就木的恐懼：「夜來之潮聲的啁啾，／不是問你傷感麼？／願其沫邊的反照，／回映到我灰色之瞳裡」（〈斷句〉，頁411），還有：

> 浪兒與浪兒欲擁著遠去，
> 但沖著岸兒便消散了；
> 一片浮沫的隱現
> 便千古傷心之記號。

（〈à Gerty〉，頁552）

在反照敘述中，雙重反照是自然意象中最特別的。雙重反照發生於以下兩種情況：一方面，當超驗物漸趨平穩，鏡子的後面除了反照在鏡中的「我」，以及從鏡內（例如從反照中）看出的「我」以外，什麼都沒有。最終，「我」成了鏡中的「內部」（*intériur*）的複製品——被當作現實來把握，與此同時，亦被當作外表來把握（Adorno 1989：42-59）。在複製的過程中，「我」的雙重反照或雙重的間接性便由此生成：

> 吁，這等可怕之鬧聲
> 與我內心之沉寂，
> 如海波漾了旋停，
> 但終因浮沫鋪蓋了反照，
> 我無能去認識外體

之優美與奇醜。

（〈柏林之傍晚〉，頁281）

一方面，反射光中對「我」的反照並非毫無間隙地複製，亦非毫無瑕疵的運轉。在「我」的景象與反射光之間張開了一條裂縫，這條裂縫劈開了反射光自身的反照，在充足的反照中產生出剩餘與差別。這種剩餘或分隔使反射光再次反照，從而組成了一個最終延宕反射光之返回的第三者，並進一步拒斥了來自自生光源「自然之光（lumen naturale）」太陽之啟示的清晰明瞭。因此，這種雙重反照中的剩餘所提供的雙重扭曲不僅僅出現在「我」所是之上，也出現在「我」所非是之上，亦即出現在自我之上的反照，也出現在他者之上（Siegle 1986：1-15；Derrida 1982）。

李金髮在一首詩中描繪了一個饑餓、乾渴的受傷詩人，他激情如火，但創作時，筆中卻無墨；奏樂時，琴弦卻崩斷：

> 鬆軟了四肢，
> 惟有心兒能依舊跳蕩。
> 欲在靜的海水裡，
> 眺望藍天的反照，
> 奈風來又起了微沫。

（〈詩人凝視⋯⋯〉，頁235）

雙重反照中的第一次反照即為海水對藍天的映照，但覆滿白雲的藍天本身，除了對太陽這一自然光源的反照外，並不釋放任何自然光，這便是第二次反照。當藍天的反射光（藍色本身就是陽光的七種基色之一）遇到海水表面的反照，而映入「我」的眼睛時，這便構成了第三次反照。然而，反射著上空被反照的藍天的海上浮沫，也反射著被反照的海水，這些泡沫依次反射藍天下被反照的事物，從而形成雙重反照，而

泡沫卻阻斷了藍天與海水之間反照的平緩流動，也阻斷了「眼／我」與海水以及海水中藍天的反照。

在此情況下，任何與光源的直接接觸皆不可能；空間的界限被切開了兩次或被散播了兩次。正是這雙重循環與雙重分隔產生出一種反照剩餘，在「我／眼」之上兩次重疊，一次在「我」所是之上，一次在「我」所非是之上。換言之，這一雙重切割的剩餘物召喚某些介乎於鏡子中間的東西，將某種反照性構想視野安嵌在其內部與外部。至於關係到自我塑造的話，這種雙重的反照意識，對於中國的現代文化敘述來說，乃是李金髮在其詩中所創造的最有意義的範式，它有別於郭沫若在力比多能量組成的敘述中的突破進取，永不回頭。

激發自我之物質性空虛的另一類事物則是植物花草，比如苔蘚、蓮花與蘆葦。蓮花與蘆葦的內部中空。利用蓮花和蘆葦作為自我的修辭能有效地描繪出「我」的狀況。因此我們讀到了這樣的詩句：「老大的日頭／在窗櫺上僵死，／流泉暗枯在荷根下，／荷葉還臨鏡在反照裡」（〈秋老〉，頁622）。荷葉在反照的平面中看著它的根，這種觀看取消了二者間的距離，並將它們帶入水平的無深度表面。此時，葉子向著自身彎曲：向著自己所長出來的根彎曲；向著自己生長的生命源頭彎曲。

雙重反照又一次在這修辭中出現了。荷葉向著它生命開始的根部上反射，這是第一次反照；接著，它們不得不從自己開始彎曲的根部轉身，這是第二次反照。第一次反照暗示了「我」之所非是的自我意識之覺醒（葉子對其根的質疑，所以葉子的反射只是為了回看）；第二次反照則承載著「我」之所是的自我反照意識「一個由第二次反照所補償的『非我』（not-I）或一個經過了異己（non-self）之原初反照的成熟自我」。在第一次與第二次反照之間生出了本質上的差別。然而，它們並不相互排斥，而是緊密地相互關聯。任何文化生長或自我塑造都必須經過這種雙重反照性而進行。從這一角度來看，李金髮在詩中所揭示的雙重反照得以構成中國現代性與啟蒙話語中自我反照敘述的辯證法。

　　在這一部分裡，我們已經討論了三類事物中顯現的反照敘述：礦物意象、自然意象與植物意象。我們的細緻探求開始於兩個光源：自生光源與反照光源。我們已經涵蓋了至少四種基於李金髮所呈現的力比多能量經濟的理念，尤其是在中國現代文化的一般敘述中的理念。通過這一反照修辭，我們已經發現了「我」或自我，起初在鏡子的空處及無深度的內部（intérieur），緊接著的分裂使「非我」誕生，之後對表面的複製被當作現實，最後借助反照中分裂的剩餘物而產生雙重反照。就此而言，我們得出這樣的結論，雙重反照乃是李金髮詩歌中反照敘述的根本，同時也是重塑中國現代性啟蒙大業內中國現代身分的必經之途。

　　另一種反照敘述的形式主要顯現於礦物世界。讓我們回想一下，礦物世界即是一個人造天堂。如上所示，反照的產生乃是光從自生光源「自然之光（lumen natuarle）」中轉離的結果；反射光與自然光相比並不自然。如此一來，所有從礦物質釋放的光——鏡子、水晶、鑽石、寶石、大理石、花崗岩、玉石、陶瓷——經過反照後顯得並不自然。在礦物質形式中非自然光與自然光的比較，即為反照敘述的第一層含義，它與我在此處討論的頹廢美學有關。在《巴黎的憂鬱》中有一首題為〈邀遊〉的散文詩，波特萊爾在此詩中創造了一個理想之地，充滿了奇妙與精緻事物的奇妙樂土：鏡子、金屬、布簾、奇香、光亮的塗金傢俱。他重新探索了花朵與絢爛的寶藏：「那是奇異之國，勝似任何其它國家，就像藝術勝過自然，在那裡，自然被夢想改造，在那裡，自然被修改、美化、重鑄」（1996：419）。在《惡之花》中有一首題為〈巴黎的夢〉的詩（1958：104-105），波特萊爾在詩中將大理石宮殿、鋼鐵、石板、黃金、鉛、結晶、金屬、玉、鏡子、水甕、金剛石、寶石稱作「奇妙的風景」：

　　　　一切，甚至黑的色調，
　　　　都被擦亮，明淨如虹，
　　　　而液體將它的榮耀

嵌入結晶的光線中。

　　對於波特萊爾來說，這些**被擦亮的、如虹**的礦物質能激起無限的夢，與現代之美的愉悅。因此，人工的美優於自然的、真實的美。這便是我想闡述的反照敘述的第二層含義。

　　在波特萊爾的詩學中，未經人類改造的自然完全是一片蠻荒，它培育邪惡的土地，因此與罪惡相聯繫。一切自然之物於美學意義上的美麗無涉，而理應遭到唾棄（Pine 1988：16-25）。波特萊爾的浪蕩子在於他是一個崇拜人造物，以及反常古怪性的美學英雄，遭受徹底羞辱的自然被迫偏離常軌，進入不正常之美的領域：「浪蕩作風是英雄主義在頹廢之中的最後一次閃光」（1987：501）。在Calinescu看來，波特萊爾所擁讚的這種反自然情感是「頹廢的審美化結果，表述了『現代性－人造性－頹廢性』的獨特範式」（1987：172-174）。尼采也將頹廢描述為：「疲憊者的三大興奮點：殘忍、做作、無辜（白癡）」（1967：166）[25]。對於有機自然的極度貶低，以及對作為人造物的現代性的讚美致使自然處於墮落的狀態：一個死了的自然（*a nature morte*）（Buck-Moss 1990：159-201）。從這一角度來看，礦物世界中的反照敘述（並非自然礦物本身，也非未遭汙染的原礦，而是被磨亮拋光的反照礦物）表達了從有機生命向無機生命，從充滿活力的身體向死氣沉沉的礦物，一言蔽之，從自然向非自然的美學質變。李金髮詩中的美學質變的特徵則在於，從人類狀態向下復歸到動物狀態，然後又從植物狀態最後復歸到礦物狀態。

　　先前在對黑暗母題的討論中，我們提到詩人想將自己變成一隻黑烏鴉，去捕抓所有的心肺，以此作為對世紀之廢墟的報復。然而，就人類狀態的特徵與動物狀態的特徵來說，它們之間存在的關鍵區別便在於，從吃熟食的習慣轉變為吃作為動物飼料的植物的習慣：「我初流徙到一

---

[25] 有關頹廢中的人造性概念，亦可參看斯沃特（Swart）：《19世紀法國的頹廢意識》（The Sense of Decadence in Nineteenth Century France）（頁169）。

荒島裡，／見了一根草兒便吃，／幸未食自己兒子之肉」（〈小詩〉，頁548），或是：

> 神奇之年歲，
> 我將食園中，香草而了之。
>
> （〈夜之歌〉，頁38）

在詩人的動物狀態中，他對自己的食物相當不滿，因為植物淡而無味。因此，他想從動物狀態變成植物狀態，去擁有植物世界中那種死氣沉沉的經驗：

> 我厭煩了大街的行人，
> 與園裡的棕櫚之葉，
> 深望有一次倒懸
> 在枝頭，看一切生動：
> 那時我的心將狂叫，
> 記憶與聯想將沸騰：
>
> （〈悲〉，頁108）

枝頭上幻影似的「倒懸」意味著離開人類狀態而進入了無生命的植物狀態，並從人類狀態的痛苦中去設法尋找遺忘。在一棵樹上像葉子或果實那樣倒懸，這種去人性化形式將不會獲得任何拯救的希望，只會收穫更多的痛苦，去人性化形式導致了完全的自我毀滅與腐爛，因為所有的自然形式更傾向於腐爛、分解、轉瞬即逝與壞死。自然世界中植物的脆弱性意味著時間的龐然大物能將其輕易毀滅。自然遺跡不經過美學化的提煉，自然之中就沒有什麼能保持永恆。

因此，死亡或自然的腐敗成為了永恆之美的條件，亦成為人造美學化的結果。自然毀滅後的結晶形式，源於時間的祕密轉化而成為礦物

世界。因此，礦物世界便是從自然狀態轉化為非自然狀態這一過程的反照形式。這並非自然最原初的形式，卻是其最精巧、最刻意、最反常與最人工的形式。這使得李金髮沉潛於一個物化的礦物狀態，並以此創造屬於他自己的人造天堂：「但我們之軀體，／既遍染硝礦」（〈夜之歌〉，頁39），或更進一步：

> 我築了一水晶的斗室
> 把自己關住了，
> 冥想是我的消遣，
> bien aimée給我所需的飲料。

（〈我欲到人群中〉，頁676）

在這首詩中，詩人想在人群中展露自己，但他感覺自己缺少神性，所以他先建造了一座水晶屋，接著計劃重建一座水晶宮。在這人造天堂或人造宮殿的幻景中，詩人將自己想像成一個國王或騎士。他唯一的勞動便是思考，沉思他所創造的歡愉之內部（intérieur）。根據「非我」（人群）所提煉的「我」的細節，即是通過時間來抵達神性：

> 在我慵惰的年歲上，「時間」建一大
> 理石的宮室在河岸，多麼明媚清晰！

（〈忠告〉，頁242）

大理石宮室的光明，並非由創造「我」的凡庸的殘酷時間所釋放，而是源於宮室自身在河中的反照，這暗示著正是時間摧毀並改善了宮室的光明。在此詩中，時間的破壞性與不育並不指向生命－經驗的空虛，卻指向了美之極樂的靈光。對於李金髮來說，身處礦物狀態中，一方面可以完全忘記由殘酷時間引起的痛苦，另一方面在礦物的反照中經驗了美閃現的瞬間。正是在從人到動物到植物最後到礦物的向下

質變中，李金髮或許從遺跡殘片中提取了一種向上的美的淨化與昇華（catharsis），將瞬間性昇華為永恆性。礦物在現代頹廢中產生出帶有褻瀆性的人造之美，他對礦物的沉迷在其另一首詩中顯而易見：

> 我愛一切水晶，香花，
>
> 和草裡的罌粟，
>
> 她的顏色與服裝，
>
> 我將用什麼比喻？

（〈憾〉，頁180）

在礦物的透明中，在自然散發的芳香中以及飄忽不定的鴉片夢中，美的人造天堂被非自然的褻瀆方式所照亮，而非自然的神聖方式；通過拋光、磨亮以及旋轉礦物的反照，而非原礦本身的輻射。

第三點則是反照的溢出，這一溢出的部分被視作冥想的隱喻空間（tropic space）：

（1）由於力比多能量的缺失，使得整個身體隨即陷於無力與麻痺，世界中的一切物事因而多餘，變得無用：「短牆的延長與低啞，／圍繞著愁思／在天空下的園地／自己開放花兒了」（〈短牆的……〉，頁196）。物事的剩餘被供予某個沉思的空間，本雅明如是說：「把閒置在地上的日常器皿，當作沉思的物件」（Buck-Moss 1990：170）。

（2）時間的龐然大物將自然僵化、使其腐化為完全的廢墟：大地荒疏、井水乾枯、景致空虛，還有枯枝敗葉、動物屍體、白骨累累與鬼火磷光遍布整個自然：「我發現半開之玫瑰已復萎靡」（〈詩神〉，頁457），或是「新秋的／花殘了，盛夏的池沼乾了」（〈忠告〉，頁243）。這一荒原或廢墟的境況不僅表徵在李金髮的詩中，而且還被賦予了沉思這種人類情感的寓喻意味。

（3）在反照敘述中的雙重反照裡，出現了一次分裂或剩餘，這種剩餘構成了用以沉思的第三空間。簡而言之，從頹廢世界中提取的是沉

思的反照空間；也就是說，當在力比多能量的無力中感受開始外部化與物件化的身體痛苦，這痛苦本身便變成了沉思的行為[26]——李金髮寫道：「金椅上痛苦之王子」（〈你還記得否……〉，頁176），那麼一種疼痛、痛苦、毀滅與頹廢的沉思話語便隨之被建構。這一陣痛的沉思敘述將提供自我塑造的生命活力，亦將在民族文化敘述中，提供重塑美學情感與時間意識的辯證法機制。在李金髮的詩歌中，我們已經經歷了陣痛，特別是其頹廢身體中的力比多能量危機，但我們也更頻繁地目睹了李金髮頹廢美學情感的意識，以及最意味深長的是，身處現代性與啟蒙大業中的李金髮對自我反照的辯證理解。

四、頹廢身體：走向一種悲悼的否定倫理學

離《微雨》出版大概還有三年的1922年，李金髮開始了他的詩歌創作，同年，朱自清發表了長詩〈毀滅〉。在詩中，朱自清回想起一次不大尋常的夢，在杭州旅行時，他忽然「飄飄然如輕煙、如浮雲，絲毫立不定腳跟」。這首長詩最特別的部分在於，它極豐富地呈現了一種頹廢氛圍：病態、漂浮的靈魂、世界的疲憊感、冷風景、疏離、乾枯的荒漠、空無、死亡的欲望，以及最引人注意的是一具筋疲力盡的身體，四肢「衰頹」。一種強烈的悲悼感瀰漫全詩。這是一首自我表達之詩，或是「我」徘徊於黑暗與光明、懷疑與信仰，以及向前進步與向後頹廢之維谷的詩。朱自清在詩中將自己立於「不知取怎樣的道路，／卻盡徘徊於迷悟之糾紛的時候」（1987：23-41）。

1923年3月，徐志摩發表了一首題為〈青年雜詠〉的名作，在詩中他三問青年，為何沉湎傷感、遲徊夢中、醉心革命？在第一個詰問中，徐志摩將青年的沉湎傷感描述為：在憂鬱河邊築起一座水晶宮殿，河中惟有憂鬱流淌，殘枝斷梗不過映照出傷感、徘徊、倦怠的灰色生

---

[26] 關於信仰塑造中的痛苦身體及其功能的詳盡討論，參看伊萊恩‧思凱瑞（Elaine Scarry）：《痛苦身體：世界的生成與毀壞》（The Body in Pain: the Making and Unmaking of the World），1985年。

命。青年冠上的黃金終被黴朽。詩中最重要的是，徐志摩將「憂鬱」
（melancholy）一詞音譯為漢語「眸冷骨累」，這準確地抓住了顯現於
身體中的憂鬱症狀（1992：51-53）。另一個象徵主義詩人穆木天將法
語詞「頹廢」（decadence）譯為「腐水朽城」（1985：92-95）。激進
的情色詩人邵洵美將這個詞譯為「頹加蕩」（李歐梵1993：26-51）。
1922年左右，一同與李金髮留學法國的詩人王獨清寫了一首題為〈我從
café中出來……〉的詩，此詩描繪了他的頹廢境況：從醉酒的咖啡屋出
來後，發現滿街都是寂寥的傷感，徘徊不知向哪一處去，他悲歎道：
「啊，冷靜的街衢，／黃昏，細雨」（1987：20-21）。

　　正如我們所見，在李金髮出現之前，中國文學大體上便已見證了力
比多經濟的危機或浪蕩的頹廢（*une turbulente décadence*）。這一態勢的持續
增長，最終在1925年的李金髮的詩集中達到頂點。從1922年到1930年以及
之後的一些年裡，中國現代詩歌沉湎於感傷、痛苦、慟哭、悲悼之中，
一言蔽之，沉湎於身體痛苦的深深頹廢與憂鬱狀態之中。可以將此一現
代性負面理解為對非本土文化資源的翻譯，或理解為在中國處於努力重
鑄其文化身分的新紀元時，西方文化敘述的影響，這確實要求一種新的
詮釋理論結構[27]。負面的翻譯現代性在重鑄自我與文化身分時所具有的
重大意義遭到了簡單地拒斥與責難，與這種負面翻譯現代性的常規詮釋
或意識形態詮釋相反，我打算提供一種不同的視角，即通過各式理論資
源來詮釋這種現代情感的特別形式。我打算主要以辯證的角度觀照此問
題，李金髮對緣於力比多能量危機的頹廢的極度稱頌，可以被理解為一
種對自我的負面塑造，通過鏡像－悲悼－紀念碑的敘述範式加以進行。

　　讓我們先從現代性話語構成裡的頹廢與進步的辯證法開始。卡林內
斯庫認為進步與頹廢的概念並不相互排斥，而是彼此深刻地暗示。「進
步即頹廢，反之，頹廢即進步」（Calinescu 1987：166）。這一概念構

---

[27] 就「被譯介的現代性」對中國文化敘述之構成的影響的廣泛討論，參看劉禾：《跨語際
實踐：文學、民族文化與被譯介的現代——中國（1890-1937）》（Translingual Practice:
Literature, National Culture, and Translated Modernity—China, 1890-1937），1995年。

成了現代性的雙重辯證法。莫茲利（Maudsley）在其《身體與意志》
（*Body and Will*）中討論社會與進化時，他認為退化普遍地反作用於進
化，而頹廢幾近於進步；社會即是由上升與下降的雙重流動所構成。因
此，「存在者，從高級下降到低級的退化過程，乃是自然經濟中必不可
少的活力所在」（1998：237）。黑格爾同樣討論過進步與頹廢的辯證
概念，他強調通過差異與混亂而重獲和諧一致：「進化是生命的必經過
程，要素之一，其發展源於對立：生命的總體性在其最強烈的時刻，只
可能作為一種源出於最絕對之分裂的新的綜合而存在」（Jouve 1980：
122）。在上文的討論中我們注意到，李金髮總是從生命－世界的對立
面與反面來感知生命－世界，這是為了表達他與進步的啟蒙現代性相反
的頹廢之美學。李金髮的辯證性感知可從如下二例略見：

> 我生存的神祕，
>
> 惟你能管領，
>
> 不然則一刻是永遠，
>
> 明媚即是骯髒。

（〈你在夜間〉，頁231）

另一例：

> 如殘葉濺
>
> 　血在我們
>
> 腳上，
>
> 生命便是
>
> 　死神唇邊
>
> 的笑。

（〈有感〉，頁535）

　　由此看來，現代性的頹廢與進步在這一層面並不相互對立，而是在一種雙重陳述中共存。李金髮的「現代性否定倫理學」從這一角度而言，不僅終究是必要的，而且成為了構建人類身分及其主體性的必經過程。

　　其次是視鏡與悲悼（mirroring／mourning）：如上所述，拒斥光明的後果便是返回僅留存反射光的黑暗洞穴，返回到由鏡子反射的現實之內部（*intérieur*）。正如阿多諾所言：「然而，窺入反射之鏡的他是個閑人，一個已經退出經濟生產程式的個體。反射之鏡印證了物件的缺乏（鏡子不過是把事物的表面帶入一個空間），以及個人的隱匿。因此，鏡子與悲悼彼此勾連」（1989：42）。就阿多諾此論來看，儘管鏡子將外部現實的表面完全反射（這讓人悲悼失落的真實世界），但鏡子也能記錄世界的損失，人在鏡中對自己的觀看可以將內部（*intérieur*）反映為現實。

　　正是通過視鏡與悲悼的結合，失落的世界才得以彌補。頹廢是力比多能量中向下的衰退，這種力比多能量生成了灰燼中的身體與廢墟中的自然。一方面，正如李金髮詩中寫道：「但我們所根據的潛力，火焰與真理，／恐亦隨時代而潰敗」（〈心期〉，頁446）；然而另一方面，在腐爛的過程中，人類主體對灰燼與廢墟的反射，出自被創造、被合法化的新秩序，這一新秩序通過伴隨著悲悼情緒的鏡中之自省性而來。因此，視鏡成為了一個居間要素，為了抓住自我的新知識，它為悲悼主體提供了一個特定空間來反射自身。因此我們在李金髮的詩裡看見：「月兒半升時，／我們便流淚創造未來」（〈à Gerty〉，頁553），如此便：

　　　有了缺憾才有真善美的希求，
　　　從平凡中顯出偉大莊嚴。

　　　　　　　　　　　　　　　　　（〈生之謎〉，頁729）

　　再次是悲悼與紀念碑：在李金髮的紀念碑詩歌中，〈棄婦〉這一悲悼母題與墳／墓的形象聯繫起來（「衰老的裙裾發出哀吟，／徜徉在邱墓之側」），使得整首詩可以被讀作一首輓歌，一座女人的墓碑。事實上，死亡主題與墳墓修辭貫穿於李金髮的整體詩歌之中。因此他有時被視作中國現代詩歌史上「第一死亡詩人」（金絲燕1994：232），對墳墓與死亡如此大量的呈現，建立了李金髮詩歌的紀念碑身體，以及將自身構建為紀念碑石的修辭[28]。例如：「希望得一魔師，／切大理石如棉絮，偶得空閒時／便造自己細膩之墳座」（〈多少疾苦的呻吟……〉，頁560），或是：

在時代的名勝上，
殘墓襯點風光。

（〈晚鐘〉，頁351）

以及：

快選一安頓之墳藏，
我將頹死在情愛裡，
垂楊之陰遮掩這不幸。

（〈Elégie〉，頁404）

　　在〈悲悼與憂鬱症〉這篇文章中，佛洛伊德將憂鬱症的本質與悲悼的常規情感進行比較。佛洛伊德認為，哀悼是一種喪失對應物的經驗，一種喪失社會及文化象徵物的複雜反應，最終社群中的成員必須擔負起悲悼的義務。佛洛伊德寫道：「悲悼通常是對愛人之喪失的反應，或是

---

[28] 就詩歌中作為悼文出現的墓碑功能的研究，請參看J・道格拉斯・尼爾（J. Douglas Kneale）：《紀念碑書寫：華茲華斯詩歌中的修辭》（Monumental Writing: Aspects of Rhetoric in Wordsworth's Poetry），1988年。

對某種被取代的抽象物，諸如國家、自由、理想等事物之喪失的反應」
（1955：243-260）。在悲悼狀態下，世界變得貧困空乏，痛苦的經驗
支配著悲悼情緒。悲悼與集體記憶的象徵，亦即佛洛伊德在《精神分析
的五個講座》一書中提出的「紀念碑」（the monuments）概念緊密相
關。悲悼與紀念碑均遭遇了物件的喪失，一方面是個體與個人的喪失，
而另一方面則是集體與社會的喪失。悲悼將現在捲入過去；紀念碑則將
過去帶至當前。不過，它們都擁有一個相同的功能：尋找新物替代喪失
之物的欲望（1957：9-55）。彼得・霍曼斯（Peter Homans）把佛洛德的
悲悼與紀念碑理論、韋伯的祛魅理論、科胡特（Kohut）去理想化（de-
idealization）概念、溫尼科特（Winnicott）的幻滅（disillusionment）概
念、克萊因的憔悴（pining）概念以及涂爾幹的失範加以綜合，發展出
一套他所稱之為悲悼、個性化及意義創造的修正理論。[29]

　　霍曼斯認為，個性化（individuation）乃是悲悼的結果；通過從已
然消逝的過往中採擷而來的喪失經驗，可以激發「變成某人」的欲望，
與此同時，為自我創造出一種全新的意義。現代性的世俗化特徵表現為
一種對消逝的象徵物與社群的整體性而日益強烈地悲悼。因此，面對消
逝的社會文化理想，悲悼將構建一個反省的心理機制去觀照衝突與創傷
的痛苦經驗，最終提升為「成為自我」（「being one's self」），而紀念
碑則搭建了一種集體記憶，亦即通過物質儀式的媒介，一種將一切個體
的消逝與過去的歷史聯結起來的凝聚象徵。由此觀之，悲悼成為了創造
性的另一種形式，這形式最終構建出一個成熟、獨特的自我，而紀念碑
則構建出一種集體無意識：社群成員總是返回於此，並將這種喪失經驗
內化為「內在紀念碑」（「monument within」）。

　　正是以這樣的方式，因喪失對應物所導致的創傷痛苦才得以被療
治，正能量的復原力才得以再生。所以，當文化面臨災難時，承受痛苦

---

[29] 對這套三位一體理論的詳盡討論，參看皮特・霍曼斯（Peter Homans）：《悲悼的能力：
幻滅與精神分析的社會起源》（The Ability to Mourn: Disillusionment and the Social Origins of
Psychoanalysis），1989年，尤其是最後一章。

的能力與悲悼的能力才顯得必不可少，這兩種能力產生出支撐自我之內
在與外在的能量，也就是說，在個體化的語境與集體化的現實中產生出
來。正如李金髮寫道：「在décadent裡無頹唐自己」（〈「Musicien de
Rues」之歌〉，頁399）。在〈悼〉（頁734）這首詩中，通過悲悼的痛
苦經驗，李金髮將現代性的負面倫理轉換成一種現代性的正面倫理。全
詩如下：

悼

閒散的悽愴排闥闖進，
每個漫掩護的心扉之低，
惜死如鉛塊的情緒，無勇地
鎖住陰雨裡新苗的柳芽。

該不是犧牲在痼疾之年，
生的精力，未煉成無敵的鋼刀
罪惡之火熱的眼，
正圍繞真理之祭壇而狂笑。

鐵的意志，摧毀了脆弱的心靈，
嚴肅的典型，無畏的堅忍，
已組成新社會的一環，
給人振奮像海天無垠。

此詩中湧現出了一個新形象，這形象將自己獻身於生命正能量的提
煉，將其鑄造為強韌的鋼刀來抗擊罪惡、揭示真理，並最終建立起一個
新社會：它包含了李金髮眼中的新自我與優雅之美。啟蒙運動的失落理
想正處於恢復、修養與重構的過程中；經過省性反照的悲悼，中國現代
性中的脆弱個性與新生自我正變得愈發強壯與成熟。頹廢身體的敘述也

由此誕生出一種嶄新的自我倫理，其塑造並非經由正面進行，卻是通過黑暗與負面完成。

在中國現代性一般的話語構造中，沒有任何一個現代作家比李金髮更多的引介了三種意義重大的話語元素：（1）頹廢感性；（2）時間的飛逝感；（3）自反意識。第一種元素承載的觀念為：進步即頹廢，頹廢即進步；第二種元素顯示了永恆中的短暫存在，以及飛逝時間中的永恆存在；第三種元素則暗示自我總是需要向其本身回返，由此體認現代身分敘述本質中的真實性。正是通過李金髮這種特有的敏感性，中國現代性才見證了這種新話語的發生，而此後關於自我的塑造亦煥然一新。

結語

在本章中我對李金髮詩歌的文本提出了我的閱讀策略。我從李金髮與郭沫若的比較開始我的論述，主要就二人的力比多能量經濟狀況進行比較，這一點顯示出他們之間明顯的不同。在第一部分，我探索了顯現在有機身體部位中的無力感危機，以此說明頹廢身體的諸種形式。在第二部分，我分析了揭開這一特殊頹廢美學的反啟迪敘述。在第三部分，我從李金髮的反照敘述中辨認出一種自反意識，這一意識並未出現在郭沫若的作品中，並且我將這意識的發生路徑視為從自生光源背離的結果。在第四部分，我先梳理了頹廢與憂鬱二概念的翻譯簡史，以此展示遍布於中國現代文化敘述中的身體危機，接著，我主要以佛洛伊德的理論：悲悼、個體化與意義創造來總結頹廢身體的討論：自我塑造的負面倫理經由悲悼而來。

至此，在郭沫若和李金髮之間——在力比多能量經濟的膨脹與力比多能量經濟的萎縮之間；熱烈、光明、激情、進步的自我與寒冷、黑暗、無力、頹廢的自我之間；在太陽、光亮、火焰、黎明的敘述與冬天、夜晚、潮溼、反照的敘述之間，一種話語張力便在中國現代性啟蒙大業的力比多能量經濟中構建了起來。

【第三章】自戀的身體：
戴望舒詩歌中的
碎片現代性與追憶救贖

> 而我是你
>
> 因而我是我
>
> ──《眼》

> 我的記憶是忠實於我的，
>
> 忠實得甚於我最好的友人。
>
> ──《我的記憶》

　　戴望舒（1905-1950）作為象徵主義詩人的初次亮相，恰是詩怪李金髮鬼迷心竅地誤入自由詩創作爆發的終止時間，這或許是一次奇妙的歷史巧合[1]。戴望舒在這一意義上承續了李金髮的象徵主義傳統，並使之在三十年代趨於成熟。在現代漢詩的編年史序列中，李金髮代表了二十年代第一代詩人早期的詩歌實驗，這一點與浪漫主義詩人郭沫若相似，而戴望舒則體現了五四新文學革命之後，活躍於三十年代的第二代詩人們更為複雜精緻的寫作實踐[2]。因此，戴望舒的出現不僅體現了現代漢詩史上一次關鍵性的突破，同時亦標誌著「無論藝術精神或藝術形

---

[1] 時間上的巧合可以從兩方面來看。其一，從詩歌創作的年限看，李金髮於1920年至1924年間完成了他的三部主要詩集，而據戴望舒的詩友杜衡所言，戴望舒於1923或1924年開始了他的詩歌學徒期（杜衡1936）。其二，李金髮的第一部詩集《微雨》出版於1925年，另外兩部詩集則出版於1926年和1927年，而戴望舒的第一部詩集《我的記憶》則出版於1929年，也就是《微雨》出版後的四年。除了《我的記憶》以外，戴望舒還出版了另外三部詩集，分別是《望舒草》（1933），《望舒詩稿》（1937）以及《災難的歲月》（1948）。

[2] 施蟄存：《引言》，載於梁仁編：《戴望舒詩全編》（1989：4-6）。

式，中國新文學的現代主義的新紀元之到來」（瘂弦1977：2）。

　　浸淫在象徵主義傳統中的戴望舒，從題材、主題、到影響的淵源上都與他的前驅者李金髮相似，儘管他們發展出了不同的創作趨向[3]。就對外國詩歌的模仿而言，戴望舒和李金髮一樣，同樣受到了早期法國象徵主義詩人波特萊爾與魏爾倫的影響，儘管他曾更多的受惠於諸位「新象徵主義」詩人，如耶麥（Jammes）、福爾（Fort）、道生（Dowson）、特‧果爾蒙（de Gourmont）、核佛爾第（Reverdy）、蘇佩維埃爾（Supervielle）、梅特林克（Maeterlinck）、阿波利奈爾（Apollinaire）、瓦雷里（Valéry）以及艾呂雅（Eluard），戴望舒曾或多或少翻譯過他們的作品。據戴望舒的同仁施蟄存所言，戴望舒早期的創作始於他對英國頹廢派詩人歐尼斯特‧道生（Ernest Dowson）與法國浪漫主義詩人雨果的翻譯，中期則受法國象徵主義詩人的影響，尤其是保爾‧福爾（Paul Fort）與法蘭西斯‧耶麥（Francis Jammes）的影響；後期則從他所翻譯的西班牙詩人加西亞‧洛爾迦（Garcia Lorca）那裡吸收了一些元素，因而，戴望舒的翻譯與創作互為影響並互為激發（施蟄存1989：6）。其中，波特萊爾、魏爾倫、耶麥與道生這四位詩人直接或間接地影響著戴望舒的詩學意識，或者說，他從這些詩人中獲得了極大的詩性靈感。

　　戴望舒與李金髮同受象徵主義詩人之影響，戴望舒的作品亦反映出李金髮作品中的許多相同主題：頹廢、憂愁、無聊、睡意、寒冷、黑暗、衰老以及幻滅。力比多能量的向下衰退將詩人一把抓住，一種生命力貧乏的情緒彌漫在詩歌的語彙中。他在作品〈凝淚出門〉（頁11）如此寫道：

　　　凝淚出門
　　　昏昏的燈，

---

[3]　有趣的是，現代漢詩的學者與批評家們，通常更喜歡戴望舒的詩而非李金髮的詩。爭論的焦點集中於二人詩歌的易解與否，據說是由於李金髮的歐式句法，他的詩被認為難以理解，進而被斥為敗壞漢語的「罪魁禍首」（孫席珍1981）。然而相反的是，戴望舒的詩則被視為相當的清晰而易於理解（朱自清1936；利大英1989）。

溟溟的雨，

沉沉的未曉天；

淒涼的情緒；

將我的愁懷占住。

……

清冷的街燈，

照著車兒前進：

在我的胸懷裡，

我是失去了歡欣，

愁苦已來臨。[4]

這種難以釋懷的傷感直接地喚醒了抒情主體「我」那徒勞的失落感，這個抒情者浸沒於黑色的孤寂，滿面愁容地對待一切的開端時刻，尤其是一個新紀元的開啟。〈流浪人的夜歌〉（頁9）如此寫道：

流浪人的夜歌

殘月是已死的美人，

在山頭哭泣嚶嚶，

哭她細弱的魂靈。

……

來到此地淚盈盈，

我是顛連漂泊的孤身，

我要與殘月同沉。

在歐尼斯特・道生寫作的直接影響下，戴望舒的許多作品都釋放出頹廢和憂愁的情緒（施蟄存1989：219；Cherkassky 1972：339；Lee

---

[4] 下文戴望舒的所有詩作與詩論均引自梁仁編：《戴望舒詩全編》，1989年。不另註。

1989：128-129）[5]。他不僅翻譯了道生的整部詩篇，而且從他那裡獲得了大量的靈感。讓我們通過對二人的比較來展現他們之間的親緣性。戴望舒的《寒風中聞雀聲》（頁4）有如下二句：

> 枯枝在寒風裡悲歎，
> 死葉在大道上萎殘。

道生的〈我的情人四月〉[6]（My Lady April）同樣可見一副衰敗與徒勞的場景：

> 將來是一片荒蕪，
> 為了那枯葉與空虛，秋光與冬日。

另一首典型之作展現了影響的環狀譜系：戴望舒／道生／魏爾倫／波特萊爾／戴望舒，這首詩便是〈Spleen〉，這一由波特萊爾開拓的最重要的主題之一，為象徵主義詩人們用以表達現代感情最青睞的一個主題。戴望舒的〈Spleen〉（頁23）如此寫道[7]：

Spleen
我如今已厭看薔薇色，
一任她姣紅披滿枝。

心頭的春花已不更開，

幽黑的煩憂已到我歡樂之夢中來。

我的唇已枯，我的眼已枯，
我呼吸著火焰，我聽見幽靈低訴。

去吧，欺人的幻象，
天上的花枝，世人安能癡想。

我頹唐地在挨度這遲遲的朝夕！
我是個疲倦的人兒，我等待著安息。

　　道生的同題詩〈Spleen〉（1994：15）事實上是對魏爾倫的同名詩的翻譯改寫，見於〈After Paul Verlaine III，Spleen〉[8]：

周圍遍布紅玫瑰，
常春藤周圍是黑的。

親愛的，所以你只是動了下頭，
我所有的陳舊絕望將要甦醒！

天太藍、太溫柔，
空氣太柔和，大海太綠。

---

[8] 這個觀點來自利大英，他同樣在其對戴望舒富有啟發的研究中討論了這一環狀影響。然而，關於道生／魏爾倫對戴望舒的直接影響，我並不贊同他的觀點。根據他的推斷，戴望舒的靈感直接源於法蘭西斯・耶麥，而非道生／魏爾倫的影響。像戴望舒這樣閱讀來源如此複雜的詩人，要辨別與之交織的互文的精確起源非常困難，或者說沒什麼特別的意義。如此看來，無論戴望舒的影響來自道生、魏爾倫或耶麥，或者道生的受魏爾倫的影響，又或魏爾倫受波特萊爾的影響，耶麥受波特萊爾的影響，抑或戴望舒同時受到他們所有人（道生、魏爾倫、耶麥、波特萊爾）的影響，都不如揭示戴望舒如何將自己的文本性刻入這一互文性鏈條中去來得更有意義。

不知何故，我總是畏懼，
一些可悲的飛行自你而起。

我厭倦了冬青枝枝
還有那明亮的黃楊

厭倦了所有無盡的鄉村道路；
一切的哀歎！拯救你。

　　我們可以在這兩首詩中找到許多相似之處：紅玫瑰（red roses／les roses rouges）、黑色（the color of blackness／les noires）、溫柔的感覺（the feeling of tenderness／trop tendre）、夢的飛逝（the flight of dream／fuite atroce）。其中，彌漫在戴詩中最顯著的回聲應是魏爾倫／道生〈憂鬱〉（Spleen）中的疲倦－睡眠（tiredness-sleep／desespoirs et je suis las），即普遍的疲倦與憂愁的深邃氛圍。但是戴望舒與道生和魏爾倫的〈憂鬱〉之最大不同，在於他的頹廢情感，即在灰燼中的身體與廢墟中的自然──零落的自然與乾涸的唇與眼。這或許碰撞出波特萊爾《惡之花》中〈憂鬱〉一詩的火花（1961：68-71）。在此詩中，戴望舒對頹廢身體的強調或許同樣可以溯至道生的另一首同題詩〈憂鬱〉（《致亞瑟‧西蒙斯》）（戴望舒1989：26）：

煩怨
我並未憂愁，又何須哭泣；
我全身的記憶今都銷歇。

我看那河水更潔白而朦朧；
自朝至暮，我只守著它轉動。

自朝至暮，我看著淒淒雨滴；
看它疲倦地在輕敲窗楣。

那世間一切，我曾作幾度希求，
今已都深厭，但我並未憂愁。

我覺得她的秀目與櫻唇，
於我只是重重的陰影。

終朝我苦望她的饑腸，
未到黃昏時候，卻早遺忘。

但黃昏喚醒憂思，我只能哭泣；
啊，我全身的記憶怎能銷歇！

　　從以上幾例來看，我們可以探查到道生影響戴望舒的實在痕跡，許多學者注意到，尤其是他的「少作」（juvčnalia）（施蟄存1989；Lee 1989）。當然，在道生詩中可以更進一步地發掘出戴望舒更為喜歡的主題與意象，比如落葉／花、冰冷冬日、痛苦記憶、驕傲與美麗的往日、毀壞的花園、女性之美的瞬間、對理想之愛情的渴求，這幾點我將在後文論及。

　　以上簡述了二十年代中，作為象徵主義詩人的戴望舒的概貌。他繼承並發展了由李金髮開啟的中國現代主義詩歌的實驗傳統，並簡要討論了李戴二人作品中所共有的主題。然而，除了共同的影響與主題的關聯外，到底是何種獨特因素使二人擁有如此大的差異？或者這樣說，到底是什麼使戴望舒成為中國現代主義詩歌的成熟詩人？戴望舒為新的中國文化敘述貢獻了怎樣獨一無二的話語？這些問題正是本章討論的關鍵點。

作為一個「幽微與精妙」的詩人（朱自清1935），戴望舒對現代性拓展出一種犀利的敏感度，他延續了李金髮開創的傳統，絕非簡單的重複或模仿，而是背離、反叛與創造性的轉化，進而為中國現代性詩學貢獻了三種獨特的話語要素，即：（1）瑣屑與碎片的現代性；（2）記憶氣息的敘述；（3）自我分析的實踐。下面我將戴望舒的詩歌放置於若干現代性理論視域中並對其提出新的解讀，以此凸顯戴望舒詩歌中自我模塑話語範式演變的曲折軌跡。

一、瑣屑與碎片的現代性

戴望舒詩中最突出的特徵便是極度地沉浸於最細小、最無意義、最表層的事物、日常生活世界中的具體細節，以及存在的慣常形式。確切的講，在個體世界中的外部的、細微的、無意義的日常事物，皆被抒情主體的「我」或個人主體從內部與心理上體驗為現代生活的碎片，並由詩人賦予了其重大的意義與價值。

像是用舊／磨損了的日常物件和非常個人化的器具殘渣這類細微事物，表面上雖看不出有何意義，卻仍被詩人賦予了非同尋常的情感。這等碎片般的瑣屑，在一首廣為人知的作品〈我的記憶〉（頁29）的第二節中非常典型：

> 它存在在燃著的煙捲上，
> 它存在在繪著百合花的筆桿上。
> 它存在在破舊的粉盒上，
> 它存在在頹垣的木莓上，
> 它存在在喝了一半的酒瓶上，
> 在撕碎的往日的詩稿上，在壓乾的花片上，
> 在淒暗的燈上，在平靜的水上，
> 在一切有靈魂沒有靈魂的東西上，
> 它在到處生存著，像我在這世界一樣。

〈過舊居〉（頁139-141）一詩中出現午炊的香味、羹、飯、窗、書架、一瓶花、燈光、餐桌、盤、碗，詩人極度地珍視這些家庭生活中的常見事物，並將之美學化。在〈野宴〉（頁74）、〈小病〉（頁77）、〈示長女〉（頁142-143）這幾首詩中，一些如萵苣、番茄、金筍、韭菜、蘆筍等蔬菜亦特別令詩人喜愛。對於戴望舒來說，正是在這多種多樣的日常而普通的蔬菜中，一個人便可能經歷生存意義的氣息。正如〈小病〉一詩所示：

小病
從竹簾裡漏進來地泥土的香，
在淺春的風裡它幾乎凝住了；
小病的人嘴裡感到了萵苣的脆嫩，
於是遂有了家鄉小園的神往。

小園裡陽光是常在芸薹的花上吧，
細風是常在細腰蜂的翅上吧，
病人吃的萊菔的葉子許被蟲蛀了，
而雨後的韭菜卻許以有甜味的嫩芽了。

現在，我是害怕那使我脫髮的饕餮了，
就是那滑膩的海鰻般美味的小食也得齋戒，
因為小病的身子在淺春的風裡是軟弱的，
況且我又神往於家園陽光下的萵苣。

戴望舒對日常生活中庸常與瑣屑的細節極為迷戀，這種迷戀招致了種種非議。贊同戴望舒的人認為，他向日常生活世界（*lebenswelt*）的轉變乃是努力抓住「現代感應性」的「舒卷自如、銳敏、精確」（卞之琳1981：5），這為現代詩創造出一種現代人能夠用以自如表達的日常

口語邁出重要一步（秦亢宗1986：215-216），並且形成「一種原生狀態的情感世界，一些微妙的感覺，一種朦朧的心境」（陳丙瑩1993：107）。然而，持相反意見的另一些批評家則認為，戴望舒的轉向是一次對「人道主義關懷」的逃避，遁入了「虛無主義」（朱自清1935：8），詩才被無益地消耗（艾青1981：4）。其結果，這種細節與情緒上的過分沉溺便限制了其主旨的廣度，在中國新詩人中至多不過是一位「二流詩人」（余光中1977：226-227）。

從郭沫若對宏大主題的宣導（進步、民主、自由、新中國的理想）到李金髮開始的反啟蒙的悲愴感（一種頹廢的負面倫理，一種對自反之美的推崇），最後到戴望舒向庸常現實的日常細節轉向，表面上看，中國現代性本身似乎經歷了某種自我分解、自我碎裂以及自我中斷。但就更深層的意義來看，現代漢詩中的現代性經驗，事實上發生了某種根本性的轉變，即從宏大的歷史關懷轉向微觀與細小的日常事實，從更高轉向更低，從外部的具體經驗（*Erfahrung*）轉向個人生命內部的體驗（*Erlebnisse*）[9]。戴詩的特徵在於日常生活的碎片性瑣屑，他將力比多過度傾注其中。為了理解這種轉向，我們需要考察一些與我們的論述相關聯的現代性的話語與理論。

現代性話語的中心論述就是，現代性應該被理解為一個劃時代的大事件，它摧毀歷史時間的連續體（Frisby 1986：216），與文化傳統的徹底決裂（Foucault 1984：39），將神聖／更高的意義庸俗化為日常與普通的「祛魅」過程（Weber 1974：155）。作為審美現代性（*modernité*）概念的創始者，波特萊爾（Baudelaire）在他的經典論文《現代生活的畫家》中將時間的這種非連續性經歷總結為「過渡、短暫、偶然、就是藝術的一半，另一半永恆和不變」（1972：403）[10]。

---

[9] 齊美爾與本雅明都將經驗（*Erfahrung*）視為對外部現實與歷史總體性的經驗，而體驗（*Erlebnisse*）則是對個人內部經歷（experience）的經驗（*Erfahrung*）。就他們的觀點而言，現代性便是一種由經驗（*Erfahrung*）縮小為體驗（*Erlebnisse*）的經歷模式的轉變（見Simmel 於Frisby 1986；Benjamin 1973）。

[10] 郭宏安中譯，見《波德萊爾美學論文選》（2008：439-440）。

為了將此種奇異的都市經驗合法化為一種規範性概念，用卡林內斯庫（Calinescu）的話來說，波特萊爾將現代性重新界定為：「一種悖論式的可能性，即通過處於最具體的當下和現時性中的歷史性意識來躍出歷史之流」（1987：49-50）[11]。

　　隨著時間連續性的中斷以及宏大敘述的庸常化，世界之後的處境便是被摧毀為小顆粒，過往的眾多遺跡，以及即刻當下中破碎的歷史現實那無意義的碎片。更根本的是，在個體世界中，總體性不再存活，現時則因其對新奇（*la nouveauté*）的狂熱而變成非歷史的──僅僅是局部占據著主導地位。正如尼采（1980：27）生動的描述：

> 生活不再以總體性的形式存在。字詞跳躍出句子之外而獨立，句子取代並遮掩了段落的意思，段落以犧牲全篇為代價獲得生命──總體不再是總體性。……整體不再存在；它是複合的、蓄意的、巧飾的，一個贗品。

現代性中時間流的瞬時過渡性，對於個體來說，不可能在上面的（above）世界中重獲失落歷史的意義，而只能在下面（below）的世界中獲得，也就是在日常世界中獲得，因為在這種日常世界中，包括了細微痕跡的豐富性，以及某個失落的近期之最最表面的細節。人們不僅能在這種庸常狀態下（內含個體獨特之生存經驗的連續性）發現現代性的遺跡與殘餘，人們也能發現美學的總體之美，「總體存在的結晶」（Frisby 1988：190）[12]。在齊美爾（Simmel）看來，每一個碎片、每一個社會快照，自身都包含著昭示「整個世界的總體意義」的可能性，而且應被視作一個自洽的獨立世界，一些自決自立的事物（弗里斯比2003：77）。因此，對於藝術家來說，為了能捕捉現代性的內質，穿透庸常經驗的細膩與靈光，並最終從「過渡中抽出永恆」（Baudelaire 1972：402），引

---

[11] 顧愛彬、李瑞華中譯，見馬泰•卡林內斯庫：《現代性的五副面孔》（2002：56）。
[12] 盧暉臨等中譯，見大衛•弗里斯比：《現代性的碎片》（2003：256）。

發一種對於瑣屑與無意義碎片的感受力便顯得十分重要。

為了引發這種對瑣屑與碎片的敏感力，齊美爾和本雅明（Benjamin）均認為，一個人只能從碎片的、細微的、無意義的細節與個體的局部開始，即：「碎片就是總體」（弗里斯比2003：77），因為「是碎片為總體保留著通道，而不是總體澄明碎片」（弗里斯比2003：256）。就此看來，最終從這些日常生活的瑣屑實踐產生的結果便是：小即大，局部即整體，碎片即總體，無意義變得有意義，可有可無之物變成了根本之物。正如波特萊爾所言：「許多瑣屑的東西變得碩大無比，許多細微不足道的東西搶了引人注目的風頭」（2008：488）。在碎片性的瑣屑、感官、感情、知覺、情感、情緒、印象、細膩的感覺領域內，乃是一個個體獨有的力比多能量的最小因子與單元，從而制導著整合自我的機制（Taylor 1989：284）。對於波特萊爾、魏爾倫、耶麥、李金髮和戴望舒來說，在生命的日常生活中，現代性意識充當將外部生命的飛逝、破碎與偶然瞬間注入了其內在生命的功能，以便「外在世界已經變成了『一個內心世界』」（弗里斯比2003：83）。換言之，經驗（*Erfahrung*）（外部的群體經驗）被溶化進體驗（*Erlebnisse*）（內部的個體的鮮活經驗）之中。因此，所有的庸常瞬間、每一個日常細節、所有的外在物以及時間的每一個瞬間均被異常性地風格化，並被賦予內部（*intérieur*）活生生的氣息體驗。

從這個方面來看，戴望舒在中國現代性的語境中，將注意力轉向生活世界（*lebenswelt*）的日常瑣屑，可以從兩個層面加以描述。一是在社會現實的經驗層，後革命時代（五四的社會－文化革命）中，整合自我的總體與宏大歷史不復存在。轉留給個體經驗的便是與後歷史的塵埃、廢墟與碎片相遇，與失落歷史的最小單元相遇。這被打碎的社會現實，借特羅爾奇（Troeltsch）的隱喻來說，「類似一片已經被砍伐的森林，只有樹樁留在地面上，樹根正在枯死，再也不能生長出一片森林，寧可說是，長滿了美學意義上的各種各樣的裝飾物」[13]。因此，戴望舒對郭

---

[13] 特羅爾奇：引自於弗里斯比：《現代性的碎片》（2003：79）。

沫若甚至是李金髮所建立的現代詩學傳統之偏離，便在於特別強調個體
自我所經歷的細微事物，被用以重獲隱藏在這些日常微物中的獨特性與
真實性，以便為個體自我重構一個自主的世界。

在上引《我的記憶》一詩中，日常世界中個體所經歷的這些細微、
無意義且庸常的細節——體現出異常的感情投入：「燃著的煙捲」，
「破舊的粉盒」，「木莓」，「喝了一半的酒瓶」，「往日的詩稿」，
「壓乾的花片」，「淒暗的燈」，「平靜的水」。對於詩人來說，這些
細微的表面事物只不過是對其生平細節的瞬間紀錄——一種消逝的靈
感、愛情、友誼、家園——它們並不僅僅是對消逝過往的簡單懷念——
而且也是形成個體自我的自足生活世界的每一個碎片之原料。更重要的
是，它們被當做「我」在這個庸常世界中尋求連續感的能量源。它們是
記憶的固戀，過往之價值與生命之意義從中爆發。

在《夜是》（頁36）一詩中，對生命最日常元素的感覺，被戴望舒
發展為某種現實的場所，被過往的光陰所威脅：

夜是

夜是清爽而溫暖；
飄過的風帶著青春和愛的香味，
我的頭是靠在你裸著的膝上，
你想笑，而我卻哭了。

溫柔的是縊死在你的髮上，
它是那麼長，那麼細，那麼香；
但是我是怕著，那飄過的風
要把我們的青春帶去。

在波特萊爾眼中，頭髮是最細微的身體顆粒，它包含了經驗的總體
性，並能喚起現代生活的本質意義。正如他在《巴黎的憂鬱》（1961：

252）中的一節「頭髮中的半球」（「Un hémisphère dans une chevelure」）
所言：

> 你的頭髮蘊藏著一個完整的夢充滿了船帆和桅杆的夢；它也包藏
> 著大海，海上的季風把我帶到那些迷人的地方，那裡的太空顯得
> 更藍更深，那裡的大氣充滿果實、樹葉和人類肌膚的香味。[14]

　　所以為了在日常世界內提取生活的總體性，戴望舒返回到細微的事
物，與某種消隱了現實的庸常碎片。對於瑣屑的感受力與捕獲日常生活
之氣息的能力以這種方式而得滋養。在前述作品〈小病〉中，對生命的
日常細節極為精微的感受力，最終被「我」的欲望所喚醒，以便去體味
日常生活中的當下真情（「況且我又神往於家園陽光下的萵苣」）：

> 小園裡陽光是常在芸薹的花上吧，
> 細風是常在細腰蜂的翅上吧，
> 病人吃的菜菔的葉子許被蟲蛀了，
> 而雨後的韭菜卻許以有甜味的嫩芽了。

　　戴望舒轉向的另一層特徵在於，對非連續性的新穎體驗，這種體
驗興起於中國社會特有的現代性進程。如上所述，中國現代性發生於二
十世紀之交，這不僅令社會－文化的總體性破裂成無數的碎片，而且還
創造了一種非歷史的空洞現時———一種新近的過去。現代性刷新一切事
物———一種新的心理經驗，一種新的生活方式，一種新的都市文化奇
觀，這一理念決然地粉碎了個體生命經驗與他所珍視的神話過去的連續
性。戴望舒的同仁，也是戴望舒詩歌的主要編者，施蟄存在1932年的
《現代》雜誌上寫過一篇文章，此文極其精確地對現代生活的新風貌作

---

[14] 錢春綺中譯，見《惡之花　巴黎的憂鬱》（頁415）。

了如下描述：「所謂現代生活，這裡面包括著各式各樣的獨特的形態：彙集著大船舶的港灣，轟響著噪音的工廠，深入地下的礦坑，奏著Jazz樂的舞場，摩天樓的百貨店，飛機的空中戰，廣大的競馬場」（1932：1）。他進一步強調現代生活與過去的根本差異：「甚至連自然景物也和前代的不同了。這種生活所給予我們的詩人的感情，難道會與上代詩人從他們的生活中所得到的感情相同的嗎？」（同上）。施蟄存就此呼喚「用現代人在現代生活中所感受到的現代的情緒用現代的詞藻排列成的現代的詩形」去寫「純然是現代的詩」（同上）。儘管施蟄存表達了對現代性的嶄新意識，但最有意義的還是，他將現代情緒突出為現代人的感覺、經驗與經歷。然而，在一種非歷史的現時中，何謂新舊，何謂現代近世，何謂感覺現代情緒／經驗，它們又將何處安放？如果日常生活中最細微的瑣屑與碎片是對現代性經驗的感覺，那麼詩人又是如何產生或捕捉這些細小的事物與微粒的呢？

因此，在戴望舒的日常世界中出現的一些典型形象，其功能就如同波特萊爾世界中的英雄：詩人或抒情主體「我」作為聚集者、拾荒者，以及作為搜尋者出場。聚集者將失落歷史的痕跡、零碎與碎片搜集起來；拾荒者圍繞著現代性的廢物與殘渣進行開掘；搜尋者則提取神話的遠古中那靈光滿溢的遺跡、廢墟和殘骸。他就像波特萊爾筆下的遊蕩者（flâneur）一樣，在充滿現代性廢物的巴黎街道上步履矯健：「這個富有活躍的想像力的孤獨者，有一個比純粹的漫遊者的目的更高些的目的，有一個與一時的短暫的愉快不同的更普遍的目的。他尋找我們可以稱為現代性的那種東西，因為再沒有更好的詞來表達我們現在談的這種觀念了。對他來說，問題在於從流行的東西中提取出它可能包含著的在歷史中富有詩意的東西，從過渡中抽出永恆」（Baudelaire1972：402）[15]。在戴望舒的〈單戀者〉（頁66）中，我們能聽到波特萊爾式搜尋的回音：

---

[15] 郭宏安中譯，見波德萊爾：《波德萊爾美學論文選》（434）。

在煩倦的時候，

我常是暗黑的街頭的躑躅者，

我走遍了囂嚷的酒場，

我不想回去，好像在尋找什麼。

飄來一絲媚眼或是塞滿一耳膩語，

那是常有的事。

但是我會低聲說：

「不是你！」然後踉蹌地又走向他處。

人們稱我為「夜行人」，

盡便吧，這在我是一樣的；

真的，我是一個寂寞的夜行人。

而且又是一個可憐的單戀者。

　　這個孤獨的夜行者，在庸常的日常性中不停地搜尋神祕之物——暗黑的街頭、囂嚷的酒場、一絲媚眼、一耳膩語——展現出一股強烈的英雄欲望，去發掘現代生活的微小細節中的無價之寶（「我不想回去」，「不是你」）。現代性的非連續經驗所催生的新奇能量，令夜行者不斷地搜尋日常生活中的非同凡響之物。在另一首〈夜行者〉（頁85）中出現了一個相似的形象：

夜行者

這裡他來了：夜行者！

冷清清的街上有沉著的跫音，

從黑茫茫的霧，

到黑茫茫的霧。

夜的最熟稔的朋友，

他知道它的一切瑣屑，

那麼熟稔，在它的薰陶中

他染了它一切最古怪的脾氣。

夜行者是最古怪的人。

你看他走在黑夜裡：

戴著黑色的氈帽，

邁著夜一樣靜的步子。

因為關注於日常的、慣常性的細節，夜行者因此變成了一個瑣屑鑑賞家，對細微事物養成了一種特別的品位。正如波特萊爾筆下的拾荒者，僅在世界沉睡時開始工作，戴望舒筆下的「夜行者」同樣在夜晚荒涼的街道上出現，開始搜集現代生活的破爛玩意，為了重構而將它們分門別類[16]。如此看來，戴望舒轉向現代性的瑣屑與碎片便可得以令人信服的確認。

現在，我們應當回到上文所提出的問題，即，如果瑣屑與碎片是現代性最具體的形式，那麼戴望舒向此端轉向亦變得相當合理，那麼這種日常性的個體經驗應置身何處？如果現代性的碎片可能被重構，那麼這種重構發生的場所何在？由於這些碎片和瑣屑在現代性的飛速時間中如此過渡與偶然，詩人何以可能再次將它們一一捕捉？為了考察這些問題，我們必須轉向對現代性主題最具意義的表達，同時也是戴望舒貢獻給現代漢詩最獨特的話語元素：追憶敘述（memory narrative）。

二、追憶敘述：自我重構的新句法

隨著戴望舒的出現，現代漢詩目睹了其在記憶領域內最強烈的表達[17]。在他的世界中，記憶無處不在，他的大多數傑作皆產生於此；記

---

[16] 就波特萊爾拾荒者、搜集者和遊蕩者的討論，參看瓦爾特・本雅明：《查理斯・波特萊爾：發達資本主義時代的抒情詩人》（Charles Baudelaire: A Lyric Poet in the Era of High Capitalism），1973年。

[17] 我在討論中將「記憶」（memory）、「銘記」（remembering）、「追憶」（reminiscing）、

憶即一切，充當了其詩歌創造的媒介與內容；記憶是全知的，記憶將自身塑造為「我」得以思考的源頭。這種特別的記憶，不論是其失落的過往、失落的理想、失落的家園、失落的友誼，還是其作為生命的力量、焦慮的來源、以及對以往之夢的記錄，皆成為戴詩中最獨特的品質。戴望舒的整個詩歌生命著魔似地全神貫注於一些完成的、終結的以及失落的事物。因此，我揣而言之，沒有記憶（作為文學靈感與自我的全部意義），戴望舒根本無法創作，或者至少無法寫出他最好的詩篇。是戴望舒創造了追憶敘述，並將一種全新而深遠的意義賦予中國現代文學（Cherkassky 1972：334；Lee 1989：121；孫玉石1993：86）。正是在追憶中，現代性的瑣屑與碎片才擁有位置；正是通過記憶的媒介與力量，現代性的氣息才得以捕獲，以及自我的喪失才得以重構。

如上所述，現代性中斷了在歷史的過往中個體經驗的連續性，並創造出一種非歷史的時間當下性，一種空無的狀態，如繆塞（Musset）筆下的主人公那樣：「過往的一切都不再，未來的一切還未來。對痛苦的堂奧無處可視」（1973：20）。在文學中，對這種現代性觀念之效應的直接反思，則是當下時間中對喪失、缺失、缺乏、虛空之激烈經驗的傾瀉，憑藉各式回憶的能力——各式各樣的記憶技巧（mnemo-technics）來努力回憶、復原、描繪、重現逝去的時間（ *temps perdu* ）（Krell 1990；Terdiman 1993）。所以，記憶母題便成為了現代文學內的中心主題之一，眾所周知，現代主義的整個傳統都無法擺脫記憶的經驗，普魯斯特的記憶巨著《追憶似水年華》便是一個最佳明證[18]。

浪漫主義詩人篤信，過往與當下之間的和諧循環與自我整一，可以全然通過記憶的復原力來重新獲得，正如華茲華斯詩中所描繪的那

「回憶」（recollecting）、「助憶」（the mnemonic）視作相等的術語，儘管在哲學上它們之間確有細微的差別。對於這些術語在西方歷史中的詳盡討論，請參考瑪麗・卡拉瑟斯（Mary Carruthers）：《記憶之書：中世紀文化的記憶研究》（The Book of Memory: A Study of Memory in Medieval Culture），1990年，以及克雷爾（Krell）：《論記憶》（Of Memory），1990年。

[18] 另一個現代詩的突出主題是夢。對西方文化中的夢頗具啟發性的研究，請參看加斯東・巴舍拉（Gaston Bachelard）：《夢想詩學》（The Poetics of Reverie），1971年。

樣[19]；然而與之相反，記憶在波特萊爾、魏爾倫、馬拉美、耶麥、道生、普魯斯特和喬伊絲這些現代主義者的世界中，以截然不同的形式出現。在現代主義之中，總是存在一種記憶的焦慮，它表徵著「一種痛苦意識的分裂結構」（Terdiman 1993：21），一種無奈的悲涼意識，就是，消逝的過去只能被局部地、碎片地以轉喻形式復活。用塞爾托（Certeau）的話來說：「每種記憶都發著光，在與這種整體的關聯中，它就像一個轉喻」（1984：88），這得歸於現代性時間中不可逆轉的分裂。因此，過去的總體性已經永遠逝去，時間的透明度不可挽回地被替換，憑藉記憶來探尋理想的現實，因而變成了最一貫的主題，它滋養了現代主義文學中最強力的想像能源。

在波特萊爾的詩歌中，記憶占據了一個中心位置。一方面，他相信記憶的復原力，消逝的過往可以重獲恢復。另一方面，他將記憶視為「一種抑制其全面轉化的中介」（Terdiman 1993：110），一種記憶，拒絕當下與過往之間的流動而得以被表徵。在波特萊爾的著名論文《現代生活的畫家》中，他推崇那些將記憶視為創造活力源頭的藝術家，並指出了記憶的兩種功能：「這樣，在G先生的創作中就顯示出兩個東西：一個是可復活的、能引起聯想的貫注的回憶，這種回憶對每一件東西說：『拉撒路，起來吧！』；另一個是一團火，一種鉛筆和畫筆產生的陶醉，幾乎像是一種癲狂。這是一種恐懼，唯恐走得不夠快，讓幽靈在綜合尚未被提煉和抓住的時候就溜掉」（1972：408）。《惡之花》中有一首名詩〈天鵝〉（「Le Cygne」），同樣表達出這個觀念：通過洞穿記憶與符號——一語雙關：天鵝／符號（swan／sign）之間的相互作用，在記憶的符號中不可能使失去的得以再現[20]。在〈天鵝〉中，逝

---

[19] 就記憶概念在浪漫主義詩歌的一般性呈現，以及在華茲華斯詩歌的特別功能，請參見克里斯多夫‧薩爾韋森（Christopher Salvesen）的力作：《記憶的風景：華茲華斯詩歌研究》（The Landscape of Memory: A Study of Wordswoth's Poetry），1965年。對於華茲華斯來說，記憶的力量在於能夠再創造一種過去，在他的《頌歌：永恆之暗示》（Ode: Intimations of Immortality）中有這麼兩句：「當我回憶過往的細節／無盡的感激油然而生」（The thought of our past years in me doth breed／Perpetual benediction），轉引自Salvesen（1965：1）。

[20] 就《天鵝》一詩中對雙關語（swan／sign）之功能的詳細討論，請參看理查‧特迪曼（Richard

去的過往作為一種不可挽回的放逐，它所招致的創傷經驗由記憶所喚醒：缺失喚起了戀舊之情。「老巴黎不復存在（城市的模樣，／唉，比凡人的心變得還要迅疾）」[21]。

通過記憶打撈逝去的時間的困難，不過是波特萊爾反思現代性中記憶本質的一部分；波特萊爾詩學中的關鍵點在於，他也許相信追憶的生殖力能夠使過往的價值得以再生，儘管這價值不在諸種總體性中，然而卻在最細微的碎片中。在《陽臺》（「Le Balcon」）一詩中，他將記憶的力量讚頌為「回憶之母，情人中的情人」（「*Mère des souvenirs, maîtresse des maîtresse*」），能從遺忘那無限曲折的深淵中打撈起過往的美與舊日的美好時光：「我知道怎樣召回幸福的時辰」。在《遠行》（「Le Voyage」）一詩中，波特萊爾將記憶非凡的照亮之力徹底化，這力量觸發了某種超自然的經驗：作為整體的局部經驗或作為局部的整體經驗———一種轉喻與提喻的表達法[22]：

> 對於喜歡地和畫片的娃娃，
> 天和地等於他那巨大的愛好。
> 啊！燈光下的世界那麼地廣大！
> 回憶眼中的世界多麼地狹小！[23]

馬塞爾・普魯斯特（Marcel Proust）同樣通過記憶，令逝去的過往之景象得到復原，他或許是現代文學中探索記憶領域的最偉大的作家，他寫下了唯一的追憶傑作《追憶逝水年華》（*A la Recherche du Temps Perdu*）。如果波特萊爾由於記憶本身處於放逐之中，而部分地懷疑記

Terdiman）頗具啟發性的著作《當下的過往：現代性與記憶危機》（Present past：Modernity and the Memory Crisis）（1993：106-147），此論啟發我有效地思考現代性中的記憶概念。

[21] 郭宏安中譯，見波特萊爾，《惡之花》（2002：289）。

[22] 德・塞爾托（de Certeau）對空間記憶的闡釋具有相當的啟發性。在德・塞爾托的筆下「提喻使某種空間要素得以膨脹，以使其擔當起一種『更多』的角色。提喻使碎片代替整體性，它放大了細節，縮小了整體」（1984：101）。

[23] 郭宏安中譯，見《惡之花》（342）。

憶的恢復力，那麼普魯斯特則不僅將記憶投入到對生活所有經歷的復原上（*le temps retrouvé*），而且還巧妙地賦予記憶某種拯救力量，從隱沒或被毀中拯救生命的經驗；通過描寫個體自我目下最真實的意義，普魯斯特堅定地相信經由記憶的媒介，過往能夠拯救當下（Poulet 1962：163；Terdiman 1985：152）。

為了實現這一救贖性理念，普魯斯特開始在最無意義的素材、最細微的碎片、非自主回憶（*mémoire involuntaire*）、以及日常世界裡最平常的細節內，探尋富有創造性的時刻（Benjamin 1973：111-112；Poulet：163）[24]。對於普魯斯特來說，非自主性回憶是最有效的，具有內在活力的媒介，通過這一觸媒，過往被壓抑、被隱藏的細緻入微的內容，便被一點一滴地揭示出來；過去與當下、那裡與這裡，以及外部與內部的創傷性分裂由此得以彌合治癒。因此正是在這個小茶杯中，在最迷人的日常事項中，憑藉記憶的精挑細選（*recherché*），於最超凡的生命經驗中感知、發現、重獲瑪德蓮小蛋糕（*madeleine*）這個獨立自主的宇宙。通過視非自主回憶為一種揚棄的過程——細微的事物經過回憶而變得非凡和重要，或用本雅明的話來說「從時間中脫穎而出」（「stand out from time」）（1973：139）。普魯斯特以此開啟了現代主義中，最為奇特的個體私人生活世界（*lebenswelt*）的追憶敘述，因而與戴望舒記憶詩歌不謀而合。

現代主義對於記憶的理解大致有三：一是對逝去之過往的復原力；二是經由過去來救贖當下的拯救觀念；三是自白敘述中的放逐符號學（the semiotics of exile）。另一個時常縈繞在波特萊爾以降的現代主義者們頭上的觀念認為，記憶這一理念還充當著折磨、痛苦、失望、苦惱

---

[24] 就普魯斯特記憶概念的詳盡討論，參看瓦爾特‧本雅明的《發達資本主義時代的抒情詩人》中〈論波特萊爾的幾個母題〉一文（1973：109-154）。以及喬治‧波利特（Georges Poulet）的〈普魯斯特與人類時間〉（Proust and Human Time），載於熱內‧吉拉德（René Girard）編《普魯斯特：批評論文選》（Proust：A Collection of Critical Essays），1962年；理查‧特迪曼的〈超常記憶：普魯斯特的記憶〉（Hypermnesia—Memory in Proust）一文，載於《當下的過往：現代性與記憶危機》（Present Past：Modernity and the Memory Crisis）（1993：151-238）。

與災難的場所（Terdiman 1985：239）。去追憶、回憶、銘記即是去受難，去感受不可觸及之過往的傷痛。波特萊爾認為，這種折磨來自於一切過往記憶的同時呈現：「詩性記憶，曾為某種無盡歡樂的源泉，如今變成了擺滿無窮折磨刑具的庫房」（Baudeliare 1961：402）；魏爾倫認為記憶喚醒了他過往的惡魔：「啊，人類的智慧，啊新事物橫陳眼前／而過往——令人厭倦的回憶！／你的聲音描述，還有更險惡的建議／我記下的便是我所犯下的邪惡」（1974：285）。明確影響過戴望舒的記憶主題的詩人耶麥，[25]在詩歌《無名之美》（「beauté sans nom」）中感到痛苦，即追憶純潔的不可接近的理想女性：「我徒勞地尋著你的出現」（「Je cherche en vain votre présence」）（1980：55）。對在記憶中保存瞬逝之美的不可能性，道生則流露出深深的苦痛與惋惜：「往日的愁怨，平凡的舊事，／又同來侵我憂心」（〈請你暫斂笑容，稍感悲哀〉，戴望舒譯）。

> 親愛的，待到中年憔悴，忘了心頭恨，
> 讓舊事模糊，怕它哀怨頻侵；
> 且拋了青春神聖，
> 讓它遲暮來臨。
>
> 你櫻口榴紅片片，
> 可讓我餐此芳醇？
> 我願在你圍中長逝，
> 讓南風濃郁，解我微慍。
> ……
> 在微語著的柔枝下，有你芳園，

---

[25] 有關耶麥對戴望舒主題上的影響涉及到諸如：〈雨巷〉、〈回了心兒吧〉、〈Spleen〉、〈我的記憶〉、〈秋天〉、〈對於天的懷鄉病〉等等詩作中的記憶，神祕女郎與煙的意象。請參看利大英的綜合性研究〈戴望舒〉（1989：139-173）。

在這裡不知時間轉變，世事紛紜，

也不知死亡和痛苦，

和那無誠的盟誓，會使人憂慮又離分。[26]

　　道生在多首詩中絕望地慨歎著，在逝去的時間中，理想之美難以用記憶留駐，或是由於時間的飛速流逝，而慨歎居留在記憶領域裡之真實過往的毀滅。正如〈流離〉（Exile）一詩所示：

在那傷心的南浦，

往日我們曾攜手徘徊，

今日一些舊時幽影，

還深深第縈繞胸懷。

……

在那傷心的南浦，

我聽見幽影之鄉，

發出我愛者崇高的歎息；

心裡模糊了你清絕的榮光。

……

我倆傷心墮淚無人曉：

回憶灰朦了往日的歡欣；

此時這悲慘的分離永

將我們帶進，最後的夜沉沉。[27]

　　以上簡述了現代性中典型的記憶經濟（mnemonic economy）的不同形式，據特迪曼（Terdiman）的看法，它們的特質在於記憶的危機，這種記憶症候的類型源於當下與過去之聯繫的中斷（1985：3-6）。根本

---

[26] 戴望舒中譯（301-302）。
[27] 戴望舒中譯（266-267）。

上，這種記憶危機擁有兩種主要的失序特徵：「太少的記憶與太多的記憶」（「*too little memory and too much*」）（原文為斜體）（頁14）。前者陷溺於「可憐的低生長」（「pitiful underdevelopment」）中的記憶；後者則困擾於「可怕的過度生長」（「monstrous hypertrophy」）中的記憶（頁25）。就陷溺於過少記憶之一端來看，不斷進步的空虛當下吞噬著過往，將記憶驅遣入遺忘，正如波特萊爾的《惡之花》所示：「其身無血，流著忘川之綠湯」（〈憂鬱之三〉）；就困擾於太多的記憶之一端來看，過去仍活在當下，或者當下被過去移植，很難記住什麼，如波特萊爾的〈憂鬱〉（〈Spleen〉）一詩：「我若千歲也沒有這麼多回憶」（〈憂鬱之二〉）。特迪曼斷定，這兩種功能的失調反映出某種文化焦慮，具體表現為現代性經驗之中，個人與集體意識均遭遇了前所未有的斷裂（1985：8）。

在20世紀初，中國文化的連續性發生了某種認識論的斷裂，中國新文學經歷了對過去的深深喪失，因而記憶的文學便隨之而興起。西方現代性中出現的記憶危機也同樣出現在中國現代文學中，記憶問題的兩種矛盾類型呼之欲出[28]。在現代漢語詩歌的語境中，郭沫若恰好表現出記憶太少的問題，而李金髮的又太多。在郭沫若的《女神》中，由於從過往的塵埃中爆發出了創造全新自我與全新民族身分的膨脹能量，因此在這具熱烈的身體中便不會包含任何過往的記憶，這身體永不停歇地向著新的未來時間挺進。對於郭沫若來說，一切舊事物的絕對毀滅是創造一切新事物的前提。沒有必要，也無可能回望過去。這身體擁有越少的記憶，它所爆發出的力比多能量便越有力。記憶在郭沫若自我形塑的敘述中被視作某種障礙與妨害，可能阻擋了一個完全透明的現代新自我的

---

[28] 據我所知，對於中國現代文學中的記憶經濟學的研究十分稀少。一項關於中國古典詩歌的記憶功能的研究由宇文所安（Stephen Owen）的《追憶：中國古典文學中的往事再現》（Remembrances: The Experience of the Past in Classical Chinese Literature）（1986）一書完成，儘管研究領域不同，但並非與本論毫不相關。因為反傳統主義者與傳統主義者之間就「過往」這一問題的爭論正炙手可熱，尚未解決，因此將研究轉向中國現代文學文本中顯而易見的記憶之特殊功能，便是一項十分有益的工作。

創造。因此，在《女神》中，幾乎難覓記憶的蹤跡[29]。在李金髮的詩歌世界中則正相反，記憶占據了一個重要的位置：對失去的愛情、消逝的青春、童年、破裂的友誼與異國旅行的記憶。因為過往的記憶已死、已然凋謝，有時，他為自己模糊的記憶而煩躁，正如〈愛憎〉（1987：384）和〈在淡死的灰裡……〉（頁248）二詩所見：

愛憎
我的記憶全死在枯葉上，
口兒滿著山果之餘核。

在淡死的灰裡……

在淡死的灰裡，
可尋出當年的火焰，
惟過去之蕭條，
不能給人溫暖之摸索。

然而更重要的是，記憶太多令李金髮受此攪擾，痛苦不堪，正如我們在李金髮的〈夜之歌〉（頁37），這首現代漢詩中最為古怪的詩句中所看到的那樣：

粉紅之記憶，
如道旁朽獸，發出奇臭，

---

[29] 異議便會隨之而起，郭沫若確實在《女神》中利用許多過去的神話傳說，然後回憶了自己童年的快樂時光。然而筆者認為，儘管詩人採用了一些過往的文化來源，但這只不過是創造的中介，這種對過去文化的採納絕非構成其詩歌主題的意識。更重要的是，就郭沫若來說，這種對過去神話的採用絕不會成為自我反思的中心場所。抒情「我」無法追憶，無法在記憶的領域裡內省，更重要的是，抒情主體從未沉溺於記憶。此外，由於記憶總是在朦朧、模糊之處出現，照亮萬物的自生光在郭沫若的進步身體中一定會橫掃記憶所有的駐留地。

> 遍布在小城裡，
>
> 擾醒了無數甜睡。

　　這幾行詩呈現出現代世界的空間視野，即布滿記憶的小城。此處，記憶被描繪得充滿誘惑（粉紅：感官上的／視覺上的誘惑），邪惡（發出奇臭的朽獸：侵略性的／無處不在的嗅覺），不可避免地入侵現代世界（在味覺器官中呼吸它的臭氣），不可抗拒（引人注目的粉紅色），而終成災難（擾醒了無數睡眠／引發失眠症）。這首詩，充滿了波特萊爾式的記憶焦慮的氣息（例如〈腐屍〉「The Corpse」一詩），準確地捕捉到了現代性最直接的後果，即「記憶危機的週期性發作」（Terdiman 1985：343），這一危機的持續，在戴望舒那裡達到了爆發點。

　　作為一個現代主義詩人，戴望舒尤其陷溺於過量的記憶。這種記憶危機表露在記憶過旺（hypermnesia）的症狀中：一種他永不遺忘也無從逃避，卻似乎在與日俱增的記憶。在這首著名的〈我的記憶〉（頁29-30）中，我們可以目睹到記憶無處不在，一切都成了記憶：

> 在一切有靈魂沒有靈魂的東西上，
>
> 它在到處生存著，像我在這世界一樣。

無處不在與所無不知的記憶塞滿了詩人的整個世界。更準確地說，「我」的整個心靈在記憶的控制之下。一種記憶的物化在此出現──「我」變成了記憶的他者，由存在於「我」之中的他者所喚醒，但最終卻致使「我」屈從：

> 它的拜訪是沒有一定的，
>
> 在任何時間，在任何地點，
>
> 甚至當我已上床，朦朧地想睡了；
>
> 人們會說它沒有禮貌，

但是我們是老朋友。

儘管如此，這種無所約束的記憶過旺，或栩栩如生的不正常記憶，如此
粗暴地干涉著私人的生活－世界，相反卻並未給「我」帶來極大的痛苦：

我的記憶是忠實於我的，
忠實得甚於我最好的友人。
……
但是我是永遠不討厭它，
因為它是忠實於我的。

詩人在〈我的記憶〉中表達了對記憶本質在現代生活的狀況下的
純粹沉思。在這首里程碑式的作品中，戴望舒不僅界定了他的詩，還界
定了他自己。也就是說，記憶是詩人最主要的抒情議題、主題、世界，
以及他詩歌寫作的中介與內容。記憶是他願意交流與願意歌頌的最重要
的朋友、最親密的他者以及最可靠的夥伴。在記憶的領域之外，世界一
無所有。戴望舒給予記憶過度的特權，並將一種新的詩學敏感性推向極
致，他實踐了孫玉石稱之為「開了中國三十年代現代派的一代詩風……
的記憶體」（1993：81-86）。

由此看來，就記憶的功能在於連結當下與過去而言，記憶創造了
一種敘述，一種探求（追憶／recherche），記憶組成了詳細的單元：事
件、時序、行為、路徑、敘述主體，從過去的碎片塵埃中構造出一種連
貫的整體（White 1978：41-62）。「過往」這一觀念以某種敘述形式
傳遞至當下，它能夠產生出記憶的復原力與拯救力，這一點我們已在
上文有所涉及。然而，在中國歷史連續性中斷的語境下，現代性前所
未有地衝擊，造就了戴望舒追憶敘述的特徵，即一種微小敘述（small
narrative）的興起，它提供了最個人化的生命史，個體「我」之中最意
味深長的事件，以及日常世界中最為瑣屑的故事。

　　記憶的微小敘述作為較長歷史記憶的宏大敘述的對立面，開始於「局部、當下與個人……個別的與特殊的」，在某種意義上可被稱之為「反記憶敘述」（Lipsitz 1990：213）[30]。利普希茨（Lipsitz）認為，反記憶敘述（counter-memory narrative）乃是「某種開始於局部、即時與個人的銘記與遺忘的方式」。不同於歷史敘述那種開始於人類的總體性存在，然後聚焦於其中特定的行動與事件，反記憶敘述開始於個別與特殊，然後朝外向著一個總的故事建造。反記憶將目光投向排除了主流敘述的隱蔽歷史。但反記憶敘述又與神話不同，神話尋求源於較長歷史構成中的事件與行為的分離，而反記憶敘述則通過提供關於過往的新角度，來推動對現存的歷史進行修正。戴望舒的大部分詩作均具有反記憶敘述的品質。在上述對〈我的記憶〉一詩的討論中，正是這種典型的反記憶敘述，訴說著一些發生於「它」——記憶，與「我」——敘述者之間的重大事件。「它」所有的敘述細節在詩中被喚醒：「它」——到處存活、膽小、安靜，言語瑣碎，它的故事嗡鳴著同樣的語調，嬌媚無比、滔滔不絕，不請自來。「我的」與「它的」關聯在於，「在寂寥時，它便對我來作密切的拜訪」；「我的」對「它的」態度，即使它的拜訪行蹤不定，而且「瑣瑣地永遠不肯休止的」，但「我」卻絕不會討厭它，因為「它」是忠實於「我的」。對細節如此的專注，令戴望舒成功地展現出一幅生動鮮活的記憶圖景，最終將記憶的概念提升到一種活力存在的地位。如此一來，戴望舒實實在在地復活了中國現代文學中，實踐現代生活世界（lebenswelt）內的記憶詩學。

　　微小的追憶敘述／反追憶敘述的特徵同樣可見諸於許多別的作品。戴望舒最膾炙人口的作品〈雨巷〉（頁27-28），表面上訴說著敘述者「我」與丁香一樣的姑娘之間一段失敗的愛情故事，但實際上這首詩擁有更多的指向。這首詩敘述了在丁香一樣的姑娘身上的個人細節。撐著油紙傘，她在一條雨巷中遊蕩，她的顏色、芬芳、憂愁就像丁香一樣，

---

[30] 關於反記憶的概念，亦可參見米歇爾·傅柯《語言，反記憶，實踐》（Language, Counter-Memory, Practice）（1977）。

她的眼光悲哀，她的舉止與眾不同，這些事件共同演示了在一條雨巷中姑娘的出現與消失。日常的細節得以被強調：油紙傘、雨巷、丁香、頹圮的籬牆。通過這種記憶的微小敘述，戴望舒實際上書寫了一段個體「我」的極簡歷史，他嘗試從這些無意義的記憶細節中構建出一個真實的個人身分。換言之，詩人以這種微小的追憶敘述的方式，探尋現代日常生活中一種「我是誰？」的自我界定。

〈斷指〉（頁44-45）這首典型之作追憶了一個悲劇故事，詩人的一個朋友，從他被捕，到在監獄中受盡折磨，以及最後死去，對這事件的追憶僅由一隻保存在酒精瓶中的斷指所喚醒。就像普魯斯特超自然般的「瑪德蓮小蛋糕」點燃了一段久逝之過往的珍貴記憶，這根浸泡在酒精瓶中的奇妙斷指同樣激起抒情者「我」對記憶的搜尋——與此關聯的過往中特定之物的所有細節：斷指作為一位朋友遺志的紀念，紀念他未知的可憐的愛戀，他的被捕、折磨、死亡與他偶爾醉酒。這樣一種微小的敘述把我們帶進碎片的意味中，記憶使之突然膨脹為一個獨立的宇宙。此詩的中心視角在於抒情者「我」——作為一位遇難者的朋友的記憶陳述者，這個「我」日益凸顯出「我的」當下與過去。死去的朋友在斷指的轉喻中存活下來，產生出生命的復原氣息，直指當下之「我」，將「我」從空虛中拯救出來，在「我」之中種下現代世界中的堅定信念：

> 這斷指常帶了輕微又黏著的悲哀給我，
> 但是它在我又是一件很有用的珍品，
> 每當為了一件瑣事而頹喪的時候，我會說：
> 「好，讓我拿出那個玻璃瓶來吧。」

另一首題為〈祭日〉（頁59-60）的詩，同樣響徹著與〈我的記憶〉、〈斷指〉中類似主題的回聲：追憶某些喪失、離開與凋零的東西。喪失令記憶成為可能。因此，在這個特別的祭日（「今天」），詩人憶起他六年前死去的朋友，推斷他的朋友大概已經老去，日漸消瘦，

依舊過著漂泊的生活，但朋友依舊忠誠於詩人以及仍活在世上的妻女：

> 今天是亡魂的祭日，
>
> 我想起了我的死去了六年的友人。
>
> 或許他已老一點了，他剪斷了的青春。
>
> ⋯⋯　⋯⋯
>
> 快樂一點吧，因為今天是亡魂的祭日，
>
> 我已為你預備了在我算是豐盛了的晚餐，
>
> 你可以找到我園裡的鮮果，
>
> 和那你所嗜好的陳威士忌酒。
>
> 我們的友誼是永遠地柔和的，
>
> 而我將和你談著幽冥中的快樂和悲哀。

意味深長的「今天」喚起了從時間中凸顯的往日記憶，面對消逝之物事、空虛之當下與過往之不幸，構建出一種悲悼的敘述，在這種悲悼敘述中顯示出的仍舊是極端個人化的事件與生活的日常瑣屑。祭日（「今天」）實際上是當下溝通過往的日子；當時（the then）「過去所是（what was）」回到現在（now）「現在所是（what is）」是為了尚未（not-yet）「將來所是（what will be）」而被銘記與紀念[31]。

記憶僅能從過往中重獲缺陷與苦痛，正如此詩表達了消逝僅在追憶中的現身，然而除此之外，戴望舒還反思了一個不尋常的主題：不是過去被銘記，而是未來。尚未出現的「可能所是（what might be）」被提前得以體驗，如已然發生了一般，就像這些詩行所述：「或許他已老一點了」；「他一定是瘦了⋯⋯而我還聽到他往昔的熟稔有勁的聲音」；「他不會忘記了我：這我是很知道的，／因為他還來找我，每月一二次，在我夢裡」；「當然她們不會過著幸福的生涯的，／像我一樣，像

---

[31] 關於悲悼和紀念的記憶的相關討論，請參看愛德華·凱西（Edward Casey）頗有助益的著作《銘記：一次現象學研究》（Remembering: A Phenomenological Study），1987：216-260。

我們大家一樣」；特別是最後兩句「我們的友誼是永遠地柔和的，／而
我將和你談著幽冥中的快樂和悲哀」[32]。過去預言了未來；因此銘記未
來亦即創生過去，戴望舒負載了太多不幸的過渡記憶引發了某種關於時
間的弔詭經驗。在〈過舊居〉（頁139-141）這首詩中可以清晰地見到
同樣的理念：

> 或是那些真實的年月，年代，
>
> 走得太快一點，趕上了現在，
>
> 回過頭來瞧瞧，匆忙又退回來，
>
> 再陪我走幾步，給我瞬間的歡快？

　　從上文討論的四首詩來看，我們可以區分暗含在追憶的微小敘述
中常見的敘述性特徵，乃是一種「我」的視角──一種以自我為中心
的第一人稱視角。「我」成為了圍繞在所有記憶中發生過的事件的聚
焦點。在〈我的記憶〉中，是「我」辨認與界定了記憶；在〈雨巷〉
中，是「我」夢見了與丁香一樣的姑娘的相遇，但實際上她卻試圖接近
「我」（「像我／像我一樣地」）；在〈祭日〉中，是「我」銘記住在
夢中訪我的亡友（「像我一樣，像我們大家一樣」）；在〈斷指〉中，
是「我」保存著亡友的斷指，亡友的不幸可循著「我」的記憶而找到
（「我會說：『好，讓我拿出那個玻璃瓶來吧』」）。使用這種特定的
第一人稱敘述來作為中心視角，在於詩人強調所有的記憶行為開始於，
亦結束於個體生活世界（*lebenswelt*），這一點在〈我的記憶〉一詩尤其
如此。作為某種探尋敘述，從根本上來說，追憶是對一種自我建構的新

---

[32] 類似的詩句可見於卡洛斯‧富恩特斯（Carlos Fuentes）的「銘記未來，發明過去」（Remembering
the Future, Inventing the Past）；路易斯‧納米爾（Lewis Namier）「想像過去，銘記未來」
（Imagine the Past and Remember the Future.），參看大衛‧洛文塔爾（David Lowenthal）編：
《過去即他鄉》（The Past Is a Foreign Country）。換言之，被銘記的自我亦即發明者，當下
的自我被視作其持續的發明。關於銘記自我與被銘記自我之間的差異，請參看烏爾里克‧
奈瑟（Ulric Neisser）與羅賓‧菲伍什（Robyn Fivush）：《銘記自我：自我敘述中的建構與
精確》（The Remembering Self: Construction and Accuracy in the Self-Narrative），1984年。

句法的一次探索，「我－經驗－現在開始意識到一種先前－我－經驗它的（先在）環境」「『the me-experience-now becoming aware of a prior-me-experiencing its（prior）environment』」（Neisser 1984：8）。在銘記的過程中，出現一種生殖力，它能令過去與當下、內部與外部一致，它能將分散的碎片之氣息聚集為生命經驗的一種連續體，一種自我的新知識從中被重新獲得，一種新的自我身分從中被塑造。正如瑪麗・沃諾克（Mary Warnock）（1987：58-59）所見：

> 任何真正被憶起的記憶必然……包含自我的理念。無論是通過形象還是通過直接的知識，將記憶視作一種認知的經驗或思想，必須含有這樣一種確信，我自己曾是記憶場景中的這個人。形象（若真有一個形象）必須不僅僅被貼上「這屬於過去」的標籤，還要貼上「它屬於我的過去」的標籤。

所以「我的」記憶最終引出了第一人稱視角，作為抒情主體，書寫已經發生的眼下之事，但現在並非如此，在最後，「我的」記憶所假設的探尋敘述，將同某些不同的事物以及特定的事物──一種活躍的、創造性的時間連續性意識──一起復歸至抒情者「我」，最終變成一種自我成熟的敘述。在〈不要這樣盈盈地相看〉（頁21）一詩中，這一點清晰可見：

> 不要這樣盈盈地相看，
> 把你傷感的頭兒垂倒，
> 靜，聽啊，遠遠地，在林裡，
> 驚醒的昔日的希望來了。

始於「我」又終於「我」的記憶，構造出一種極簡敘述（徹底的第一人稱主體性視角），並把我們帶向了戴詩中追憶領域的另一個特徵，

即第一人稱的追憶敘述，共時性地創造出一對追憶之眼，「我」用這眼來探尋消逝之事物，來挖掘殘餘，來審視被銘記之事物的價值，來重獲記憶碎片中獨一無二的氣息。在〈十四行〉（頁19）一詩中，戴望舒展示出這種追憶之眼：

像淡紅的酒沫漂在琥珀鐘，

我將有情的眼藏在幽暗的記憶中。

記憶在黑暗的、模糊的、混濁的、陰鬱的場所中出現，這場所無人得見。然而，詩人將追憶中的眼睛描述的像是漂浮在琥珀玻璃瓶中的玫瑰酒沫：五彩斑斕、跳動著、富於魅力、光彩奪目、溫暖、夢幻、充滿肉慾、芬芳、震撼、有力與流動。

最有意味的是，這對追憶之眼在本質上乃是身體之眼。追憶首先是身體的記憶，與一個人如何銘記於身體中，如何由身體銘記，又如何憑藉身體銘記有關。正如凱西所言，「沒有身體的記憶是不存在的」（Casey 1987：172）。正是在身體中，記憶才能被聚集、保留、固定與維持（Heidegger 1968：3）。正是經由身體，其它身體才被銘記，他者的記憶被聚集起來，彙集為一個整體，又正是通過身體，自我的連續感與個體身分才在銘記的行為中顯現出來[33]。戴望舒詩中，身體記憶的觀念（從內部銘記）、身體的記憶（從外部銘記）、銘記的身體以及被銘記的身體扮演著一種與第一人稱反追憶敘述相關的修辭性（轉喻－提喻－隱喻）功能。

---

[33] 有關記憶中身體的作用，我們可以回溯至柏格森、梅洛龐蒂、海德格爾、本雅明與佛洛伊德的理論。請參看愛德華・S・凱西：《銘記：一種現象學研究》；大衛・法雷爾・克雷爾（David Farrel Krell）：《論記憶、懷舊與書寫：臨界》（Of Memory, Reminiscence, and Writing: On the Verge）。在討論普魯斯特的「非自主記憶」時，本雅明指出：「四肢是他最喜歡他們呈現出來的方式，他屢次談及的記憶畫面都存放在四肢中——當他們在較早時，大腿、手臂、肩胛骨在床上擺出姿勢時，這些畫面突然闖入記憶，而未接到來自意識的任何指令」（1973：115）。

三、身體追憶的修辭學

　　身體及其肉身性乃是戴望舒詩中記憶運作最強有力的元素。正是身體去銘記或是被記住。我們可以在早先討論過的詩中看到那些被銘記的身體細節，比如在〈我的記憶〉中，強調了膽小、低微、嬌媚的聲音，以及記憶的眼淚與太息；在〈雨巷〉中，丁香一樣的姑娘之步幅、顏色、芬芳、太息與眼光被突顯出來；在〈祭日〉中能辨認出老年、消瘦、熟稔的聲音、亡友的口吻。尤其在現代性中，當下的時間變得空洞、毫無歷史，用身體來測量、記錄時間的飛逝感成為了戴望舒最主要的議題。在上文提及的作品〈Spleen〉中，我們能在如下兩行內感受到時間之殘酷性所帶來的震撼：

> 我的唇已枯，我的眼已枯，
>
> 我呼吸著火焰，我聽見幽靈低訴。

　　時間之進程在身體上的烙印頗具毀滅性；能夠連續地在記憶中得到保存的唯有那被經驗過的事物之氣息，如下列這首〈老之將至〉（頁67）那般：

> 我怕自己將慢慢地慢慢地老去，
>
> 隨著那遲遲寂寂的時間，
>
> 而那每一個遲遲寂寂的時間，
>
> 是將重重地載著無量的悵惜的。
>
> 而在我堅而冷的圈椅中，在日暮：
>
> 我將看見，在我昏花的眼前
>
> 飄過那些模糊的暗淡的影子：
>
> 一片嬌柔的微笑，一隻纖纖的手，

> 幾雙燃著火焰的眼睛，
>
> 或是幾點耀著珠光的眼淚。

　　用身體來丈量或記錄時間的流動，一方面令人痛苦，因為從丈量本身那裡累積的實際上不過是某種深深的失落感、對不可再現之物的感覺（「是的，我將記不清楚了：……這些，我將都記不清楚了」），以及無法計量的惋惜記憶。另一方面，這也是一個危險行為，因為身體將會完全被轉瞬飛逝的時間摧毀；身體最終的結果不過是殘存的肢體局部：痕跡、碎片、無法掩蓋的痛楚、記憶庫中的創傷。凱西（Casey）認為，身體記憶的主要形式之一便是創傷的（*traumatic*）身體記憶，這種記憶「在被脅迫時興起於自己的活體，亦影響自己的活體」（1987：154）。一般來說，這種創傷的身體記憶與活體的碎片化（*fragmentation*）相關：「一具分解成肢體間無法協調的身體，因此，完整之軀便無法進行連續、自發之類的行為」（頁155）。或拉康所稱之為「支離破碎的身體」（*le corps morcellé*）（1977：1-7）。戴望舒在〈過舊居〉一詩中，回憶起生命中最受傷的時刻，這首詩記錄了損傷、痛苦、損壞與殘疾對身體毀滅性的影響。烙在身體上的災難日月如此悲慘，身體的創傷印刻在記憶之根的深處，或許相反地也令身體器官在回憶時，激起最為苦澀的新鮮歡愉，這與習慣性的身體記憶的碎片關係緊密相關（Casey：155-157）。正是在這創傷的身體記憶中，最深層與最真實的自我才能被感知，最重要的是，才能從感覺上被銘記。戴望舒對於破碎的身體記憶經驗，在〈斷指〉與〈我用殘損的手掌〉（頁132-133）兩首詩中，最為徹底地通過轉喻－提喻－隱喻的修辭表現了出來。

　　在〈斷指〉這首詩中，正是這節小小的斷指喚醒了詩人朋友的完整生命，以及他們之間的親密關係。作為身體的一處破碎的局部，斷指本身轉喻地產生出一種價值：一個完整的世界憑藉追憶敘述的力量而被敞亮：

在一口老舊的，滿積著灰塵的書櫥中，

我保存著一個浸在酒精瓶中的斷指；

每當無聊地去翻尋古籍的時候，

它就含愁地向我訴說一個使我悲哀的記憶。

書櫥中的書，瓶中的手指，回憶中的「我」以及身體中的記憶：這種特別的比喻富有多重的隱喻性，以及意義的異質性，恰如地暗示了現代性中記憶的本質。多層意義可以從這些比喻中辨別出來。

其一，一種容器與被容者的基本關係：書被包含在書櫥中（書櫥／容器；書／被容者）；手指被保存在瓶中（瓶／容器；手指／被容者）；「我」在回憶中（記憶／容器；「我」／被容者），記憶被存放在身體中（身體／容器；記憶／被容者）。但是，如果容器與被容者的關係被顛倒，也就是說，如果書被閱讀，手指被銘記，回憶被喚醒以及記憶被啟動，那麼被容者與容器的邏輯關係便被完全打破，而一種新的翻轉關係被建立起來：被容者變成了容器；向內的顯現出向外，自此以後便獲得了一種主導性力量（書櫥在書中、瓶子在手指的氣息中、「我」在回憶的時間中以及身體在記憶中）。通過這樣的比喻性翻轉，某種「我」與「非我」之間的陌生化（defamiliarized）關係便由此建立起來；內與外的邊界因而崩塌。照此看來，記憶的發生不僅僅是出場，而且記憶本身也變得可以再現。在波特萊爾的許多詩中〈香水瓶〉（Le Flacon）、〈頭髮〉（La Chevelure）、〈天鵝〉（Le Cygne）與〈憂鬱〉（Spleen）、〈我若千歲也沒有這麼多回憶〉（J'ai plus de souvenirs），這種比喻性的替代昭然若揭。

其二，容器與被容者之間的這種關係，暗示出聚集與包裹這種典型的現代性碎片修辭學。在現代性的飛速瞬間中，所有細微的痕跡與碎片需要彙集在個體內部（intérieur）才得以彌補。在彙集與包裹的行為中，最細微的痕跡和碎片，二者之間氣息的價值便在這內部（intérieur）的內在空間中駐留（Frisby 1986：246-249）。這樣一來，

聚集物的蒙太奇，用本雅明的話來說，「可以被置於最靠近的可想像的關係中，其中擁有最靠近的親和力」，以便形成屬於其本身的獨特世界（1982：271）。聚集與包裹（包裝）就如同容納、改裝，就如同記憶領域中現代性的單一性形塑，在波特萊爾的敘述中成為反覆出現的母題，正如〈香水瓶〉一詩所述：「因此，當我消失於人們的記憶／消失於陰冷衣櫥的角落時，／當人們扔掉我，像悲痛的，滿布灰塵的，／骯髒的、卑賤的、黏滯的、破裂的舊香水瓶時」（1958：49）[34]。在《惡之花》中的〈憂鬱〉系列裡，波特萊爾在其中一首詩中探索了記憶領域內聚集、包裹、容納的最佳比喻表達：

> 我若千歲也沒有這麼多回憶
>
> 一件大傢俱，負債表塞滿抽屜，
> 還有詩篇、情書、訴狀、浪漫歌曲，
> 粗大的髮鬌纏繞著各種收據，
> 可祕密沒我愁苦的頭腦裡多。
> ……
> 我是間滿是枯萎玫瑰的閨房，
> 裡頭一大堆過時的時髦式樣，
> 唯有布歇的蒼白，粉畫的悲哀，
> 散發著打開的香水瓶的氣味。[35]

同樣，戴望舒的詩創造出一個包裹的迷宮世界，用以容納這一獨特的碎片——斷指：（1）斷指浸泡在瓶子裡，（2）瓶子由它的主人

---

[34] 莫渝中譯，見波特萊爾：《香水與香頌：法國詩歌欣賞》（1997：27）。

[35] 譯文引自郭宏安《惡之花》（頁271）。對於這首詩在文學中闡釋性之接受的更詳盡的研究，請參看漢斯·羅伯特·姚斯（Hans Robert Jauss）在著作《面向一種接受美學》（Toward an Aesthetics of Reception）的第五章中富有挑戰性的討論（1983：175-229）。筆者深受姚斯解讀策略的啟發。

「我」保管，（3）「我」把這根斷指浸泡在酒精瓶中並放在老舊的書櫥中，（4）覆滿了經年的灰塵，（5）它常常激起「我」超強的回憶，回憶征服了「我」這個斷指持有者，亦征服了這個事件的敘述者。在這一層層的迷宮似的包裹，其深處容納了斷指最豐富的記憶氣息。隨著這神祕的內部（intérieur）被喚醒、被震撼並被翻轉，換言之，使裡朝外，於是一層層的記憶就被昭示、被穿透、被散布以至於最終被審視。整個鮮活的世界本身成為記憶中斷指的存活過的內部（intérieur）。通過這個小小碎片的記憶包裹，去銘記即是去探尋自我身分的整一，通過記憶的想像連結起消逝的過往與空虛的當下。正如海德格爾所言，記憶乃是一種想像行為，它總是朝向被追記之物，總是朝向視「一直被」（「having being」）與「已經被」（having been）記之物為生成的「尚未」（not-yet）（Heidegger 1962）的未來時間。

其三，如上所述，喪失乃是記憶的前提，乃是某種「唯有當它消失時才能被記住」的東西（de Certeau 1984：87），而且消失之物就其本質而言並不能被完全地記起、複製與恢復。唯有消逝之物的局部、痕跡與碎片可以在追憶中存活。因此，記憶僅保留過去的轉喻性價值。由此看來，戴望舒的《斷指》不僅僅是一首與亡友有關的詩，而且是一首現代性中，與記憶之本質有關的詩。它純粹是一種記憶的隱喻。破碎的身體——斷指——在此充當了現代性經驗中揭示記憶之內質的基本性比喻。從這個角度來看，戴望舒轉向現代性中的瑣屑與碎片這一點，可以進一步證明對於這首詩的探索：身體局部的隱喻性表達被銘記為一個完整的世界。這種隱喻性的核心起源於這樣一個理念，去銘記便意味著為了某個絕對的他者，促發了我們的犧牲——一種難以定奪與不可觸及的喪失，唯有局部能從中復歸，並且穿過虛構的路徑抵達被反覆書寫的絕對喪失，在其記憶的浮現之中永不休止地重複。

破碎的身體記憶不僅僅與在個體之「我」的世界中出現的創傷與傷害有關，而且還與降臨在存在的共同體「我們」的世界（像是居住地與場所）中的苦難與災害有關。換言之，個體的身體總是與共同的身體相

聯，它由凱西稱之為「作為內場所（intra-place）的身體或作為交互場所（inter-place）的身體」所構成（1987：196）。凱西認為，作為內場所的身體關係到身體的特殊角色，身體扮演一個內在場所來組織協調圍繞身體諸物的空間性，這一觀點來自於，我們的身體在銘記的場所內擁有它自己的內場所：「我們曾在那裡，除了那裡，別無所在」（同上）。換言之，我們的身體得以安頓的某處場所，與被銘記的場景有關；作為交互場所的身體指的是從一地向另一地活動的鮮活身體，這身體作為場所變換的基礎。作為交互場所的身體在這裡與那裡之間創造出一個具體的聯繫，無論何時，我們的身體動作都發生在某個場所（同上）[36]。

寫於1941年抗戰期間的作品《我用殘損的手掌》（頁132-133），堪稱表達這兩個概念的典範，作為內場所的身體和作為交互場所的身體，憑藉破碎的身體記憶而獲得統一。作為詩人或抒情者的「我」，想用受傷／破碎的手抓起一張中國地圖，國家景觀的全部物理形態被全然壓縮進這個小而破碎的身體部位——殘損的手掌之中。作為內場所的身體拴繫並緊握著國家廣袤的土地於一隻手中；但當國家景觀的全部物理形態通過這隻殘損的手掌而被昭示時，或當這隻殘損的手掌緩慢地摸索每一片土地時，那麼作為交互場所的身體便由此出現，並且將地圖上隔離的區域連結入另一個整體。

更具辯證意味的是，這首詩暗示了，「我」作為實際上居住於並守衛著這塊國土的個人身體，相反卻是被作為交互場所的身體所居住與保護，這個身體就在「我們」這一總體性的空間中存在。因此，在交互場所中感受到的苦難與災害將會深深地被／在／由個人身體所感覺、分享與反映，同樣地將被「我」感受到。這便確認了「我殘損的手掌」的獨特狀況。在這首詩中，戴望舒再次構建起一套轉喻－提喻－隱喻的記憶修辭來傳遞他對喪失交互場所的悲痛。簡而言之，用殘損的手掌來握住國家的地圖乃是將整體空間進行某種提喻的微縮；通過受傷之手掌來揭

---

[36] 關於身體記憶和場所這兩個術語的詳盡討論，請參看凱西的著作《銘記》（1987：181-215）
關於紀念活動身體的功能，同樣可以參閱凱西在其著作的第十部分（頁216-257）中的討論。

示國家景觀的廣闊則是隱喻性的放大，將局部擴展為整體，這殘損的手掌本身進而變成一個宏大的隱喻，隱喻著國家的災難（作為交互場所的身體），以及個體之「我」的痛苦（作為內場所的身體）。如此一來，戴望舒有效地令疼痛、痛苦與苦難這些不幸的存在狀況得到了「一次悲劇性的昇華」（張錯1973：11），並賦予它們新的力量、「新的生命、愛與希望」──個體之「我」的希望，同一個充滿希望的交互場所：「永恆的中國」。

為了更直接地靠近被銘記之物，為了使內省之景觀更強烈地被殘損的手掌感受到，為了令國家的總體性更真實地被經驗，戴望舒特意把身體的感覺訴諸為統一著記憶經驗的最大感官力量。在〈我用殘損的手掌〉一詩中，五種基本感覺被極度地強調與認可，進而創造出一種感官追憶的敘述，使得在地圖上分布的地方甦醒過來，從而產生一種整體性。下面我將引用這首詩，並在詩的每一句後面附上辨識的五種感覺（關鍵字下面加了著重線）：

> 我用殘損的手掌
> 摸索這廣大的土地：（觸覺）
> 這一角已變成灰燼，（視覺）
> 那一角只是血和泥；（視覺／嗅覺／觸覺）
> 這一片湖該是我的家鄉，（視覺）
> （春天，堤上繁花如錦障，（視覺／嗅覺）
> 嫩柳枝折斷有奇異的芬芳，）（味覺／聽覺／嗅覺）
> 我觸到荇藻和水的微涼；（觸覺）
> 這長白山的雪峰冷到徹骨，（視覺／觸覺）
> 這黃河的水夾泥沙在指間滑出；（視覺／觸覺）
> 江南的水田，你當年新生的禾草（視覺）
> 是那麼細，那麼軟……現在只有蓬蒿；（觸覺）
> 嶺南的荔枝花寂寞地憔悴，（視覺）

盡那邊，我蘸著南海沒有漁船的苦水……（觸覺／味覺／視覺）

無形的手掌掠過無限的江山，（觸覺／視覺）

手指沾了血和灰，手掌黏了陰暗，（觸覺／視覺）

只有那遼遠的一角依然完整，（視覺）

溫暖，明朗，堅固而蓬勃生春。（觸覺／視覺）

在那上面，我用殘損的手掌輕撫，（觸覺）

像戀人的柔髮，嬰孩手中乳。（觸覺／視覺／味覺）

我把全部的力量運在手掌

貼在上面，寄與愛和一切希望，（觸覺）

因為只有那裡是太陽，是春，（視覺）

將驅逐陰暗，帶來甦生，（視覺）

因為只有那裡我們不像牲口一樣活，

螻蟻一樣死……那裡，永恆的中國！

1942年7月3日

　　上述令我們看到了五種感官被全部喚醒，每一種感官的深遠意義被逐漸地展示為沿著地圖移動的殘損的手掌。根據這首詩的律動，感官的順序是：觸覺－視覺－味覺－嗅覺－聽覺；觸覺位列第一，視覺其次。詩歌以觸覺開篇，但是以視覺結尾。從觸覺轉向視覺揭示出不可見物的可見身分，揭示出記憶領域中的提升層面。殘損的手掌最直接地感受到了故土，通過來自追憶之眼，或一種詩人內在意識之中的「紗之眼」的觸覺（Lee 1989：264），將故土隔絕的部分統一進這最真實的全體。最後，這對追憶之眼敞開了一片圖景，並超越了具體景觀的觸覺；這是「愛、一切希望、全體、太陽、春、甦生、永恆的中國」的圖景。就此而言，戴望舒的這首詩通過追憶（源自身體的感官），以及在記憶之中，再造了一個最為烏托邦的新民族身分圖景。

　　由此可見，身體追憶在戴詩世界中扮演了一個極為重要的角色，它不僅僅成為了他最激進作品中的力量源，而且為了自我的持續與重塑而

生長出某種強大的追憶能量。這種特別的追憶能量一旦被釋放，則將會繼續在記憶的力比多經濟範圍中運轉，它進而勘定了戴望舒詩歌獨特的現代性。

四、花卉與女性：感官的饋贈

在戴望舒的追憶詩學中，記憶焦慮源自於麗人的逝去以及不可能通過記憶復歸其美麗。雖然每當記憶發生時都喚醒每一次時間中的悲傷與痛苦，但這種追憶的無能為力卻成為其詩歌創作的持久源泉；當戴望舒投入他記憶的固戀時，那個神祕的、匿名的、難以觸及的麗人便凸顯為詩歌的突出主題（Lee 1989：194-199）。然而，在戴望舒的詩性追憶中，對女性主題的推崇，可以譜系性地追溯到記憶的希臘詞根：摩涅莫緒涅（*Mnemosyne*），一個擁有神話與詩性要素的記憶女神。在希臘神話中，摩涅莫緒涅是繆斯女神的母親，她掌管著聚集、容納、紀念、贈予、回憶與禮物（Krell 1990：264）。正如海德格爾（1968：7）寫道：

> 她是天地之女。作為宙斯的新娘，摩涅莫緒涅九夜之後成為繆斯的母親。戲與舞，歌與詩，都歸於摩涅莫緒涅的懷抱。……但作為繆斯之母，「回憶」（Gedächtnis）並不是任意地思念隨便哪種可思想的東西。回憶在此乃是思想之聚集，這種思想聚集於那種由於始終要先於一切獲得思慮而先行已經被思想的東西。回憶聚集對那種先於其他一切有待思慮的東西的思念。這種聚集在自身那裡庇護、並且在自身中遮蔽著那種首先要思念的東西，寓於一切本質性地現身、並且作為本質之物和曾在之物允諾自身的東西。回憶，即被聚集起來的對有待思想的東西的思念，乃是詩的源泉。[37]

---

[37] 孫周興中譯，見海德格爾：《演講與論文集》（2011：144）。

　　記憶意味著喪失，但喪失之物僅存於追憶的復歸中，僅存於偉大的繆斯的女性氣質之復歸中，喪失的才得以被記起。在現代主義詩學中，記憶的這種女性特徵被如此強烈地受到稱頌。在波特萊爾那裡，它被視為「我的回憶之母，情人中的情人」（〈陽臺〉）或「被放逐的安德羅瑪克」（〈天鵝〉）。尤其在〈人造天堂〉中，波特萊爾將這一神祕的女性氣質極端化為象徵主義詩歌的理想女性：「女人是那種在我們的夢中投下最多的陰影或者最多的光明的人。女人生來就是富於啟發性的；她們過著她們自己的生活以外的一種生活；她們在精神上生活在她們早晨的並受到其侵擾的想像之中」（Baudelaire 1961：345）[38]。魏爾倫則將其幻想為「未知的女人」（「*une femme inconnue*」），在〈我熟悉的夢〉（「Mon rêve familier」）中，她的聲音「遙遠、沉靜、低緩」（「*lointaine, et calme, et grave*」）（Verlaine 1962：63）。耶麥將女性描述為善變與難解的，道生則將它想像為一位純潔無瑕的小姐不可觸碰：「此刻不在眼前，哦，幻想之面！」（1994：53）。

　　在戴望舒詩中，記憶的這種女性氣質不僅含有上述理想的、善變的、神祕的、不可觸碰與難解的要素，而且被賦予了留駐記憶的特殊功能。換言之，在戴望舒的詩歌世界中，女性成為了記憶集聚與存留的場所，比如《雨巷》。在此，弔詭的二重性隨即產生了：一方面，理想女性是一位記憶試圖將其召回的失落對象，然而另一方面，這個理想女性本身卻成為了記憶存在的場所。就此而論，搜尋消失的女性之美本身的記憶便成為了被追索的對象：一種元追憶敘述，亦即，記憶被視作詩性反思的恰切主題。

　　可見，記憶即女性，女性即記憶。他們的交融似乎難解難分，充滿辯證。然而，這樣一種水乳交融的二重性又如何在詩中呈現？或者說，這種記憶的女性氣質的符號學呈現又如何可能？正是在這一意義上，就其形狀、顏色、香味與感官品質來說，花成為了戴望舒呈現這種記憶－

---

[38] 郭宏安中譯，見波德賴爾：《人造天堂》（2011：29-30）。

女性氣質之二重性的最鐘意的隱喻。在文學中，花通常表示美、生命、無暇與貞潔，因此它們自然而然地與女性聯繫在一起（Hegel 1979；Sartiliot 1988：68-69）。與此同時，因為其感覺形象，以最完滿與最直接的方式，花成為了喚醒記憶的最有力的植物。花充當了最有效的中介，刺激所有的感官，並使這些感官協調一致：顏色／視覺、氣味／嗅覺、形狀／觸覺、花瓣／味覺、顫動／聽覺。花同樣成為了定義現代性之本質的主要比喻之一。在波特萊爾那裡，儘管在一個現代的、庸常的世界中，花變成了「惡之花」，但這些花在一個奇妙之鄉中綻放出「整齊和美／豪華，寧靜和沉醉」，生長出「最珍奇的花，／把芬芳散發，／融進琥珀的幽香」（1961：254）：

> 而我，我已經發現我的黑色鬱金香和我的藍色大麗花！
> 無與倫比的花，被重新發現的鬱金香，含有寓意的大麗花，
> 你應該去生長和開花的地方，不就在那裡，不就在那如此寧靜、
> 如此夢幻般美麗的國土上嗎？[39]

　　對馬拉美來說，花是象徵主義至高無上的理念中最形而上的象徵：「我說：『一朵花！』這時我的聲音賦予那淹沒的記憶以所有花的形態，於是從那裡生出一種不同於花萼的東西，一種完全是音樂的、本質的、柔和的東西：一朵在所有花束中都找不到的花」（1945：368）。馬拉美的另一首詩作〈花〉（19-20）則喻表了絕對的象徵觀念：

> 從古老穹天崩潰下的金濤中，
> 從創世紀星空中永恆貯積的瑞雪中，
> 往昔你擷來一朵朵巨大的花萼，遺贈給
> 青春煥發的大地。

---

[39] 錢春綺中譯，見波德賴爾：《巴黎的憂鬱》（1991：419）。

淺黃的菖蘭花，像伸出細頸的天鵝，
又像為流放者的靈魂準備好的桂冠，
紅得像染上一簇晨曦叔暈的
賽拉芬純美的腳趾，

風信子，猶如光彩照人的香桃木，
潔白得像玉人的肌膚，而那無情的玫瑰
——披著花園灼爍花朵的海洛狄亞德
澆灑了一身股股的鮮血！

百合咽噎的白色
流動在被它劃破而歎息的海洋上，
穿過蒼白的地平線上藍色的煙靄
冉冉地升向泣露的明月。

讚美歌飄拂在曼陀鈴上，迴繞在香爐裡，
聖母，這是待福國的聖歌！
讓夜晚的群星結束這回聲。
那是神往的眼神，閃爍的靈光！

聖母呵，你用強壯、正義的聖體
為慘澹人生中憔悴的詩人
創造了滿貯苦藥的聖酒杯
和一朵朵帶著死亡芬芳的鮮花。[40]

---

[40] 葛雷中譯，見馬拉美：《馬拉美全集》（1997：13-14）。

對魏爾倫來說，在他最幸福的日子（「plus beau jour」），他們是美麗的陌生人（*belle inconnue*），回憶「動人的目光」（*regard émouvant*），「啊！這初綻的花朵，她是那樣的芬芳！」（「Ah! les premières fleurs, qu'elles sont parfumées!」），這個無名美人嗓音甜潤（*voix d'or vivant*），潔白的手（*main blanche*）和戀人的唇間（*lèvres bien-aimées*）（1962：61）。尤其是白色的和綠色的花，同樣是耶麥用以傳遞其記憶的最鍾意的比喻，「藍色天堂中擁有純美的美麗女孩」（*Les jeunes filles avec la beauté virginale dans le ciel bleu*）。

就道生來說，花代表了他在往日的睡蓮時刻，對一個純真的理想女性形象的追求，「妮奧波，她至死還厭倦／那我拋擲在她身前的花瓣，／散在她花朵似嬌嬌的身畔。／她為那憔悴的花枝輕歎——／那月色的薔薇慘白又陰藍，／和那睡蓮出自塵寰」（〈安靈曲〉，戴望舒譯，頁276），或是「愛情再補管那風嘯好花間，／你花園終已成荒：／沒個人兒能尋一瓣／去年玫瑰的褪色殘香」（〈幽暗之花園〉，戴望舒譯，頁288）或者：

作歌歌落花：

燦爛枝頭摘；

清豔霎時間，

曾親雲髮鬢。——

今日知何處？

寒灰伴幽寂。

（〈Moritura〉，戴望舒譯，頁334）

花朵意象是戴望舒上乘之作中著力頗多的詩歌形象，因此圍繞記憶與女性的合併，花朵意象構成了其詩歌的中心主題之一。戴望舒的花朵話語可大致辨識為如下幾種特定的類型。

1.花與女性記憶：

當記憶的角色被歸屬於特定的女性時，記憶對這種女性特徵的分有，便使其能以花的意象呈現出來。與詩人進行祕密交流的女性主角主導了全部的敘述：記憶取用了花朵所有可能的特徵。膾炙人口的〈雨巷〉（頁27-28）一詩乃是「中國新詩的序幕」（朱湘語），或是「在中國新詩的浪漫或寫實的抒情之外，開闢了一個新的藝術天地」（孫玉石1993：8）。作為一個典範文本，〈雨巷〉闡明了女性氣質、記憶及花朵之間的親密紐帶。詩人，抒情者「我」或第一人稱敘述者，撐著油紙傘（與顛倒之花或一束幹花的形狀相聯繫）獨自（處於隔絕的私密個人狀態）彷徨（無目的尋找）在悠長（距離）的雨巷（記憶中典型的晦暗場景），希望逢著一個丁香（與理想的花之角色的認同）一樣地結著愁怨（憂愁是象徵主義詩人最熱衷的感覺）的姑娘，她是有丁香一樣的顏色、芬芳和憂愁（花的性質）：[41]

> 撐著油紙傘，獨自
> 彷徨在悠長，悠長
> 又寂寥的雨巷，
> 我希望逢著
> 一個丁香一樣地
> 結著愁怨的姑娘。
>
> 她是有
> 丁香一樣的顏色，
> 丁香一樣的芬芳，

---

[41] 這首詩的寫作應歸於耶麥的直接影響，後者給戴望舒提供了丁香花的中心意象，或者說受了中國古典詩人李商隱的影響，尤其是南唐後主李煜和李璟的影響，二人都喜歡在詩中描寫丁香花。此一討論參看卞之琳與利大英的著作《戴望舒》（1989：140-153）。

丁香一樣的憂愁，

在雨中哀怨，

哀怨又彷徨；

她彷徨在這寂寥的雨巷，

撐著油紙傘

像我一樣，

像我一樣地

默默行著，

冷漠，淒清，又惆悵。

她靜默地走近

走近，又投出

太息一般的眼光，

她飄過

像夢一般地，

像夢一般地淒婉迷茫。

像夢中飄過

一枝丁香地，

我身邊飄過這女郎；

她靜默地遠了，遠了，

到了頹圮的籬牆，

走盡這雨巷。

在雨的哀曲裡，

消了她的顏色，

散了她的芬芳，

消散了，甚至她的

太息一般的眼光，

她丁香般的惆悵。

撐著油紙傘，獨自

彷徨在悠長，悠長

又寂寥的雨巷，

我希望逢著

一個丁香一樣地

結著愁怨的姑娘。

　　這首詩的敘述由這三個節點發展而來：追憶中的「我」，愁怨的姑娘和丁香花。在追憶中，「我」作為一個旁觀者，嘗試去重獲記憶中的「她」，但最終卻沒有相逢。兩對「眼光」從未相遇，她眼光冷漠、淒清又惆悵（「太息一般的眼光」）。通過丁香花的比喻，召回象徵著理想之美／自我的姑娘，此端的不可能性昭然若揭。作為一種無生命之物，一種物化的、非人化的物象，丁香花轉瞬即逝、易於枯萎，因此致使欲想之物難以把握與捉摸不定。為了遭遇理想而適得其反的欲望，同樣能夠用容器與被容者的關係來解釋，也就是說，如果記憶容納了姑娘，那麼追憶便不可能將她捕獲，正如塞爾托所言，「記憶產生於某個不屬於它的地方……通過他者的喚醒，通過失去，從而形成記憶……只有當它消失時，記憶才會被銘記」（de Certeau 1984：87）；因此記憶從它本身之外的地方，總是要將理想姑娘視為他者。如果這個姑娘／女性持存了記憶，那麼與她直接的遭遇也會失敗，因為姑娘自己被退化為丁香花的脆弱（「消了她的顏色／散了她的芬芳」）。以此看來，這首非凡之作憑藉追憶之力，實在地記錄下了這一二重性：構建一個理想自我的失敗與不可能性。丁香花的花朵比喻意味深長地加劇了這種記憶與女性氣質之間的悲劇效果，而結果本身終會被銘記。

　　花的意象激起了悲劇的效果，這種效果遍布於種種記憶與女性特徵之中，具體地指向悲傷、逝去、陰鬱、痛苦、頹廢、憂愁與絕望的感覺，儘管戴望舒有時在記憶的領域內，將某種花的美賦予理想的女性，如詩歌〈八重子〉（頁63）：「我願她永遠有著意中人的臉，／春花的臉，和初戀的心」；或在〈百合子〉（頁62）：「她是冷漠的嗎？不／因為我們的眼睛是祕密地交談著／而她是醉一樣地合上了她的眼睛的，／如果我輕輕地吻著她花一樣的嘴唇」；或〈三頂禮〉（頁75）：「戀之色的夜合花／佻撻的夜合花／我的戀人的眼／受我沉醉的頂禮」。因此，蒲公英暗示出不可挽回的愛戀之感傷，〈二月〉（頁76）一詩如是道來：

> 於是，在暮色冥冥裡
> 我將聽了最後一個游女的惋歎，
> 拈著一支蒲公英緩緩地歸去。

　　在〈見毋忘我花〉（頁101）中，毋忘我花的字面意義甚至被用以表達某種幽怨的愁緒，對記憶的留駐乃是題中應有之義：

> 為你開的
> 為我開的毋忘我花，
> 為了你的懷念，
> 為了我的懷念，
> 它在陌生的太陽下，
> 陌生的樹林間，
> 謙卑地，悒鬱地開著。
> ……
> 開著吧，永遠開著吧，
> 掛慮我們的小小的青色的花。

　　在種種花之間，玫瑰是戴望舒用以表達憂鬱、悲傷、喪失與悲劇美時最喜愛的花朵。比如上文提到的〈Spleen〉（頁23），他在其中寫道：「我如今已厭看薔薇色，／一任她嬌紅披滿枝」。顯示出這一點的，還有〈獨自的時候〉（頁38）以及〈靜夜〉（頁14）：

獨自的時候

房裡曾充滿過清朗的笑聲，

正如花園裡充滿過薔薇；

人在滿積著的夢的灰塵中抽菸，

沉想著消逝了的音樂。

……

為自己悲哀和為別人悲哀是一樣的事，

雖然自己的夢和別人的不同的，

但是我知道今天我是流過眼淚，

而從外邊，寂靜是悄悄地進來。

靜夜

像侵曉薔薇的蓓蕾

含著晶耀的香露，

你盈盈地低泣，低著頭，

你在我心頭開了煩憂路。

　　正如以上所見，花朵意象作為詩人沉思的比喻，不僅僅用以表達對理想女性（本體上難以接近、不可觸碰）的欲望，同時也表達了源起自此種力比多投射的苦難與疼痛。通過這一特殊的花朵比喻，悲劇效果終得昇華，「我」的生存狀況而得到審視，喪失之物也留存於記憶之中。

2.花、時間與放逐：

　　花朵具有季節性，它與四季一同生長、開放、凋零。因此，時間的飛逝感齧食著女性之美，也由此生發了詩人追憶中某種絕望的喪失，而表達此種感覺最好的比喻便是花（Camporesi 1994：34）。因此，在戴望舒的追憶場內，時間的殘酷性表現在如花般女性之美的衰褪（用花的特徵來描述）。在〈殘花的淚〉（頁16-17）詩中，我們看到：

> 寂寞的古園中，
> 明月照幽素，
> 一支淒豔的殘花
> 對著蝴蝶泣訴：
>
> 我的嬌麗已殘，
> 我的芳時已過，
> 今宵我流著香淚，
> 明朝會萎謝塵土。

　　花朵／女性之美在時間之流中如此短暫，甚至剛一抓住便隨即消逝。在這樣一種毀滅性的暫時性中，一個人如何定位某個暫停的瞬間？詩人在〈小曲〉（頁119）中哀歎道：「老去的花一瓣瓣委塵土，／香的小靈魂在何處流連？」時間不僅扼殺花朵，同時還使一種花生長：這種花比自然的花更具毀滅性。正是年齡的白花生長於眾人的廟階之上：〈贈內〉（頁146）一詩表現了人歲增添，令頭髮花白，看上去像一朵白花：「即使清麗的詞華／也會消失它的光鮮，／恰如你鬢邊憔悴的花／映著明媚的朱顏」。花朵意象此處的比喻性呈現，記載著時間的殘酷性，詩人無疑將被導向了對生之有限的冥思，審視著他所珍愛的女性之美消失的軌跡，正如〈霜花〉（頁103）一詩所示：

　　九月的霜花，

　　十月的霜花，

　　霧的嬌女，

　　開到我鬢邊來。

　　裝點著秋夜，

　　你裝點了單調的死，

　　霧的嬌女，

　　來替我簪你素豔的花。

　　你還有珍珠的眼淚嗎？

　　太陽已不復重燃死灰了。

　　我靜觀我鬢絲的零落，

　　於是我迎來你所裝點的秋。

　　在一種輕微的哀輓情緒中，擬人化為一位美麗姑娘的秋日冰霜，正逐漸侵蝕著詩人的生命。然而詩人並未逃避，亦未害怕，他自願地邀請她的到來，以便令自己能細緻入微地審視生命的退卻。在這種時間的體驗裡，詩人把自己自覺自願地拋入時間殘酷的流逝，以便達至對生命的自我觀察。從這一角度而言，花朵比喻促成了詩人對時間流逝的內在意識，從而使詩人直接地、即時與時間無情地流逝遭遇。因此，這首詩的主題並非恐懼或消極的服從，而是一種沉凝與反思的自我認知，它確認某種內部的成熟與自我理解。這種自我意識的時間觀經由花朵比喻的中介，在戴望舒詩性追憶的敘述中，標誌著一個相當重要的階段，容後進行討論。

　　與花相關的便是詩人思想中遭放逐的記憶。換言之，花朵成為了某種為家園與異鄉、熟悉與陌生、在家與放逐劃分界限的植物。現代生活的飛逝驅使現代人離家而出，進而暴露了現代人的無根性。在戴望舒詩

中，這種無根性反映於生命過客的典型形象，在〈過舊居〉（頁141）一詩中有這麼幾句：

> 生活，生活，漫漫無盡的哭路！
> 咽淚吞聲，聽自己疲倦的腳步：
> 遮斷了魂夢的不僅是海和天，雲和樹，
> 無名的過客在往昔作了瞬間的躊躇。

在現代文化中，人類的存在狀況本體上即為漂浮的無根性；因此放逐的主題在現代主義詩歌中隨處可見。在戴望舒的世界裡，由於花朵與女性相融合，女性變成了文化意義上家園的守護者，而花朵成了家園、居所與家庭的花朵（Hegel 1967；Derrida 1986）。花的凋零與女性之美的喪失，這一雙重喪失指向家園的喪失，因而成了放逐的真正原因，不斷困擾糾纏著詩人。經過這樣一段曲折的道路，花朵、女性、記憶與家園聚集一處，戴望舒得以對鄉愁、家園與放逐之本性進行反思。正如〈遊子謠〉（頁82）一詩所傳達的那樣：

> 海上微風起來的時候，
> 暗水上開遍青色的薔薇。
> ——遊子的家園呢？
>
> 籬門是蜘蛛的家，
> 土牆是薜荔的家，
> 枝繁葉茂的果樹是鳥雀的家。
>
> 遊子卻連鄉愁也沒有，
> 他沉浮在鯨魚海蟒間：
> 讓家園寂寞的花自開自落吧。

因為海上有青色的薔薇，
遊子要縈繫他冷落的家園嗎？
還有比薔薇更清麗的旅伴呢。

清麗的小旅伴是更甜蜜的家園，
遊子的鄉愁在那裡徘徊躑躅。
唔，永遠沉浮在鯨魚海蟒間吧。

　　這首詩的特徵在於由花所構成的兩個不同世界：暗水上的青色薔薇
與家園裡寂寥的花。表面上看，旅途中的詩人被青水的薔薇（水波的轉
喻）所迷惑，令他不會感到想家；然而在更深的意義上，不是詩人不想
念家園，只因家園已逝，他遂變得孤獨淒涼，因為回家已遙不可及。家
中園子裡的花獨堪寂寥，詩人的「遊子的鄉愁在那裡徘徊躑躅」。所以
在青水薔薇以外與家中的花朵之內，其間躑躅著難以抗拒的鄉愁欲望，
以及放逐與回歸之間的痛苦張力。詩歌起於誘發家園記憶的青水之花
──「遊子的家園呢？」，終於「唔，永遠沉浮在鯨魚海蟒間吧」──
這種沒有終點的無根之放逐。
　　無根的行旅感受與回歸的死途在〈旅思〉（頁89）這首詩中同時表
現了出來：「故鄉蘆花開的時候／旅人的鞋跟染著征泥／黏住了鞋跟，
黏住了心的征泥，／幾時經可愛的手拂拭？」另一首短詩〈深閉的園
子〉（頁91），同樣以花朵比喻來展現某種失落感、家園的疏離感以及
無盡的放逐感：

五月的園子
已花繁葉滿了
濃蔭裡卻靜無鳥喧。

> 小徑已鋪滿苔蘚，
>
> 而籬門的鎖也鏽了——
>
> 主人卻在迢遙的太陽下。
>
> 在迢遙的太陽下，
>
> 也有璀璨的園林嗎？
>
> 陌生人在籬邊探首，
>
> 空想著天外的主人。

　　如果存在著一個家，即使是想像中的家，因為沒有人從遠方的放逐中回來而無人居住其中，這個家遂孤離荒涼。花在園中的滿滿綻放使得荒廢的氣氛更加濃烈，凸顯這廢墟乃是由殘酷的時間所引起。就此而論，花的意象與時間和放逐相連，並十分有效地引領詩人去踐行一種更深刻的沉思：時間對自我內在感受的影響。

3.花、夢與蝴蝶：

　　花在什麼樣的意義上與夢，甚至與蝴蝶相連繫？正如佛洛伊德注意到，一種特定的花朵與夢緊密相關；花朵的夢或作為夢元素（dream-element）的花尤其與記憶、女性與無意識相連（Freud 1965）。因此，這朵花只有在消失和缺席時重現於夢中才成為花（Sartiliot 1988：69）。若就此而論，夢就成了花朵凋零後得以留駐的最終場所。或者說，為了被記住，這花朵不得不隱沒於夢中。正如我們在上文已經注意到戴望舒的〈Spleen〉：「心頭的春花已不更開，／幽黑的煩擾已到我歡樂之夢中來」；同樣在〈雨巷〉中：「她飄過／像夢一般地，／像夢一般地淒婉迷茫。／像夢中飄過／一枝丁香地，／我身旁飄過這女郎」。花是一種短生植物；夢中的花同樣短生，夢中的女性作為一朵花，則更加短生、更難把握。在花與女性之間，唯有記憶能夠持存它們。〈跟我這裡來〉（頁58）一詩精確地暗示了這一點：

> 我將對你說為什麼薔薇有金色的花瓣，
>
> 為什麼你有溫柔而馥鬱的夢，
>
> 為什麼錦葵會從我們的窗間探首進來。
>
> ……
>
> 可是，啊，你是不存在著了，
>
> 雖則你的記憶還使我溫柔地顫動，
>
> 而我是徒然地等待著你，每一個傍晚，
>
> 在菩提樹下，沉思地，抽著煙。

在另一首卓越的詩作〈尋夢者（頁94-95）中，花與無意識的夢相連。詩歌開始於一個令人稍感震驚的意象：「夢會開出花來的，／夢會開出嬌豔的花來的：／去求無價的珍寶吧」。詩人並未說他正夢見一朵花，而是描述作為夢之潛在內容的花。一個夢如何能開出一朵花？是由於夢與花之間毫不相似嗎？據佛洛伊德的看法：「我們的記憶——沒有剔除那些我們意識中最深的印記——在其本身中是無意識的」（1965：539）。因此，僅僅在無意識中，花才能開放，在夢中湧現為某個特定的象徵。如此一來，在詩中為何出現這一古怪的、隨意的、無關的，甚至神祕的意象，這一問題須得細查闡明。

三種基本的象喻貫穿全詩：夢、花朵與金色的貝。一系列的雙重特質在這三個意象中一脈相承：打開／閉合，折疊／展現，揭示／隱藏，容納／暴露，諸如此類。夢所暴露的便是夢所隱藏的（一種佛洛伊德式的偽裝）；一朵花所帶來的同時也是它所包裹的，一只貝所展現的正是它向著自身閉合。總是在這樣的間隔中，它們相互纏結，迴避欲望，致使對終極性毫無把握。正如上所述，戴詩中所有理想女性的形象都被賦予花朵之美，或者花朵就總是與他陌生的美麗女人相聯繫。因為花的形制與視效（花冠、花蕾、花蕊、花心、花萼、花胚、花柱、柱頭、葉片、花瓣），一朵花就如一只貝，反之亦然。在這個意義上，一只貝即

是女性的比喻，而詩中金色的貝可以讀作理想的麗人之象徵（如一朵金色的完全綻放的花那般美麗）。

如此看來，這首詩的主題就變得明瞭易解：一朵盛開於夢中的花，是詩人渴望的無價珍寶，無論去哪裡尋找（攀爬冰山或航行於旱海）或需要花費多少時日（九年），最終不過是絕望與徒勞，因為：

> 當你鬢髮斑斑了的時候，
> 當你眼睛朦朧了的時候，
> 金色的貝吐出桃色的珠。
>
> 把桃色的珠放在你懷裡，
> 把桃色的珠放在你枕邊，
> 於是一個夢靜靜地升上來了。
>
> 你的夢開出花來了。
> 你的夢開出嬌豔的花來了，
> 在你已衰老了的時候。

金色的貝象徵著這個理想的女人，當生命之火熄滅，欲望衰退之時：當頭髮灰白，雙眼模糊之時[42]，桃色的珠僅現於夢中。儘管理想的女性遙不可及，但詩人平靜地沉思著這個安靜與平和的事實。花朵隱喻再一次令這幅生命圖景成為可能。

詩人由蝴蝶的比喻進一步地被帶向對生命意義的探尋。蝴蝶的本

---

[42] 「當我老了」這一經典句法展現出生命的老去，頭髮灰白、視力衰退的特徵，在道生的詩《In Tempore Senectures》（戴望舒譯，頁282）中也可讀到：「當我老來時候，／悲苦地偷自相離，／走入那黑暗灰幽，／啊，我心靈的伴侶！／不要把彷徨者放上心懷，／只記得那能歌能愛，／又奔騰著熱血的人兒，／在我來時候。……」或是在葉芝的名作《當你老了》：「當你老了，頭髮花白，睡意昏沉，／倦坐在爐邊，取下這本書來，／慢慢讀著，追夢當年的眼神／你那柔美的神采與深幽的暈影……」載於《諾頓英國文學選》（The Norton Anthology of English Literature），1979：1961-1962。

性，恰與花朵聯繫在一起。花朵是蝴蝶駐留的場所，蝴蝶色彩斑斕的翅膀正像極了花瓣。戴望舒在〈古神祠前〉（頁99）中寫道：「它飛上去了，／這小小的蜉蝣，／不，是蝴蝶，它翩翩飛舞，／在蘆葦間，在紅蓼花上」。在其振翅神祕的開合中，蝴蝶似乎特別地促發了記憶與夢。彩翅的扇動令一切欲望的達成幾無可能，因此欲望的實現被永久地延宕與拒絕。對詩人來說，逝去的時日就像一隻蝴蝶，五彩繽紛，但想要把握舊日的完滿，重獲舊日的全體，卻是註定失敗、枉費工夫。在〈示長女〉（頁142）一詩中，詩人哀歎道：

> 你呢，你在草地上追彩蝶，
> 然後在溫柔的懷裡尋溫柔的夢境。
> ……
> 那些絢爛的日子，像彩蝶，
> 現在枉費你摸索追尋。

在蝴蝶象喻中出現了一種雙重身分。一方面，蝶翅扇動起了觀者的欲望，也誘惑其野心；而另一方面，蝶翅的扇動閉合欺騙了觀者的欲望，戲仿了其渴望，進而踐踏了其潛在的情欲。從這一點來看，因在力比多欲望的經濟中創造空隙、匱乏與缺席，如同花朵、貝類一樣、蝴蝶便成了最不確定性的比喻。這或許說明了戴望舒為何要使用彩蝶的象喻去呈現記憶無力復原逝去之物。

儘管在日益空虛的當下中留駐過去並無可能，然而對於自我來說，最有意義的並非再造逝去之物，而是找到通往喪失得以被思考的可能性路徑。如前所述，依照海德格爾（1968）之見，記憶乃是思的聚集；是賦予回想過去的一種饋贈。最重要的是，追憶是對思的召喚——去回想那些將我們凝聚之物。鑒於此，蝴蝶彩翅的扇開，諧謔著勾起我們的追憶，這便是一種對思的召喚，它揭示了令我們讚頌之物。以此看來，蝴蝶比喻以及花朵比喻均承擔著建立一種可能的通道來連接起過往與當

下，內在世界與外在世界，自我與非自我。最終，隨著思之召喚的興起，自我見證了一次分裂：其本身成為思的對象，進而獲得一種嶄新的自覺。這一觀念精確地在一首小詩〈我思想〉（頁126）中得到了巧妙地呈現：

> 我思想，故我是蝴蝶……
> 萬年後小花的輕呼
> 透過無夢無醒的雲霧，
> 來震憾我斑斕的彩翼。

1937年3月14日

這種西方的啟蒙主體性（笛卡兒的「我思故我在」）與非同一變形的中式寓喻（莊子自我主體性與非自我蝴蝶的合一寓言）的互融，在花的神奇召喚中達到極致，它喚醒了從歷史塵埃中走來的「我」，激起了一種突然地敞開，這全賴記憶傳遞這種饋贈的冥思能力。此處的花已然不朽，花的召喚釋放出一股神祕的力量，一方面使蝴蝶的誘惑內在化，另一方面釋放了這股追求一個想像的未來（an imaginary not-yet）的欲望。這首詩的聲音顯得如此沉凝，其語調充滿期許，將戴望舒的詩學意識提升到一個更高、更成熟的層次。

4.花、悲悼與書：

當事物永遠消逝，空缺再難彌補，追憶便發生了。我們之所以銘記便是為了防止喪失，或者說，把我們帶回到依舊活在我們內心中的往常。因此，正如德里達所示，記憶一直就是「他者，有作為他者之記憶的追憶，後者源自他者，又復歸於他者。它使任何總體化願望落空，並使我們受庇於寓意的場景，擬人化的虛構，換言之，使我們受庇於悲悼的修辭學：悲悼的記憶和記憶的悲悼」（1988：50）。因此，銘記即為

悲悼[43]。在「紀念」（「in memory of」）或「懷念」（「to the memory of」）的修辭學中，花朵持存了悲悼最具象徵性的意義：慶祝、感謝、愛、尊重、悲哀、期許、承諾、忠貞、惋惜、思考、奉獻、信仰、真相與啟示。在〈蕭紅墓旁口占〉（頁147）一詩中，戴望舒在悲悼過程中凸顯了花的主題：

> 走六小時寂寞的長途，
> 到你頭邊放一束紅山茶，
> 我等待著，長夜漫漫，
> 你卻臥聽著海濤閒話。

1944年11月20日

這首悲悼短詩具有非同尋常的含混性。詩人獨自走了六小時的路程來到一位亡友的墓旁，僅僅只是為了放上一束花，寫下一首口占詩嗎？口占到底在此為何意？這首詩究竟想表達什麼意思？這束紅山茶又意味著什麼？由於死者的名字被召喚，便因此代表了某種虧欠、感激、追悔或僅僅只是銘記？如此的閱讀，會忽略詩中的悲悼價值。相反，讓我們來考慮以下幾個問題：是什麼將該詩作者帶至蕭紅之墓？或者說，是什麼把他們二人在詩中相連起來？眾所周知，蕭紅是一位女性作家（一位小說家），抗日戰爭時期，她逃難至香港，並不幸病死在那裡。詩的作者同樣是一個作家（一位男性詩人），他在同樣的境遇下逃至香港，但還活著。他們因為都是作家而彼此相連，換言之，把他們兩人連在一起的便是他們操同樣的行當，即寫作。最根本的差異在於：她死了，而他

---

[43] 在印度日爾曼語系中，記憶一詞與悲悼擁有共同的語義枝蔓。悲悼（*Mourn*）的印度日爾曼語系的詞根smer-，「銘記」（to remember），與希臘語*merimna*，「關切、悲傷、孤獨」（care, sorrow, solitude）相聯繫。悲悼還關聯了*morior*（拉丁語，死）、*mourir*（法語，死）。關於兩個詞之間的親緣性的詳盡研究，請參看凱西的《銘記》（頁273；頁353）；克雷爾的《論記憶》（頁284）；海德格爾（Heidegger）的《存在與時間》（Being and Time）（頁199）；德里達（Derrida）的《多義的記憶》（Mémoires）以及在第二章曾討論過的佛洛伊德的〈悲悼與憂鬱症〉。

逃過劫難還活著。因此，在詩中我們看到，活著的人來到墓前「看望」死者，並在墓旁放上一束紅花。表面上，這是一幅生者悲悼死者的場景。但這些花為何是紅色的？紅色不正意味著革命（正如人們所普遍理解的那樣）、美麗、欲望、愛情、激情嗎？「我」為何要經受如此長時間的等待？又等待什麼？

　　正如我們已經注意到，花朵乃是人們表達悲悼之情最鍾意的媒介。然而，作為一種比喻，花朵無法直接地通達死者，僅僅通過其象徵性意義，曲折地表示出悲悼的意味。花朵僅能以曲折的方式，亦即通過花朵的象徵意義來呈示悲悼的意義。換言之，花只為了消失而出現（Sartiliot 1982：72）；只有把花視作非花，或別的什麼，或比喻為他者，花才成為花本身。正如德里達寫道：「花朵乃是局部（消逝）『*(de)part(ed)*』。花從其現有的局部（消逝）『*(de)part(ed)*』中，持存了一種先驗之贅疣（a transcendental excrescence）的力量，這贅疣只是令花看上去是如此（先驗），這贅疣甚至不再會敗落」（1986：15）。就此而論，悲悼場合中的花絕非真正的花，它不過是語義上的花；花只不過是標誌，指涉著出場者的缺席。由此觀之，詩人置於蕭紅墓旁的紅山茶不過是語義上的花、書本甚或是他自己的詩選，這些東西充當了召喚亡者向著文學使命、文學創造，以及最終的寫作之思回歸。

　　這召喚傳遞給死者，甚至她的名字也被召喚，但無人回應。回歸的路徑被永久地叛逆，語義的召喚是一種在缺乏所指的狀況下，播撒自身的召喚。因此，詩人／生者穿過漫長的夜晚等待著一個無聲的回答。墓旁的紅花還未敗落，顯然承載著某種永不停歇的悲悼之志，一種被內在化的召喚確認思之許諾，它只存在於寫作——書本之中，別無他處。對悲悼主題的如此閱讀使我們瞭解到，戴望舒的「口占」實在是一首追憶其文學使命與文學創造性的詩篇[44]。他堅定地期待這沒有回響的應答，或許這應答會在書本裡與作品中出現，亦即出現在為死者而口占的持續

---

[44] 需要指出的是，戴望舒於1944年寫這首詩時，他的詩歌創造力已相當枯竭（Lee 1989：227-238）。

不斷的語言作品之中，一直為我們隱祕的悲悼經驗提供力量，將會形塑生者的身分。

花（同記憶）與人類知識世界中的書本、文字、寫作與藝術緊密相連[45]。寫作是將記憶轉譯為藝術，好讓隱祕之物顯見，比如在上文討論過的〈斷指〉（頁44）一詩：

> 每當無聊地去翻尋古籍的時候，
> 它就含愁地向我訴說一個使我悲哀的記憶。

花在書本中的出現憑藉語言的再現與轉化。戴望舒的某些詩作非常善於在花的聯想性中表達這一特徵，表達記憶與書本、文字與寫作的連結。〈我的記憶〉（頁29）裡有這麼兩句準確地暗示了這種移植的技藝：

> 它存在在繪著百合花的筆桿上，
> ……
> 在撕碎的往日的詩稿上，在壓乾的花片上。

一支繪著百合花的筆是一件寫下（創造）記憶之意義的藝術品；然而繪在筆上的百合則位於筆的書寫之中，這朵百合不是真的花，而是物質的花的缺席。就這一意義來看，正如德里達所言，「花是局部

---

[45] 康納利（Canali）對「花」在其古典起源中的這一關係做了精妙的闡釋：「（花）就其隱藏的祕儀、寓意與神聖的祕密來說，便能很好地稱之為神聖的字元、人間的象形文字、神的文字、自然之書、象徵符碼與全能上帝手寫的神祕紋章，用穿過廣大土地的隱形的筆寫印在一幅巨大的紙頁上，讓一切可見，使得花對於我們的眼睛是美麗、對於我們的嗅覺是甜蜜、對於我們的觸覺是愉悅、對於我們智識是愜意、對於我們的靈魂是歡喜，花能讀出深埋其中的真相，解讀最深的教義……因此埃及人把他們的知識隱藏在他們稱之為象形文字的字元中，同樣也利用了花。當他們希望展示自己的美德只能通過艱辛與犧牲來獲得時，他們畫下一朵莖桿帶刺的玫瑰，扯下時必定帶來刺痛感。他們將神描繪在荷葉與荷花的中心，因為他是一個巨大的球體。起初是紫色，但很快就變為白色的薊花，一股微風便可將其吹散，他們從中把我們生命之虛浮與短促描繪」（Canali 1609見於Camporesi 1994：26）。

（消逝）『(de)(part)(ed)』」（1986：15）。只有在花朵消失或敗落之後，花才成為花。正如薩緹利奧特（Sartiliot）與德里達同時注意到，花作為一株自然植物轉化為某種與書本、書寫與藝術相連的非花的美學對象，這主要集中在植物標本（herbarium）與詞語形態（verbarium）之間，植物學與語言學之間，以及花、織物（textile）與文本（textual）之間的關聯（Sartiliot 1988；Derrida 1986）。在藝術的意義生產經濟學中，花的生殖方式與藝術作品之間存在某種親密的對應。首先，通過種子、精子、內核的播撒，花可能倚賴偶然的機會而存活，正如一部藝術作品所承載的資訊，通過許多曲折與偶然才能觸及對主題的密碼。

其次，花的萌發與綻放乃是通過各種中介（風、昆蟲或水）而實現，正如意義由讀者而生一樣。再次，花只能由載體使其子房的柱頭授粉才得以綻放。然而，在花朵綻放的過程中，授粉並非每次都成功，因為並非所有的介質都能到達傳遞授粉的終點，準確地說，就像藝術作品的意義無法被讀者完全地把握，這源於他們無法確定的文本性。一言以蔽之，花／植物的受孕過程在許多方面與書本、寫作、文字與藝術之意義的生成十分相似。用德里達的話來說：「藝術作品，（是）那不可把握的花朵」（Derrida1986：56）。

在戴望舒的幾首詩中，蜜蜂授粉於子房的柱頭的意象，令他觸及到了生殖的母題，作品的意義，或愛的生成性，因而釋放出生殖的可能性，正如〈小病〉（頁77）一詩：「小園裡陽光是常在芸薹的花上吧，／細風是常在細腰蜂的翅上吧」。此處，早春園中的陽光、花、風、嗡嗡的蜜蜂為病人搭建了一個富有意義的世界，一個充滿復原與康健的世界，病人在此感受泥土的氣息，享受萵苣的脆嫩與韭菜的嫩芽。為了意義生成的成功，為了達至生命的繁衍，戴望舒毅然地將花與蜜蜂同女性聯繫在一起，在〈三頂禮〉（頁75）一詩中，我們讀到了如下的句子：

戀之色的夜合花，

佻㒓的夜合花，

我的戀人的眼，

受我沉醉的頂禮。

給我苦痛的螫的，

苦痛的但是歡樂的螫的，

你小小的紅翅的蜜蜂，

我的戀人的唇，

受我怨恨的頂禮。

蜜蜂是令花朵授粉並使其開放的中介。紅翅蜜蜂同樣給戀人授粉（戀人的雙眼正像花子房的柱頭一般，唇就像花的瓣），戀人心中的愛如受孕般開始萌發，最終開出愛之花。意義因而生成，生命因而延續。

在另一首題為〈微辭〉的詩中（頁86），戴望舒用諧謔的語調描繪授粉、綻放與生殖的完成：

園子裡蝶褪了粉蜂褪了慌，

則木葉下的安息是允許的吧，

然而好弄玩的女孩子是不肯休止的，

「你瞧我的眼睛，」她說，「它們恨你」

女孩子有恨人的眼睛，我知道，

她還有不潔的指爪，

但是一點恬靜和一點懶是需要的，

只瞧那新葉下靜靜的蜂蝶。

魔道者使用曼陀羅根或是枸杞，

而人卻像花一般地順從時序，

夜來香嬌豔地開了一個整夜，

朝來送入溫室一時能重鮮嗎？

園子都已恬靜，
蜂蝶睡在新葉下，
遲遲的永晝中，
無厭的女孩子也該休止。

生殖完成（蜂蝶安息在新葉下），意義發生（花朵開了一個整夜）。然而，女孩繼續弄玩，似乎她的欲望還未被滿足（恨人的眼睛依舊充滿激情）。由於生命的受限，生死如花，通過暗示無垠的宇宙中她生命的界限，詩人拒絕了女孩的誘惑。儘管這首詩所暗示出的某種自我滿足的哲學，聽起來相當諷刺——甚至如果人之生死如花，而花仍不過在人死後的每一個春天復生，因此死亡與再生周而復始，那麼人類為何不在此列？戴望舒在這裡似乎拒絕某種超然感，其中部分原因在於他向日常性詩學的轉向，然而園中蜜蜂、蝴蝶、花朵、新葉以及諧謔的女孩之形象，如果從文學與植物的關係的角度追蹤下去，或能引發更多的遐想。

在耶麥與道生的詩中可以找到同樣的概念——通過蜜蜂、花、花粉和女人來受孕及繁殖。在耶麥的作品〈她〉（1970：82-83）中，我們可以讀到細緻入微的生成：

她躡步至低處的牧場，
因牧場開滿簇簇的鮮花
花的莖桿喜歡在水中生長，
我摘取這些沒入水的植物。
迅而溼透，她抵達牧場高處
婷婷綻放
……

　　她眼中的目光宛如紫色的薰衣草。

　　她帶走了滿懷的丁香。
　　因為在春天中，她拋棄了外飾
　　她就像一朵帶粉的百合，或受了
　　銷魂的花粉。她的前額光滑，稍稍突出。
　　她懷抱的丁香，放在那處。

　　耶麥把「她」理想化為一朵花（丁香／薰衣草），根莖的生長於水下，當她走入春天的牧場，上面覆滿了盛開的花朵。這個「她」是完美、純潔與美麗的，但最意味深長的是，她是可生殖的：「她就像一朵帶粉的百合／或受了銷魂的花粉。她的前額光滑，稍稍突出」。她生殖了什麼？對於耶麥來說，她生出了箴言：「祈禱、信念與希望」（*prier, croire, espérer*）。耶麥的另一首詩〈屋子會充滿了薔薇〉（La Maison Serait Pleine de Roses et de Guêpes）（1970：43）精確地顯示出這種愛的繁殖通過蜜蜂的作用給花帶來花粉，並使一個受孕的胚珠從花蜜中產生：

　　屋子會充滿了薔薇和黃蜂，
　　我只知道，如果你是活著的，
　　如果你是像我一樣地在牧場深處，
　　我們便會歡笑著接吻，在金色的蜂群下，
　　在涼爽的溪流邊，在濃密的樹葉下。
　　我們只會聽到太陽的暑熱。
　　在你的耳上，你會有胡桃樹的陰影，
　　隨後我們會停止了，密合我們的嘴，
　　來說那人們不能說的我們的愛情；
　　於是我會找到了，在你的嘴唇的胭脂色上，

> 金色的葡萄的味，紅薔薇的味，蜂兒的味。[46]

　　在這首詩中，詩人幻想著與他理想中的陌生戀人幽會，他們會在金色的蜂群下、涼爽的溪流邊、濃密地樹葉下歡笑著接吻。詩人最終生出了愛的味道，他在女人帶粉的唇邊、在葡萄、紅薔薇，尤其是蜂兒那兒覓得了這味道（戴望舒可能從中吸取了這樣一種愛的修辭學靈感，因為他翻譯了這首詩）。道生同樣利用花、蜜蜂和愛情的比喻。正如〈我們愛人，有什麼不能希望啊？〉（「Quid non Speremus, Amantes?」）一詩中，他寫道：

> 要是愛可向一切花枝採蜜，
> 女郎又如紫蘭般繁茂菲靡，
> 怎的我還喜過空自傷懷的往日，
> 為了她失去的幽馨，和堪憶的青絲？[47]

　　對道生來說，如果愛情總是能由蜜蜂對授粉的花枝採蜜的話，那麼女孩的美麗便永不會消逝。然而，道生卻倍感無助，悲歎持存這種美麗與愛情的徒勞，因為「她去了，一切都隨她殘落；／或是她冷冷無情，我們的祈禱成空；／夏日燦爛的心兒已破碎，／而希望又入了深幽的墳塚」（同上）。

　　正如道生詩中所示，愛情無法從花朵中永遠採蜜，美麗也一樣無法留存，那麼，在戴詩中，喚起超自然記憶的蝴蝶，曾被詩人視為「智慧之書」，亦未能驅趕詩人所深陷的寂寞，正如〈白蝴蝶〉（頁128）一詩所示：

> 給什麼智慧給我，

---

[46] 戴望舒中譯。

[47] 戴望舒譯，見於《戴望舒詩全編》，梁仁編（1989：305）。

小小的白蝴蝶，

翻開了空白之頁，

合上了空白之頁？

翻開的書頁：

寂寞：

合上的書頁：

寂寞。

1940 年 5 月 3 日

　　戴望舒又一次利用蝴蝶振翅的開／合之二重性來構建起花朵（由於
追憶中的事物永不再現為本來的樣子，蝴蝶的形象便經常與花混合，反
之亦然，這得歸為二者的親密熟識）與書本之間的聯繫。從蝶翅的開／
合之中，揭示出在書本的空白之頁，歷史未曾寫下什麼或抹去什麼。換
言之，書本的空白之頁可能喻示這樣一個事實：時間已經毀滅一切或一
無所創。書本中徘徊的孤寂反映出這種焦慮、猶疑、迷惑與窘境，這種
焦慮情緒普遍地存在於二十世紀早期的中國現代知識分子身上，即現代
性摧古拉朽的線性時間。從另一個角度來看，這首詩表達出某種極度的
自我懷疑，試圖質疑詩人的地位——詩人之使命，詩人之功用，甚至懷
疑一般意義上的文學。根據齊美爾、阿多諾（Adorno）與本雅明，要使
現代性碎片中的飛逝之美永固，便只能通過藝術，只能通過對空洞、外
在的瑣屑進行藝術的昇華（Frisby 1986）。由此可見，作為詩人的戴望
舒，當書本打開，一片空白，甚至沒有任何書寫的痕跡，完全白紙一張
時，他的詩學使命又是什麼？他又如何能將自己界定為一個詩人？

　　然而事實上是，在現代性歷史的書本中，什麼都未曾留下，或什麼
都未曾創造正好確認了戴望舒作為詩人的身分，即是說，空白之頁本身
變成了一個時代的歷史性證據，在空白之頁的間隔中，他的孤獨目睹了
非歷史、空洞之當下以及現代性的絕對新時間。正如保羅・德・曼（de

Man）所言：「現代性存在於一種欲望的形式之中，這種欲望否棄任何先前發生之物，以期抵達可稱之為一種真正現時的終點，起源之點標識出一種新的開始」（1983：148）。如果事實如此，那麼這些空白之頁不僅僅界定了戴望舒作為詩人的身分，而且還概括出一個完整的歷史時代。戴望舒的詩歌雄心在於，為這個災難時代豎立起一座里程碑。〈贈內〉（頁146）便清晰地表達了這一使命感：

> 空白的詩帖，
> 幸福的年歲；
> 因為我苦澀的詩節
> 只為災難樹里程碑。

這句帶有某種悲悼式口吻的箴言昭示著詩人的英雄意志，而且點明了中國新文化敘述中，詩的本質與詩人的使命。

從對上述諸種形象的考察中，我們可以看到，花朵，乃是戴望舒追憶詩學中最顯著的主題，不僅呈現出對某種理想之美的美學化欲望，一種在現代生活中不可企及的欲望，而且成為了支持詩人不斷追求這一理想的最強動力。花朵成為了自我模塑中的一個核心，而被加以界說與意味深長地觀照。通過這一特別的自我觀照，自我意識逐漸抵達了一種逐漸的成熟度，不同於李金髮，更與郭沫若完全相異。這種自我成熟並非起源於某種身體感覺，卻源自所有的感覺或超感覺，戴望舒在其文章《詩論零札》一文中說道：「詩不是某一個官感的享樂，而是全官感或超官感的東西」（1989：692）。記憶意味著自我的喪失，但唯有通過追憶，自我才能完成其自我知覺與自我定義，喪失的也才能從中重新獲取。因此，追憶變成了驅動這一特定的銘記的力比多能量，只不過這種能量的運動帶有某種自戀式症候。

五、自戀的身體：朝向一種自我的精神分析法

　　戴望舒的詩本質上是內傾性的，喚起之物僅出現在其個體的私人世界中：凡是記憶所喚起的必是他所親歷之物。正是在這一自我將本身喚起（self-recalling-itself）的過程中，外部世界才得以容納，他者才得以被同化吸收，過往才成為「我」之中的當下，進而「我」才得以完全地內化為他者。其結果便是，這種自我指涉的同一性，催生出一種自我敘述，去觀照敘述個體「我」的自我歷史。在戴詩中，自我知覺主要來自於他的自我意象，一種他自己反思的自戀認知。正如塞內特（Sennett）所注意到：「自戀關聯著自我需求與自我欲望的外部事件，僅僅只是問：『這對我意味著什麼』。對於『我是誰』的自戀追求，乃是對一種沉溺於自戀的的表達，而非一種可實現的探尋」（1977：170）。至於追憶中的時間，其運動迂迴曲折，總是折返自身，纏繞糾結（Terdiman 1993）。換言之，記憶乃身體所固有，發生在個人身體上的事件，便只能在其身體中被銘記。記憶在本質上即為一種大腦緣葉的環形運動（Casey 1987：172）。就這一方面來看，相較於其它任何因素，在戴望舒追憶敘述中，自我身分被定義為一種自戀身體，其中包含並輻射出獨一無二的現代性氣息，這氣息源自感官上的刺激：曾經觸摸、看見、聞到、嘗過與聽過的日常之物。

　　並非簡單地將其力比多興趣（libidinal interest）從外部世界抽回，然後注入其作為自愛或自賞形式的內部（intérieur），亦非令自我投入到時間之流的體驗中，戴望舒詩歌的特別之處就在於，他把詩人的自我身分嵌入詩中，這在早期現代漢詩中十分稀見。從另一個角度說，詩人不僅僅書寫自我，而且他也展示出其自傳式的身分；換言之，在寫作中，詩歌作者便是他的專有名詞。令人嘆服的是，一位書寫關於自我的作者，與此同時，他也在其詩中寫下他自己；一個在詩中回溯性地銘記自己過往的詩人，為了被銘記而同時將自身的過往嵌入其中。這麼一來，觀看之詩人，便反過來被自身觀看，或在作品中看向自身。如果這

便是自我如此認識自身的時刻，一種導向自戀式狀態，結果，一種雙重意識便產生了。這種自我反射的自我，既是意識，又是知覺到自身的意識；自我將自身當作意識的一個凝視客體（Canfield 1990）。在這一自戀的時刻中，作為主體的自我與作為客體的自我一分為二：作為主體的自我不得不從自身中被疏離出來，以便將自我視為一個客體，視為某種位於自身之外的東西[48]。

〈秋天〉（頁40-41）即為一首戴望舒書寫自身疏離的範例：

> 再過幾日秋天是要來了，
> 默坐著，抽著陶器的煙斗，
> 我已隱隱地聽見它的歌吹
> 從江上的船帆上。
>
> 它是在奏摺管弦樂：
> 這個使我想起做過的好夢；
> 從前我認它是好友是錯了，
> 因為它帶了憂愁來給我。
>
> 林間的獵角聲是好聽的，
> 在死葉上的漫步也是樂事，
> 但是，獨身漢的心地我是很清楚的，
> 今天，我是沒有閒雅的興致。
>
> 我對它沒有愛也沒有恐懼，
> 我知道它所帶來的東西的重量，

---

[48] 關於自反意識的論述，可參閱John V Canfield，*The Looking-glass Self: An Examination of Self-Awareness*（1990）；Ruben Fine，*Narcissism, the Self, and Society*（1986）；Sigmund Freud，*The Interpretations of Dreams*（1965）。

　　我是微笑著，安坐在我的窗前，

　　當浮雲帶著恐嚇的口氣來說：

　　秋天要來了，望舒先生！

　　眾所周知，戴望舒借用了這一關鍵形象──抽著煙斗微笑著，以及來自耶麥的詩〈水流〉（L'eau Coule）與〈膳廳〉（Salle à Manger）中特異的句法結構：「你好嗎，耶麥先生？」（「comment allez-vous, monsieur Jammes」）（Lee 1989：80-81）。字面上看，這首詩是對秋天主體的沉思冥想。一個男人默坐在他生活的內部空間（intèrieur）裡，抽著陶器的煙斗，「我是微笑著，安坐在我的窗前」這句詩中面對秋天所帶來的「東西的重量」，這個男人展現出成熟的心智。這種沉思默想同樣持存了某種深深的自戀特徵：「我」正孤坐在自己的隱退中，抽著煙（一種開始並結束於自身的行為，一種呼／吸的自戀式的同一），聽見遙遠的樂聲，夢想著自己的夢以及遺下孤身一人。

　　這個男人以一種自我滿足的姿態拒絕了外部世界。此外，令人震撼的是最後一行：「秋天要來了，望舒先生！」整首詩結束於詩人的專有名詞被寫進詩中，這呈示出最為自戀的紊亂：詩人將自己看作分裂在外的客體，或者說，詩人在詩中被疏離出來的自我所觀看，說著「秋天要來了，望舒先生！」在抒情者「我」與「望舒先生」之間湧現出自我反思的意識，這種意識暗示出自我觀照的意志。如此一來，當「我」訴說無愛亦無懼於秋天時，因為他已經知道「東西的重量」，那麼「秋天來了，如何，望舒先生？」這一自我觀照的問題才能被提出。因此，從這首詩來看，我們能看見戴詩中的自戀姿態確實並非一種退縮，卻意義深遠地成為一個時機，詩人能夠在其中實踐自我觀照的行為；他得以把自我放入詩中來分析。這麼做時，一種成熟個性才得以被形塑，一種新身分才能被構建。

　　相同的自我觀照行為還體現在其它幾首詩中，比如在上述〈斷指〉（頁44）一詩中：「為我保存著這可笑又可憐的戀愛的紀念吧，望舒，

／在零落的生涯中，它是只能增加我的不幸的了。／他的話是舒緩的，
沉著的，像一個歎息，／而他的眼中似乎是含著淚水，雖然微笑是在臉
上」。詩人將亡友與自己置於一處，一方面是為了共用或經驗在朋友身
上發生的災難，另一方面，是為了審視詩人之自我的存在狀況。隨著詩
人自己的名字在亡友的獨白中反映出來，一種歸屬感在這個過程中或許
被生發出來。在上文討論過的〈祭日〉一詩中，詩人同樣以一種被亡友
問候的方式，直接將自己的名字放入詩中：

> 而我還聽到他往昔的熟稔有勁的聲音，
> 快樂嗎，老戴？」
> （快樂，唔，我現在已沒有了。）

　　一個由亡友提出的問題立即由詩人自己在一個內心獨白中回答。自
反式的問候由自我本身作出了分析式地回應。通過這種特別的自我觀照
修辭學，一種關於自我的新視角由此引介開來，一種自我意識的個性從
中得到了有效地建立。因此，通過一種自我身分的內視、分析和塑造，
自我意象（imago）便得以構形出來。為了探索自己的身分問題，戴望
舒出色地實踐了這種自我分析的方法。他就像一位技藝高超的畫家，把
自己當作自畫像的模特；在動手畫之前，他必須小心翼翼地考察自我意
象的細節，並在畫完之後，反覆地端詳這一意象。〈我的素描〉（頁
65）一詩便可充分地證明這一視角：

> 遼遠的國土的懷念者，
> 我，我是寂寞的生物。

> 假如把我自己描畫出來，
> 那是一幅單純的靜物寫生。

　　我是青春和衰老的集合體，
　　我有健康的身體和病的心。

　　在朋友間我有爽直的聲名，
　　在戀愛上我是一個低能兒。

　　因為當一個少女開始愛我的時候，
　　我先就要慄然地惶恐。

　　我怕著溫存的眼睛，
　　像怕初春輕空的朝陽。

　　我是高大的，我有光輝的眼；
　　我用爽朗的聲音恣意談笑。

　　但在悒鬱的時候，我是沉默的，
　　悒鬱著，用我二十四歲的整個的心。

　　畫家並未僅僅只是描摹出其外形，在這首詩中，詩人像醫生那樣小心地診斷自己的病症：寂寞、戀舊、恐女症、膽怯、高大、光輝的眼、青春和衰老的集合體、健康的身體、病的心、戀愛中的低能兒，以及陷於悒鬱與悲傷之中。這些病症特指一種自戀的個性，其特點在於，在理想化、貶值、自我誇耀狂、自卑貶低之間令人困惑的矛盾[49]。從不同視角來看，作為醫生的畫家在繪畫中描摹出了所有的症候；作為畫家的醫生則解開了畫中人染上疾病的密碼。這樣一種自我分析的方法非常有力，自我個性的祕密因而將被穿透。為了徹頭徹尾地審視，自我令自

---

[49]　關於自戀症候，請參閱Otto Kernberg，*Borderline Conditions and Pathological Narcissism*（1975）。

身進入詩中，以便我（賓格）存在的理由能被明證，以及被合法化。從這一獨特視角來看，戴望舒追憶敘述特具有的自戀意識，滋養了一種審視其個性之存在狀態的能力，以便捕捉現代生活碎片中的真實性。正如〈霜花〉一詩中的兩句所示：「我靜觀我鬢絲的零落，／於是我迎來你所裝點的秋」。

在象徵主義先驅詩人李金髮詩歌中，詩人常常將自己視為一個空白，以鏡子內部（*intérieur*）的反射出現。戴望舒如何呢？在一首題為〈眼〉（頁122-123）的詩中，我們來看看當自我注視鏡子時，鏡中發生了什麼：

> 我晞曝於你的眼睛的
> 蒼茫朦朧的微光中，
> 並在你上面，
> 在你的太空的鏡子中
> 鑒照我自己的
> 透明而畏寒的
> 火的影子，
> 死去或冰凍的火的影子。
>
> 我伸長，我轉著，
> 我永恆地轉著，
> 在你的永恆的周圍
> 並在你之中……
>
> 我是從天上奔流到海，
> 從海奔流到天上的江河，
> 我是你每一條動脈，
> 每一條靜脈，

每一個微血管中的血液，

我是你的睫毛

（它們也同樣在你的

眼睛的影子裡顧影），

是的，你的睫毛，你的睫毛，

而我是你，

因而我是我。

1936年10月19日

　　這或許是戴望舒寫過的最形而上的作品，而且也是現代漢詩中，與自我模塑敘述有關的最意味深長的詩作。以歷史的眼光來看，這首詩代表了由郭沫若開啟的自我話語的第一次話語轉向。從反思意識的方面來說，在鏡中對「我」的觀看產生出一種雙重跨越：從自我移至非我，從他者移至自我身分。在眼中的鏡子裡，反射出一種自戀的凝視與一種交互的注視。光源並非完全透明，卻朦朦朧朧，微光閃爍；「我」不得不艱難地看入鏡中，看見他反射的自我意象。因為光源的模糊，反射的自我意象並不完全清晰，只是一個影子正與對立的身分交互往來：冷與熱或冰與火，光與影的矛盾統一體，一種典型的自戀矛盾心理狀態。這種離散的身分意識之所以成為可能在於觀照主體的「我」旋轉所產生的不同視角，去感知鏡中迷幻的自我（「我伸長，我轉著，／我永恆地轉著」）。通過與他者的身體性認同，或變成部分的「你」——通過成為血液、每一條靜脈、每一個微血管、甚至他者的睫毛——一個真實的自我最終形成：「我是我！」，這最後的確認源自從「我是你」的折返與轉化而來。

　　這首詩的句法與郭沫若的〈天狗〉十分相似。像「我是……」以及「因而我是我」這樣奇特的陳述句法確有點重複郭沫若的句式。儘管郭沫若與戴望舒屬於不同的詩歌傳統與詩歌代際，但郭沫若的新詩實踐乃

221

是戴望舒生長的泥土。毋庸置疑，戴望舒讀過郭沫若的〈天狗〉，其中的特異句法一定令戴望舒印象頗深，以至於在自己的作品中對郭沫若進行了借鑒與戲擬。換言之，這一巧合可能還暗示了戴望舒為了展示自己的反思，而有意戲仿郭沫若句法的企圖。他確實在郭沫若的「我便是我呀」之前加上了最具關鍵性的一行「而我是你」，這標誌著他們之間的重大認知學的差別。毫無疑問，戴望舒質疑「我是我」這同一自我的幻覺，進而將其改寫並實施了顛覆。

由於郭沫若的現代性催生於自生光源，在他的世界中，自我完全透明，完全自主。這種自我之所以可能，是因為對他者的吞噬，自我將他者吸入自身，反之則不成立。而李金髮沒有把自我定位在自然光之中，而是在折射光之中。正是光的這種反射令李金髮看見空洞的自己，由於其頹廢身體中的力比多能量的麻痺，他並不能恢復已然疏隔的他者。戴望舒同樣在鏡子的反射中觀看自己，但他在其中感知到了多重的自我。最意味深長地是，他不僅看見鏡中自己的反射，而且還從多重視角中將其分析。這種鏡像自我的自我分析可以被理解為一種反鏡像行為，這種行為開啟了一種新的自我意識。徹底地不同於郭沫若的通過對大寫之他者的主宰而創造出的「我便是我呀」，戴望舒的「我是我」建構於他與大寫之他者的認同：「我是你。」

在這種從二十年代到三十年代的轉向中，存在著歷史意識的基本斷裂，就像郭沫若與戴望舒所展現的那樣。面對現代紀元的開啟，裹挾於革命的潮流，郭沫若渴望創造一種唯我主義的新自我，作為個體身分的根基，在對自我與他者間的辯證作用毫無認知的情況下，通過排除外在的他者，許給個體身分以自我同一的特權。由此而言，郭沫若「我便是我呀」（某種堅稱自我擁有一個名字的自我指涉，堅稱這名字為其獨有）的自本透明（self-transparent）之自我，或許類似於身分意識的最初階段：孩童在鏡中看見自己，拉康將其視為鏡像階段（stade du miroir）（Lacan 1978）。

隨著三十年代現代性的逐漸形成，自我採取了不同的形式，這得

歸因於歷史性時間的中斷與總體性的喪失，使自我破裂為許多碎片。戴望舒正是在這一情形下意識到了自我與他者之間的分隔，通過在記憶的鏡中，確認他者與他自己的分離，他鎮靜地、自反性地踐行了對自我的觀照與分析。戴望舒在郭沫若的「我便是我呀」之前哐噹一聲拉下「我是你」這一聲劃時代的重音，一方面戲劇化了他者在場的意識，另一方面，他從郭沫若自我話語的中心偏離，以一種更新的個性意識將其瓦解與重述。由此看來，在重構一種新的中國身分的敘述中，戴望舒及其作品的興起開創了一種新的自我形塑階段，某種自反的成熟不僅僅定義了他自己的詩，而且回應並重獲了前代的聲音，尤其是對歷史氣息的召喚。

從這一方面來看，自戀敘述催生出某種自我意識反射的能量，因此成為了中國現代性大業中自我形塑的根基。薩特對波特萊爾自戀本性的揭示凸顯了我們的論點（1950：22）。薩特寫道：

> 波特萊爾的基本態度是個俯身觀看者的態度。俯向自身，如同納西瑟斯（希臘文Narkissos，希臘神話中顧影自憐的美男子。……他看是為了看見自己在看；他觀看的是他對（物件）的意識。物件的直接使命（他看到、聽到或感到的東西）是把意識發回它自身。他寫道：「位於我之外的真實詩歌什麼樣子又有什麼關係呢，只要它幫助我活著，讓我感到我存在著，感到我是什麼」。[50]

在喪失與碎片的世界中，折返自身的人豎立起一種自戀式的彎曲姿勢，一部分看返入自己身體的深處而獲自我認同，而其餘部分則滋育了「一種不同的現實原則的種子，就是說，自我（一個人自己的身體）的力比多的貫注可能成為客觀世界的一種新的力比多貫注的源泉，它使這

---

[50] 施康強中譯，見讓-保爾・薩特：《波德賴爾》（2006：6-7）。

個世界轉變成一種新的存在方式」（Marcuse 1955：169）[51]。一種新的生活秩序投射出一種未來。以一種相當堅定與快樂的聲音，期待這樣的許諾的到來，詩人在〈偶成〉（頁149）一詩中揭開了他洞視啟示錄的祕密：

如果生命的春天重到，
苦舊的凝冰都嘩嘩地解凍，
那時我會看見燦爛的微笑，
再聽見明朗的呼喚——這些迢遙的夢。

這些好東西都絕不會消失，
因為一切好東西都永遠存在，
它們只是像冰一樣地凝結，
再有一天會像花一樣重開。

1945年5月31日

伴隨這種預言式的宣告，以及隨之而來這一宣告向前的神祕召喚，我們又返復到這一恰當的時刻：其中頓悟式的氣息或可湧現而出。

結語

至此，我們已經討論了在戴望舒的追憶詩學中，通過自戀身體而提出的自我反射的雙重意識。正如我們所展示的那樣，戴望舒從外部世界退回到了私人的生活世界（lebenswelt），這不應被簡單地理解為一種自戀的症狀，以及一種純粹的自我疏隔之內部（intérieur）的特權行為，而應理解為自反觀照的反鏡像行為，這種行為分析並堅持他者的在場，它是理想的女性，他的情人，他失落的過往或歷史。在這種自戀反思

---

[51] 黃勇、薛明中譯，見赫伯特•馬爾庫塞：《愛欲與文明》（1987：123）。

中，我們目睹了詩人對其內傾個性的積極冥思，目睹了自我與他者之間矛盾身分的張力，目睹了與個性觀念相關的前輩同一種現代身分意識展現的成熟之間的互文性溝通。

我們持續考察了支配戴望舒追憶敘述的花與女性的修辭術。在研究之初我們便注意到，記憶、女性與戴望舒所使用的花朵意象，這三者之組合所呈現出的二重性。通過對記憶、女性、時間感、放逐、夢、蝴蝶、悲悼、書本與花之間的聯繫進行詳盡地分析，我們闡明了戴望舒對現代生活中的生命意義、個性狀況的冥想。這種自我冥想導向了自我觀照。在現代漢詩的自我形塑運動中，戴望舒占據了一個重要的位置，他在這場運動中不僅表現出作為一位現代詩人的自我反思，而且亦在其作品中分析了他自己的自我。這種關於自我的自我意識之新觀念，唯有在自我之內對他者的自戀性吸收中才成為可能。戴望舒的自戀意識，是一種典型的反鏡像的自我分析與自我診斷。一方面，這一意識標明了從郭沫若，經李金髮到戴望舒之間，自我形塑涇渭分明的邊界；另一方面，映現了中國新文化話語中自我身分模塑逐漸的成熟新階段。

【結束語】自我模塑，
現代性與成熟的意志

　　本書最主要的任務在於，考察從二十世紀二十年代到四十年代間，現代漢詩這一文類中的中國現代性工程，其中與力比多能量經濟學相聯繫的自我形塑之運作模式。在全書中，貫穿於這種自我形塑運動的基本軌道，始於郭沫若，移向李金髮，並在戴望舒那裡展開並達致自覺。我們將現在的研究指向三個中心議題。第一，考察自我形塑之範式如何轉換；第二，對由康德、黑格爾、尼采以及傅柯所提出的現代性問題作一概括；第三，對現代個性轉換的模型，以及對從魯迅到郭沫若、李金髮、戴望舒以及穆旦的成熟意志作歷史性的掃描，這是為了展現中國語境中，與自我形塑有關的現代性乃是未就之大業。

一、自我形塑的範式之爭

　　目前，針對自我形塑這一議題，發生了一系列的轉換：從郭沫若之自我意識的覺醒與開啟一種透明的現代個性開始，到李金髮之自反意識的興起，再到戴望舒對反鏡像的自我意識的反思意識。以歷史的眼光來看，每一次轉換都引發了一種新型的自我形塑，每一種新的自我形塑又都表達了一種朝向個性成熟的意志。為了闡明從郭沫若到李金髮到戴望舒之自我形塑的這種範式轉換，或是從二十年代到四十年代的遞變，我們從三位詩人的三首詩作中，化約地引用六段，來呈現不同時代的三種不同形式的詩句：

　　　　我便是我呀！
　　　　我的我要爆了！

　　　　　　　　　　　　　　　　　　　　（郭沫若：〈天狗〉）

　　無底的深穴，

　　印我之小照

（李金髮：〈無底的深穴〉）

　　而我是你，

　　因而我是我。

（戴望舒：〈眼〉）

　　從這些里程碑式的句子中，我們可以看到，從郭沫若與李金髮之間的矛盾對立中，催生出了第三極的戴望舒。一方面，通過在「我是我」的自我認同中補充一個他者，戴望舒重構了郭沫若自我形塑的模型，因此通過其轉化性的反思，繼續著郭沫若的自我探索敘述；另一方面，通過對李金髮自反敘述的主體，扭轉為考察的客體，戴望舒由此發展了李金髮的自反意識到達另一個層次，這個層次只有在四十年代中期的穆旦那裡才得以被觸及。回想自我形塑的路徑：從郭沫若的進步身體到李金髮的頹廢身體，再到戴望舒的自戀身體，將戴望舒自我形塑的範式當作中國現代的個性形構中的居中角色，這大抵不會錯。戴望舒通過轉化郭沫若與李金髮二人的矛盾張力，不僅僅調解了他們之間的二重性，而且在三十年代進入四十年代時調整了自我形塑的路徑，特別是穆旦，他的整合性身體（constructive body）或許體現了整個四十年代所投入到自我形塑的力比多能量，穆旦很可能體現出一種更高的成熟量度。

　　現在，我們應回到第三章末提出的問題，即我們如何重新定位中國現代性中，自我形塑之話語形構的清晰邊界？我們如何理解與翻譯現代性（translated modernity）相關的個性成熟？最後，在現代性、自我形塑與成熟間的三者的關係為何？為了回答這些問題，我們需要回顧康德、黑格爾、尼采與傅柯關於成熟（maturity）的諸種論述。

227

二、成熟的意志：啟蒙與自我發明

　　康德在他的〈什麼是啟蒙？〉（*Was ist Aufklärung?*）一文中回應了《柏林月刊》1784年11月號提出的問題，他將啟蒙界定為：「人脫離他強加於自身的那種不成熟」（1983：41）。對於康德來說，這種不成熟源自「不經別人的引導，就對運用自己的理智無能為力」（同上）。康德認為，人類自己應為這種不成熟負責，他舉了三個例子來表明人類處於一種不成熟的狀態：「做個不成熟的人真是太安逸了！如果有一本書來代替我理解，一個牧師來代替我講道的，一個醫生來為我制定食譜等等，那我何必要勞動自己呢？」（同上）。依此而言，康德把啟蒙的精神定義為：Sapere Aude！（勇敢地運用你自己的理智）（同上）。

　　從康德這篇影響深遠的文章來看，我們可以辨識幾個與現代性及成熟的關鍵點：（1）啟蒙是抵達成熟的進程；（2）為了滿足這種願望，一個人應該運用其理智去自由地行動；（3）在自由的自主權中，一個人必須願意將其自己的意志放入一個範圍，個體的思考自由，公共理性的自由運用，應在其中得到保證；（4）為了獲得最高的善，人需要在道德上轉化自己。

　　從一種後康德、黑格爾的角度來看，成熟被理解為一個人對自己之真實存在的自我覺悟，這是現代性的終極目的（*telos*）（Hegel 1977；Owen 1994）。這裡面含有「對現代性之自我批判的確證」（Habermas 1987：52），一方面，承認主體性之自我覺醒的真實性，另一方面，於內在性批判的活動中反映自身。對於黑格爾來說，個體的主體自由是這種自反性內在批判的基礎。啟蒙辯證法限制了將真實主體構建為道德代言者，預言了理性之自我導向的自主性，以及作為意識之主體的他者。

　　尼采則認為，成熟應被理解為自我克服，一個人超越任意道德中介的蛻化進程（Nietzsche 1968；Owen 1994）。由於自我並非現代性給定的既成事實，一個人會成為什麼總是一個其自我創造與自我轉化的持續進程。一個人即是一個人之將是，即是努力戰勝自我的意志。這種自我

創造並不起源於他者的意識，而是源自對他者的主宰。尼采把現代性定位在一種意識，即用問題化的意志來抵達真理，在其中清楚地表達出成熟意志的矛盾狀態。在其權力意志之中，抵達了動態自我的成熟量度。

傅柯同樣也寫了一篇〈什麼是啟蒙？〉，他在文中重新界定了康德的啟蒙觀念，即在波特萊爾的現代性特徵——「過渡、短暫與偶然」的語境中，朝向成熟之人性的進步。這裡包含了兩個方面，其一，現代性被重新界定為「這樣一種態度，它促成人們把握現時中『英雄』的一面。現代性並不是對與短暫飛逝的現在的敏感，而是將現在『英雄化』的意志」（1840：40）；其二，在現代性中，重構了一個人如何成為自己的觀念。根據傅柯，現代人「不是去發掘自己，發掘自身的祕密和隱藏著的真實，而是要去努力創造自己。這種現代性並不是要『在人本身的存在之中解放他自己』，而是迫使其面對塑造他自己的任務」（頁42）。對於傅柯來說，對當下的英雄化（heroicization）處於自我發明的狀態中。與此相反，康德和黑格爾各自宣布了人性的真實性和自主性，人性乃是一種成熟的手段——但之後尼采的觀念則在於，一個人的變化需靠自我克服來完成——傅柯拒絕了關於自我的任何真實性存在，拒斥了何以為人的基本真理。正如他寫道：「要成為現代的，並不是非得承認自己置身於短暫飛逝的時間之流中，而是要把自己當作某種物件，加以艱難複雜的精心塑造」（41頁）。對於傅柯來說，一個人去成為其之所是，總是不得不進行「自我反抗」，以實現對自我的轉化。

重述以上的觀點，康德所理解的啟蒙便是，人不斷地脫離自我所施加的不成熟的過程，而成熟即是人為理性與行為自由地企望人自己之所願；黑格爾認為啟蒙是人自己的真實本性的自我實現；尼采則認為啟蒙是超道德的自我克服，最後傅柯把啟蒙視為人之英雄式的自我發明。現在是時候對考察作一簡短的結論，從二十世紀早期到1949年建立共產主義意識形態前夕，自我形塑在中國現代性大業與啟蒙大業中到底發生了什麼。

三、重整喪失：自我形塑的烏托邦幻象

　　隨著傳統文化敘述的崩塌，以及二十世紀早期現代性的興起，大量的能量被投入到對現代身分的探求之中。1907年魯迅寫出了一篇很有影響的論文〈摩羅詩力說〉，宣導起源於西方人文主義和浪漫主義的個體自我的新觀念（1907）。周作人在1918年發表論文《人的文學》，呼喚一種「個人主義的人間本位主義」，來作為新文學的主導原則（1918）。胡適在《建設的文學革命論》中同樣高舉個人主義的旗幟來對抗傳統教條（1918）。直到郭沫若創造出現代身分的新句法。郭沫若在1919年的里程碑式的作品〈天狗〉中開啟的「我便是我呀」，述說了一種自我肯定的新句法與現代的自我身分。幾年後（1922-1925），李金髮從反思視角給予這種進步身體一個「小我」。在三十年代到四十年代間，戴望舒重構了郭沫若的「我便是我呀」，通過在前面補充了一個他者「我是你」，與此同時，亦通過實踐一種自我的自我意識反思視角，發展了李金髮的自反身分。然而，正如我們所見，戴望舒從他重獲消逝之物、理想自我，以及在記憶敘述中重構破碎身分的無力中，遭受了巨量的痛苦。這種自我形構的未盡願景最真實地反映在了四十年代中期穆旦的詩篇中。

　　在穆旦詩中，處於支配地位的乃是他對充滿疑慮的現代自我的持續敘述。這一疑慮的現代自我從其母體（本土起源、偉大傳統、共同歷史）中進行了一次新的分裂，這種分裂總是處於一種焦慮、寂寞、痛苦與放逐的狀態。詩歌〈我〉（1945：55）是穆旦最有力量的詩，它展現了一個現代之「我」的存在狀況：

> 從子宮割裂，失去了溫暖，
> 是殘缺的部分渴望著救援，
> 永遠是自己，鎖在荒野裡，

從靜止的夢離開了體，

痛感到時流，沒有什麼抓住，

不斷的回憶帶不回自己，

遇見部分時在一起哭喊，

是初戀的狂喜，想衝出藩籬，

伸出雙手來抱住了自己

幻化的形象，是更深的絕望，

永遠是自己，鎖在荒野裡，

仇恨著母親給分出了夢境。

1940年11月

　　穆旦批判性地記錄了現代中國自我的可怕狀況：現代主體性一旦從其母體的源頭、從其歷史根源的總體性分裂，那麼現代主體性將總歸是一個無家可歸的碎片，一個無法回歸的局部，一個荒野中慟哭的被疏遠的他者。從歷史的角度視之，這樣一種分裂漂浮的現代自我可以被視作郭沫若「我便是我呀」的新生之自我意識的結果。或者換個說法，穆旦之自我的無根狀態精確地記錄了從二十年代早期到四十年代中期，郭沫若勝利自我的創傷之旅。

　　如此一來，穆旦確實回應了郭沫若所開啟的現代自我：「我便是我呀」，但那一個「我」卻是「殘缺的部分渴望著救援」。在另一方面，如果戴望舒能夠實踐他在記憶敘述中的自我建構與自我分析，那麼穆旦作為困陷於荒野的「我」則完全地從其起源的母體中疏離出來，那麼記憶又將如何重獲這種分離的自我呢？從這一點看，穆旦在以一種更深入的反思重構著戴望舒的記憶敘述。由此觀之，在現代中國之身分的話語形構中，比起戴望舒來說，成熟的意志在穆旦的詩中更能被批判性地理解。也就是說，作為這種現代之「我」乃是一種「身分想像」

（identity-as-imaginary）（Chan 1993：81），作為一個自我幻想的意象（*imago*）將不斷留下一個他者，一次痛苦的分裂，一個存在。這個存在毫無破損地重回其文化起源（*originary*）已毫無可能。

　　然而從一種更廣闊的歷史視角視之，穆旦實際上提出了一個更重要、更引人深思的問題，他不得不面對，而且還強力地質疑從二十世紀初到四十年代末，中國的自我／身分形塑的話語形構工程。也就是說，一旦這種現代自我從其偉大的起源（這種起源即為母體身分的全部：傳統、文化、歷史與集體）中分裂，當現代化的形態依舊如故時，其自身有如何從那種偉大起源中重獲完整？換言之，現代自我的興起，源於對其偉大起源斬釘截鐵地完整拒斥，但從另一方面看，這種現代自我乃是一種被翻譯的（*translated*）、西方化的自我，正如我們對郭沫若、李金髮與戴望舒的討論。當然還有穆旦，其關於現代身分的中心主題主要源自艾略特（T. S. Eliot）、奧登（W.H. Auden）以及里爾克（Rilke）。在現代中國身分的形構中，其中發生了痛苦的分裂。基於此，現代化的自我仍舊與其起源疏隔，一直不斷地與其母體抗爭，為其合法性苦苦掙扎。那麼現代中國身分的話語建構如何能夠在不借重矛盾的西方的前提下，而得以繼續下去？或者用哈貝馬斯的說法：這一身分如何能「從自身之內創造其規範」（「*create its normativity out of itself*」）（1987：7；原文為斜體）？

　　康德把成熟理解為，人從其自我施加的不成熟中逐漸脫離出來，通過在自由的自主性中，運用他／她自己的意志；黑格爾則理解為，通過運用他／她自己的自反能力，人自我實現自己的真實存在；尼采理解為通過他／她持續的自我轉化而達至超道德的自我克服；傅柯則理解為他／她之意志的英雄化對他／她自己的發明。如果我們從西方化的話語中採用這些成熟手段來觀照中國現代性大業與啟蒙工程中的成熟意志，我們大概可以有理由宣告，成熟的意志，對中國的自我形塑的目前的探尋，仍有很長的路要走，現代中國身分的自我形塑還遠未完成，但反過來說，總是朝著有早一日能夠實現的旅途行進。從這一方面來看，康德

的問題仍舊在中國的語境中有效：「我們當前是否生活在已經啟蒙了的時代，我的回答是：不，但我們生活在一個啟蒙的時代中」（1784見於1983：44；原文為斜體）。現在，我們可以以這句箴言暫別我們目前對自我模塑與中國現代性的探尋之旅了。

引用書目

一、中文資料

1. 艾青：《望舒的詩》，載於《戴望舒詩集》（成都：四川人民出版社，1981年），頁4。

2. 卞之琳：《序》，載於《戴望舒詩集》（成都：四川人民出版社，1981年），頁5。

3. 陳丙瑩：《戴望舒評傳》（重慶：重慶出版社，1993年）。

4. 陳厚誠：《死神唇邊的笑：李金髮傳》（臺北：業強出版社，1994年）。

5. 戴望舒：《我的記憶》（上海：東華書局，1929年）。

6. 戴望舒：《望舒草》（上海：現代書局，1933年）。

7. 戴望舒：《望舒詩稿》（上海：雜誌公司，1937年）。

8. 戴望舒：《災難的歲月》（上海：星群出版社，1948年）。

9. 周良沛編：《戴望舒詩集》（成都：四川人民出版社，1981年）。

10. 梁仁編：《戴望舒詩全編》（杭州：浙江文藝出版社，1989年）。

11. 杜衡：〈序〉，載於梁仁編，《戴望舒詩全編》（杭州：浙江文藝出版社，1989年），頁50。

12. 胡適：《中國新文學大系》，卷1（上海：良友圖書印刷公司，1935年）。

13. 黃參島：〈《微雨》及其作者〉，載於《美育雜誌》，1925年第二期。

14. 馬立安・安利克：《中西文學關係的里程碑（1898-1979）》，伍曉明譯（北京大學出版社，1991年）。

15. 郭沫若：《沫若文集》，卷10（北京：人民文學出版社，1959年）。

16. 郭沫若：《郭沫若全集》，20卷（北京：人民文學出版社，1982-1992年）。

17. 金絲燕：《文學接受與文化過濾：中國對法國象徵主義的接受》（北京：人民大學出版社，1994年）。

18. 李歐梵：〈漫談中國現代文學中的「頹廢」〉，載於《今天》，23期，1993年冬季號，頁26-51。

19. 李大釗：〈今〉，《新青年》，4卷4號，1918年4月15日。

20. 李金髮：《微雨》（北平：北新書局，1925年）。

21. 李金髮：《為幸福而歌》（上海：水沫書店，1926年）。

22. 李金髮：《食客與凶年》（北平：北新書局，1927年）。

23. 李金髮：《異國情調》（重慶：商務印書館，1942年）。

24. 李金髮：《李金髮詩集》，周良沛編（成都：四川文藝出版社，1987年）。

25. 孫玉石編：《象徵派詩選》（北京：人民文學出版社，1987年）。

26. 李振聲：《郭沫若早期藝術觀的文化構成》（貴陽：貴州人民出版社，1992年）。

27. 林毓生：《中國意識的危機》（貴陽：貴州人民出版社，1986年）。

28. 劉禾：〈文本、批評與民族國家文學——《生死場》的啟示〉，載於唐小兵編：《再解讀：大眾文藝與意識形態》（香港：牛津大學出版社，1993年），頁29-50。

29. 魯迅：〈熱風〉，《魯迅全集》，卷1（香港：文學研究社，1973年）。

30. 魯迅：《魯迅全集》，卷1（北京：人民文學出版社，1981年）。

31. 茅盾：《創作的前途》，載於《小說月報》，12卷7號，1921年7月10日。《茅盾全集》，18卷重印（北京：人民文學出版社，1989年），頁118-121。

32. 穆旦：《探險隊》（昆明：文聚出版社，1945年）。

33. 穆木天：〈郭沫若的詩歌〉，載於《文學》，第8卷第1期，1937年1月1日。

34. 穆木天：〈譚詩——寄沫若的一封信〉，載於楊匡漢、劉福春編：《中國現代詩論（上編）》（廣州：花城出版社，1985年），頁92-95。

35. 秦亢宗：《現代作家和文學流派》（重慶：重慶出版社，1986年）。

36. 闕國虬：〈試論戴望舒詩歌的外來影響與獨創性〉，載於施蟄存、應國靖編：《戴望舒》（香港：三聯書店，1987年），頁238-259。

37. 孫席珍於1981年4月25日在中國社會科學院文學研究所所主持的現代文學討論會上的發言，轉引自周良沛編：《李金髮詩集》（成都：四川文藝出版社，1987年），頁10。

38. 施蟄存：〈《現代》雜憶〉，載於《現代》1932年4期：頁1。

39. 施蟄存：〈引言〉，載於梁仁編：《戴望舒詩全編》（杭州：浙江文藝出版社，1989年），頁1。

40. 宋永毅：〈李金髮：歷史毀譽中的存在〉，載於曾小逸編：《走向世界文學：中國現代作家與外國文學》（長沙：湖南人民出版社，1985年），頁395。

41. 蘇雪林：〈論李金髮的詩〉，載於《現代》3卷3期，1933年7月號。

42. 蘇雪林：《文壇話舊》（臺北：傳記文學出版社，1969年）。

43. 孫玉石：《中國初期象徵派詩歌研究》（北京：北京大學出版社，1983年）。

44. 孫玉石：《戴望舒名作欣賞》（北京：中國和平出版社，1993年）。

45. 王獨清：〈我從café中出來……〉，載於龐秉鈞、閔德福、高爾登編譯：《中國現代詩一百首》（香港：商業出版社，1987年），頁20-21。

46. 聞一多：〈女神之時代精神〉，載於《創造週報》第4號，1923年6月3日。

47. 聞一多：《聞一多全集》，卷1（武漢：湖北人民出版社，1993年）。

48. 徐志摩：《徐志摩詩全集》，卷1（石家莊：花山文藝出版社，1992年）。

49. 楊允達：《李金髮評傳》（臺北：幼獅文化出版社，1986年）。

50. 瘂弦：〈從象徵到現代〉，載於瘂弦編：《戴望舒卷》，《中國新詩史料之一》（臺北：洪範書店，1977年），頁1-21。

51. 余光中：〈評戴望舒的詩〉，載於瘂弦編：《戴望舒卷》，《中國新詩史料之一》（臺北：洪範書店，1977年），頁226-227。

52. 樂黛雲：《比較文學與中國現代文學》（北京：北京大學出版社，1987年）。

53. 宗白華：〈學燈〉，《時事新報》副刊，1941年11月10日。

54. 周揚：〈郭沫若和他的《女神》〉，載於《解放日報》，1941年11月16日。

55. 周作人：〈人的文學〉，載於《新青年》，第5卷第6號，亦載於《中國新文學大系》，卷1（上海：良友圖書印刷公司，1935年）。

56. 周作人：《語絲》，45期，1925年11月。

57. 朱自清：〈導言〉，載於《中國新文學大系》，詩集卷（上海：良友圖書印刷公司，1935年），頁7-8。

58. 朱自清：〈毀滅〉，載於龐秉鈞、閔德福、高爾登編譯：《中國現代詩一百首》（香港：商業出版社，1987年），頁23-41。

59. 朱湘：〈寄戴望舒〉，載於《新文》，第1卷第3號，1929年。

二、西文資料

1. Adorno, Theodor W. *Kierkegaard: Construction of the Aesthetic.* Minneapolis: University of Minnesota Press, 1989.

2. Ames, T. Roger. "The Meaning of Body in Classical Thought." *International Philosophical Quarterly* 14（1984）: 39-53.

3. Anderson, Benedict. *Imagined Communities: Reflections on the Origin and Spread of Nationalism.* London: Verso, 1983.

4. Auerbach, Erich. "The Aesthetic Dignity of Les Fleurs du mal." *Baudelaire: A Collection of Critical Essays.* Ed. Henri Peyre. Englewood Cliffs: Prentice-Hall, 1965. pp. 150-157.

5. Bachelard, Gaston. *The Poetics of the Reverie.* Trans. Daniel Russell. Boston: Beacon Press, 1971.

6. Bakhtin, Mikhail. *Rabelais and his World.* Cambridge, Mass.: MIT Press, 1968.

7. Barlow, Tani E. "Theorizing Woman: Fun, Guojia, Jiating [Chinese Women, Chinese State, Chinese Family]." *Genders* 10（Spring 1991）: 132-60.

8. Bataille, Georges. "Le languge de fleurs." *Oeuvres Complčtes.* Vol. 1. Ed. Michel Foucault. Paris: Gallimard, 1970. Pp. 173-78.

9. Baudelaire, Charles. *Le Spleen de Paris.* Paris: Garnier, 1926

10. _____. *Flowers of Evil: A Selection.* Eds. Marthiel and Jackson Mathews. New York: New Directions, 1958.

11. _____. *Baudelaire: Oeuvres Complčtes.* Paris: Gallimard, 1961.

12. _____. *Anthology of French Poetry from Nerval to Valéry.* New York: Doubleday, 1962.

13. _____. *Art in Paris 1845-1862.* Trans. J. Mayne. London: Phaidon, 1965.

14. _____. *Baudelaire: Selected Writings on Arts and Artists.* Trans. with intro. P.E. Charvet. Harmondsworth: Penguin Books, 1972.

15. _____. *Selected Writings on Art and Artists.* Cambridge: Cambridge University Press, 1972.

16. _____. *Baudelaire, Rimbaud and Verlaire: Selected Verse and Prose Poems.* New York: The Citadel Press, 1974.

17. Benjamin, Walt. *Charles Baudelaire: A Lyric Poet in the Era of High Capitalism.* London: Verso, 1973.

18. _____. *Gesammelte Schriften*. Ed. R. Terdimann. Frankfurt: Suhrkamp, 1982.

19. Berger, Peter L. *Facing Up to Modernity: Excursions in Society, Politics and Religion*. New York: Basic Books, 1977.

20. _____. *Theory of the Avant-Garde*. Trans. Michael Show and Foreword Jochen Schulte-Sasse. Minneapolis: University of Minnesota Press, 1984.

21. Bergson, Henri. *The Creative Evolution*. Trans. Arthur Mitchell. New York: Henry Holt, 1913.

22. Berman, Marshall. *All That Is Solid Melts into Air: The Experience of Modernity*. London: Verso, 1983.

23. Bhabha, Homi K, ed. *Nation and Narration*. London: Routledge, 1990.

24. Blondel, Eric. *Nietzsche: The Body and Culture*. London: Athlone, 1991.

25. Bowie, Malcolm. *Lacan*. London: Fontona Press, 1991.

26. Brown, Dennis. *The Modernist Self in Twentieth-Century English Literature: A Study in Self-Fragmentation*. London: Macmillan, 1989.

27. Buck-Moss, Susan. *The Dialectics of Seeing: Walter Benjamin and the Arcades Project*. Cambridge, Mass.: MIT Press, 1990.

28. Butler, Christopher. *Early Modernism: Literature, Music and Painting in Europe, 1900-1916*. Oxford: Clarendon Press, 1994.

29. Calinescu, Matei. *Five Faces of Modernity*. Durham: Duke University Press, 1987.

30. Camporesi, Piero. *The Anatomy of the Senses: Natural Symbols in Medieval and Early Modern Italy*. Trans. Allan Cameron. Blackwell: Polity Press, 1994.

31. Canfield, John V. *The Looking-glass Self: An Examination of Self-Awareness*. New York: Greenwood, 1990.

32. Carruthers, Mary. *The Book of Memory: A Study of Memory in Medieval Culture*. New York: Cambridge University Press, 1990.

33. Casey, Edward S. *Remembering: A Phenomenological Study*. Bloomington & Indianapolis: Indiana University Press, 1987.

34. Certeau, Michel de. *The Practice of Everyday Life*. Berkeley: University of California Press, 1984.

35. Chan, Stephen C.K. "Split China, Or, The Historical and The Imaginary: Toward the Displacement of Subjectivity at the Margins of Modernity." *Politics, Ideology, and Literary Discourse in Modern China*. Eds. Liu Kang and Xiaobing Tang. With foreword by Fredric Jameson. Durham: Duke University Press, 1993. pp. 70-101.

36. Chatterjee, P. *Nationalist Thought and the Colonial World: A Derivative Discourse*. London: Zed, 1986.

37. Cherkassky, A. E. *New Chinese Poetry*. Moscow: Nauka, 1972.

38. Cheung Chin-yee. *Nietzsche and the Development of Lu Xun's Thought*. Hong Kong: Qingwen shuwu, 1987.

39. Cheung, Dominic C.N. *Feng Chih: A Study of the Ascent and Decline of His Lyricism*. Ph.D. Diss. University of Washington, 1973.

40. Chow, Rey. *Women and Chinese Modernity: The Politics of Reading between West and East*. Minnesota: University of Minnesota Press, 1991.

41. Chow Tse-tsung. *The May Fourth Movement: Intellectual Revolution in Modern China*. Cambridge: Harvard University Press, 1960.

42. Cohen, Margaret. *Profane Illumination: Walter Benjamin and the Paris of Surrealist Revolution*. Berkeley: University of California Press, 1993.

43. Connoly, Cyril. *The Modern Movement*. New York: Atheneum, 1966.

44. d'Aurevilly, J. A. Barbey. *Of Dandysm and of George Brummell*（Dent, 1897）. Quoted in Richard Pine's *The Dandy and the Herald*（1988）.

45. de Man, Paul. *Blindness and Insight*. Minneapolis: University of Minneasota Press, 1983.

46. Derrida, Jacques. *Of Grammatology*. Trans. G. C. Spivak. Baltimore: Johns Hopkins University Press, 1976.

47. _____. *Margins of Philosophy*. Trans. Alan Bass. Chicago: University of California

Press, 1982.

48. ____. *Glas*. Trans. John P. Leavey, Jr., and Richard Rand. Lincoln／London: University of Nebraska Press, 1986.

49. ____. *Mémoires: For Paul de Man*. New York: Columbia University Press, 1986.

50. Descombes, Vincent. *The Barometer of Modern Reason: On the Philosophies of Current Events*. New York／Oxford: Oxford University Press, 1993.

51. Dowson, Ernest. *Verses 1896 with Decorations 1899*. Oxford／New York: Woodstock Book, 1994.

52. Du, Wei-min. "Selfhood and Otherness in Confucian Thought." *Culture and Self: Asian and Western Perspectives*. Ed. Anthony J. Marsella et al. New York／London: Tavistock, 1985. pp. 231-251.

53. Elliott, Anthony. *Social Theory & Psychoanalysis in Transition: Self and Society from Freud to Kristeva*. Oxford: Blackwell, 1992.

54. Ferguson, Harvie. *Melancholy and the Critique of Modernity: Søren Kierkegaard's Religious Philosophy*. London: Routledge, 1995.

55. Fine, Ruben. *Narcissism, the Self, and Society*. New York: Columbia University Press, 1986.

56. Fingarette, Herbert. *The Self in Transformation, Psychoanalysis, Philosophy, & the Life of the Spirit*. New York: Harper & Row, 1963.

57. Fleissner, Robert F. *A Rose by Any Other Name: A Survey of Literary Flora from Shakespeare to Eco*. West Cornwell: Locust Hill Press, 1989.

58. Fornäis, Johan. *Cultural Theory & Late Modernity*. London／Thousand Oaks／New Dehli: Sage Publications, 1995.

59. Foucault, Michel. "What Is an Author?" *Language, Counter-memory, Practice: Selected Essays and Interviews*. Ed. & Intro. Donard F. Bouchard. New York: Cornell University Press, 1977. pp. 113-138.

60. ____. *Language, Counter-Memory, Practice*. Trans. D. F. Bouchard and S. Simon. Ithaca／New York: Cornell University Press, 1977.

61. ____. "What Is Enlightenment?" *The Foucault Reader*. Ed. Paul Rabinow. New York: Pantheon Book, 1984. pp. 32-50.

62. ____. *Madness and Civilization*. New York: Vintage, 1988.

63. Freud, Sigmund. *The Standard Edition of the Complete Psychological Works*. Trans. and Ed. James Strachey, Anna Freud. Vols. VI & XVI. London: Hogarth, 1953-74.

64. ____. *The Standard Edition of the Complete Psychological Works of Sigmund Freud. Vol. XIV*. London: The Hogarth Press, 1957.

65. ____. *The Interpretations of Dreams*. Trans. James Strachey. New York: Avon, 1965.

66. Frisby, Davis. *Fragments of Modernity: Theories of Modernity in the Works of Simmel, Kracauer, and Benjamin*. Cambridge: MIT Press, 1986.

67. Gasche, Rodolphe. *The Tain of Mirror: Derrida and the Philosophy of Reflection*. Cambridge, Mass.: Harvard University Press, 1986.

68. Gellner, Ernest. *Nations and Nationalism*. Blackwell: Oxford, 1964.

69. ____. *Thought and Change*. Chicago: University of Chicago Press, 1983.

70. Giddens, Anthony. *The Consequences of Modernity*. Stanford: Stanford University Press, 1990.

71. ____. *Modernity and Self-Identity: Self and Society in the Late Modern Age*. Cambridge: Polity Press, 1991.

72. Goldman, Merle, ed. *Modern Chinese Literature in the May Fourth Era*. Cambridge, Mass.: Harvard University Press, 1977.

73. Gordon, Lesley. *Green Magic: Flowers, Plants and Herbs in the Lore and Legend*. New York: Vintage, 1977.

74. Greenblatt, Stephen J. *Renaissance Self-fashioning: From More to Shakespeare*. Chicago: University of Chicago Press, 1980.

75. Gross, David. *The Past in Ruins: Tradition and the Critique of Modernity*. Amherst: The University of Massachusetts Press, 1992.

76. Habermas, Jürgen. *The Philosophical Discourse of Modernity*. Cambridge, Mass.: MIT Press, 1987

77. ____. *Moral Consciousness and Communicative Action*. Cambridge: MIT Press, 1989.

78. Haft, Lloyd, ed. *A Selective Guide to Chinese Literature 1900-1949*. Vol. III （Poetry Volume）. Leiden／New York／København: E. J. Brill, 1989.

79. Hegel, G.W.F. *Philosophy of Right*. Trans. T. M. Knox. New York: Oxford, 1967.

80. ____. *Phenomenology of Spirit*. Trans. A. V. Miller. Oxford: Oxford University Press, 1977.

81. Heidegger, Martin. *Time and Being*. Trans. John Macquarrie & Edward Robinson. London: SCM Press, 1962.

82. ____. *What Is Called Thinking?* New York: Harper and Row, 1968.

83. Henry, Michel. *The Philosophy and phenomenology of the Body*. Martinus Nijhoff: The Hague, 1975.

84. Homans, Peter. *The Ability to Mourn: Disillusionment and the Social Origins of Psychoanalysis*. Chicago／London: University of Chicago Press, 1989.

85. Howe, Irving, ed. *The Idea of the Modern*. New York: Horizon, 1967.

86. Jakobson, Roman. *Language and Literature*. Eds. Krystyna Pomorska and Stephen Rudy. Cambridge: Harvard University Press, 1987.

87. Jameson, Fredric. *The Ideology of Theory: Essays 1971-1986*. London: Routledge, 1988.

88. ____. *A Singular Modernity : Essay on the Ontology of the Present*. London／New York : Verso, 2002.

89. Jammes, Francis. *Choix de Poésies*. Paris: Librairie-Larousses, 1970.

90. ____. *De L'Angelus de L'aube ą L'Angelus du Soir*. Paris: Gallimard, 1971.

91. ____. *Clairičres dans le Ciel*. Paris: Gallimard, 1980.

92. Jantzen, Grace. *God's World, God's Body*. Philadelphia: Westminster, 1984.

93. Jauss, Robort H. *Toward an Aesthetics of Reception*. Trans. Timothy Bahti. & Intro. Paul De Man. Sussex: The Harvester Press, 1982.

94. Jay, Martin. *Downcast Eyes: The Denigration of Vision in Twentieth-Century French Thought*. Berkeley: University of California Press, 1993.

95. Johnson, Lionel. *The Hobby Horse*. Quoted in Pine Richard（1988）.

96. Jouve, Ward N. *Baudelaire*. London: Macmillan, 1980.

97. Kahler, Erich. *The Tower and the Abyss: An Inquiry into the Transformation of the Individual*. New York: G. Braziller, 1957.

98. Kamenda, Eugene, ed. N*ationalism: The Nature and Evolution of an Idea*. New York: St. Martin's Press, 1976.

99. Kant, I. *Perpetual Peace and Other Essays*. Trans. T. Humphrey. Indiana／ Indianapolis: Hackett, 1983.

100. Kaplan, Allan H. *The Symbolist Movement in Modern Chinese Poetry*. Diss. Cambridge University, 1983.

101. Kearney, Richard. *Poetics of Modernity: Toward a Hermeneutic Imagination*. New Jersey: Humanities Press, 1995.

102. Kedourie, Elie. *Nationalism, Nations and State*. London: Methuen, 1982.

103. Kernberg, Otto. *Borderline Conditions and Pathological Narcissism*. New York: Aronson, 1975.

104. Kierkegaard, Søren. *Two Ages: The Age of the Revolution and the Present Age*. Princeton: Princeton University Press, 1978.

105. Kneale, Douglas. *Monumental Writing: Aspects of Rhetoric in Wordsworth's Poetry*. London: University of Nebraska Press, 1988.

106. Krell, Davis Farell. *Of Memory, Reminiscence, and Writing: On the Verge*. Bloomington & Indianapolis: Indiana University Press, 1990.

107. Kuhn, Reinhard. *The Demon of Noontide: Ennui in Western Literature*. New Jersey: Princeton University Press, 1976.

108. Lacan, Jacques. *Speech and Langauge in Psychoanalysis*. Baltimore: Johns Hopkins

University Press, 1968

109. ____. *Écrits*. Trans. A. Sheridan. New York: Norton, 1977.

110. ____. *The Language of the Self*. Trans. Anthony Wilden. Baltimore: Johns Hopkins Press, 1981.

111. Larson. Wendy et al., eds. *Inside Out: Modernism and Post-modernism in Chinese Literary Culture*. Aarhus: Aarhus University Press, 1993.

112. ____. "Female Subjectivity and Gender Relations: The Early Stories of Lu Yin and Bing Xin." *Politics, Ideology, and Literary Discourse in Modern China*. Eds. Liu Kang and Xiaobing Tang. Durham and London: Duke University Press, 1993. pp. 124-143.

113. Lash, Scott et al., eds. *Max Weber, Rationality and Modernity*. London: Allen & Unwin, 1987.

114. ____. ed. with Jonathan Friedman. *Modernity & Identity*. Oxford & Cambridge: Blackwell, 1992.

115. Leavey, John P. Jr., et al. *GlaSsary*. Lincoln／London: University Of Nebraska Press, 1988.

116. Lee, Gregory. *Dai Wangshu: The Life and Poetry of a Chinese Modernist*. Hong Kong: The Chinese University of Hong Kong, 1989.

117. Lee, Leo Ou-fan. *The Romantic Generation of Modern Writers*. Cambridge: Harvard University Press, 1973.

118. Lepenies, Wolf. *Melancholy and Society*. Cambridge: Harvard University Press, 1992.

119. Lester, John et al., eds. *Selected Poems from The Goddesses*. Beijing: Foreign Language Press, 1958.

120. Leung, Ping-Kwan. *Aesthetics of Opposition: A Study of the Modernist Generation of Chinese Poets, 1936-1949*. Diss. University of California, San Diego, 1984.

121. Levin, Micheal D., ed. *Modernity and the Hegemony of Vision*. Berkeley: University of California Press, 1993.

122. Levine, Michael P. *Pantheism: A Non-theistic Concept of Deity*. London／New York: Routledge, 1994.

123. Lin, Julia. *Modern Chinese Poetry: An Introduction*. Seattle／London: University of Washington Press, 1972.

124. Lin, Ming-hui Chang. *The Tradition and Innovation in Modern Chinese Poetry*. Diss. Washington University, 1965.

125. Lipsitz, George. *Time Passages: Collective Memory and American Popular Culture*. Minneapolis: University of Minnesota Press, 1990.

126. Liu, Lydia H. *Translingual Practice: Literature, National Culture, and Translated Modernity—China, 1990-1937*. Stanford: Stanford University Press, 1995.

127. Lowenthal, David, ed. *The Past is a Foreign Country*. Cambridge: Cambridge University Press, 1985.

128. Mcdougall, Bonnie S. *The Introduction of Western Literary Theories into Modern China 1919-1925*. Tyko: The Center for East Asia Culture Studies, 1971.

129. Macfarland, Thomas. *Coleridge and the Pantheist Tradition*. Oxford: Oxford University Press, 1969.

130. Macmillan, Hugh. *The Poetry of Plants*. London: Pitnan, 1907.

131. Malcohm, Norman. *Memory and Mind*. Ithaca／London: Cornell, 1977.

132. Mallarmé, Stéphane. *Mallarmé*. Trans. Anthony Hartley. New York: Penguin, 1965.

133. Marcuse, Herbert. *Eros and Civilization: A Philosophical Inquiry into Freud*. Boston: The Beacon Press, 1955.

134. Maudsley, Henry. *Body and Will*. Ed. Robert H. Wozniak. Chicago: Thoemmes, 1998.

135. McKnight, Stephen A. *Sacralizing the Secular: The Renaissance Origins of Modernity*. London: Louisiana University Press, 1989.

136. Merleau-Ponty, Maurice. *Phenomenology of Perception*. London: Routledge &Kegan Paul, 1962.

137. Meyer, Kinereth. "Speaking and Writing the Lyric 'I'." *Genre* 22（Summer 1989）: 129-149.

138. Musset, Alfred de. *La Confession d'un enfant du siècle*（1836）. Paris: Gallimard-Folio, 1973.

139. Nancy, Jean-Luc. *Ego Sum*. Paris: Flammarion, 1979.

140. ＿＿＿. *Corpus.* Paris: Editions Metailie, 1992.

141. Neisser, Ulric. and Robyn Fivush, eds. *The Remembering Self: Construction and Accuracy in the Self-narrative*. New York: Cambridge University Press, 1984.

142. Nietzsche, F. *Thus Spake Zarathustra*. Trans. A. Tille & Intro. Roy Pascal. New York: E. P. Datton, 1958.

143. ＿＿＿. *The Case of Wagner*. New York: Vintage, 1967.

144. ＿＿＿. *The Gay Science*. New York: Random House, 1969.

145. ＿＿＿. *Sämtliche Werke Kritische Studienausgube*. Eds. G. Colli and M. Montinari. New York: DTV, 1980.

146. Owen, David. *Maturity and Modernity: Nietzsche, Weber, Foucault and the Ambivalence of Reason*. London／New York: Routledge, 1994.

147. Owen, H.P. *Concepts of Deity*. London: Macmillan, 1971.

148. Owen, Stephen. *Remembrances: The Experience of the Past in Classical Chinese Literature*. Cambridge: Harvard University Press, 1986.

149. Pick, Daniel. *Faces of Degeneration: A European Disorder. c. 1848-c. 1918.* Cambridge: Cambridge University Press, 1989.

150. Pine, Richard. *The Dandy and the Herald: Manners, Mind and Morals from Brummell to Durrell*. London: Macmillan, 1988.

151. Piper, H.W. *The Active Universe: Pantheism and the Concept of Imagination in the English Romantic* Poets. London: The Athlone Press, 1962.

152. Plato. *The Republic*. New York: Walter J. Blacks, 1942.

153. Poe, Edgar Allan. *Edgar Allan Poe: Poetry and Tales*. New York: Library of

America, 1984.

154. Poole, Ross. *Morality and Modernity*. New York: Routledge, 1991.

155. Poulet, Georges. "Proust and Human Time." *Proust: A Collection of Critical Essays*." Ed. René Girard. Englewood Cliffs: Prentice-Hall, 1962. pp. 132-136.

156. Proust, Georges. *Remembrance of Things Past*. Trans. C. K. Scott-Moncrieff and Terence Kilmartin. 2 vols. New York: Random house, 1981.

157. Prusek, Jaroslav. *The Lyrical and the Epic: Studies of Modern Chinese Literature*. Ed. Leo Ou-fan Lee. Bloomington: Indiana University Press, 1980.

158. Ragland-Sullivan, Ellie. *Jacques Lacan and the Philosophy of Psychoanalysis*. London: Croom Helm, 1986.

159. Renan, Ernest. "Qu'est-ce qu'une Nation?" *The Dynamics of Nationalism, Readings in Its Meaning and Development*. Princeton: Van Nostrrand, 1964. 9.

160. Roy, David T. *Kuo Mo-jo: The Early Years*. Cambridge, Mass.: Harvard University Press, 1971.

161. Salvesen, Christopher. *The Landscape of Memory: A study of Wordsworth's Poetry*. London: Edward Arnold, 1965.

162. Sartilliot, Claudette. "Herbarium, Verbarium: The Discourse of Flowers." *Diacritics* 4 （Winter 1988）: 68-81.

163. Sartre, Jean-Paul. *Baudelaire*. Trans. Martin Turnell. New York: New Directions, 1950.

164. Scarry, Elaine. *The Body in Pain: The Making and Unmaking of the World*. New York／Oxford: Oxford University Press, 1985.

165. Scheler, Max. *Der Formalismus in der Ethik und die Materiale Wertethik*. Bern／Munich: Francke Verlag, 1966.

166. ＿＿. "The Lived Body, Environment, and Ego." *The Philosophy of the Body*. Ed. Stuart F. Spicker. Chicago: Quadrangle Books, 1970. pp. 59-186.

167. Schultz, William R. "Kuo Mo-jo and the Romantic Aesthetic: 1918-1925."

Journal of Oriental Literature 6.2 （April 1955）: 59-61.

168. Schwarcz, Vera. *The Chinese Enlightenment: Intellectuals and the Legacy of the May Fourth Movement of 1919.* Berkeley: University of California Press, 1986.

169. Sennett, Richard. *The Fall of Public Man.* Cambridge: Cambridge University Press, 1977.

170. Siegle, Robert. *The Politics of Reflexivity: Narrative and the Constructive Poetics of Culture.* Baltimore: Johns Hopkins University Press, 1986.

171. Sinai, Robert I. *The Decadence of the Modern World.* Cambridge: Harvard University Press, 1978.

172. Singh, Amritjit, eds. *Memory, Narrative, and Identity: New Essays in Ethnic American Literatures.* Boston: Northeastern University Press, 1994.

173. Sloterdijk, Peter. *Critique of Cynical Reason.* Minneapolis: University of Minnesota Press, 1989.

174. Spinello, Richard A. *Nietzsche's Conception of the Body.* Diss. New York, 1983.

175. Swart, K. W. *The Sense of Decadence in Nineteenth-Century France.* Martinus Nijhoff: The Hague, 1964.

176. Taylor, Charles. *The Sources of the Self: The Making of the Modern Identity.* Cambridge, Mass.: Harvard University Press, 1989.

177. Terdiman, Richard. *The Dialectics of Isolation: Self and Society in the French Novel from the Realists to Proust.* New Haven: Yale University Press, 1976.

178. ____. *Discourse/Counter-Discourse: The Theory and Practice of Symbolic Resistance in Nineteenth-Century France.* Ithaca: Cornell University Press, 1985.

179. ____. *Present Past: Modernity and the Memory Crisis.* Ithaca/London: Cornell University Press, 1993.

180. Tymieniecka, Anna-Teresa, ed. *The Elemental Dialectic of Light and Darkness: The Passions of the Soul in the Onto-Poiesis of Life.* Dordrecht/Boston/London: Kluwer Academic, 1992.

181. Urquhart, W.S. *Pantheism and the Value of Life in Indian Philosophy: With a Reference to Western Philosophy.* New Dehli: Ajay Book Service, 1982.

182. Verlaine, Paul. *Ouvres Poétiques Complčtes.* Paris: Gallimard, 1962.

183. Warnock, Mary. *Memory.* London: Faber, 1987.

184. Weber, Marx. "Science as a Vocation." *From Marx Weber: Essays in Sociology.* New York: Free Press, 1974. 151-160.

185. White, Hyden. "The Historical Text as Literary Artifact." *The Writing of History: Literary Form and Historical Understanding.* Eds. Robert H. Canary and Henry Kozicki. Madison: University of Wisconsin Press, 1978. pp. 41-62.

186. Whitman, Walt. *The Portable Walt Whitman.* Ed. Mark Van Doren. New York: Penguin Books, 1969.

187. Yeats, W.B. "When You Are Old." *The Norton Anthology of English Literature.* Vol. 2. New York／London: Norton, 1979. pp. 1961-62.

188. Yeh, Michelle, ed. & trans. *Anthology of Modern Chinese Poetry.* New Haven ／London: Yale University Press, 1991.

189. ____. *Modern Chinese Poetry: Theory and Practice since 1917.* New Haven／ London: Yale University Press, 1992.

語言文學類　PG2076　文學視界117

身體詩學：
現代性，自我模塑與中國現代詩歌 1919-1949

作　　　者 / 米家路
譯　　　者 / 趙　凡
責任編輯 / 姚芳慈
圖文排版 / 楊家齊
封面設計 / 劉肇昇

發　行　人 / 宋政坤
法律顧問 / 毛國樑　律師
出版發行 / 秀威資訊科技股份有限公司
　　　　　114台北市內湖區瑞光路76巷65號1樓
　　　　　電話：+886-2-2796-3638　傳真：+886-2-2796-1377
　　　　　http://www.showwe.com.tw
劃撥帳號 / 19563868　戶名：秀威資訊科技股份有限公司
　　　　　讀者服務信箱：service@showwe.com.tw
展售門市 / 國家書店（松江門市）
　　　　　104台北市中山區松江路209號1樓
　　　　　電話：+886-2-2518-0207　傳真：+886-2-2518-0778
網路訂購 / 秀威網路書店：https://store.showwe.tw
　　　　　國家網路書店：https://www.govbooks.com.tw

2020年9月　BOD一版
定價：420元
版權所有　翻印必究
本書如有缺頁、破損或裝訂錯誤，請寄回更換

Copyright©2020 by Showwe Information Co., Ltd.
Printed in Taiwan
All Rights Reserved

國家圖書館出版品預行編目

身體詩學：現代性, 自我模塑與中國現代詩歌 1919-1949 /
米家路著；趙凡譯. -- 一版. -- 臺北市：秀威資訊科技,
2020.09
　　面；　公分. -- (語言文學類；PG2076) (文學視界；117)
BOD版
譯自：Modernity, Self-Fashioning and Modern Chinese
Poetry, 1919-1949
　　ISBN 978-986-326-838-3(平裝)

　1. 詩學　2. 比較詩學

812.18   109011267

讀 者 回 函 卡

感謝您購買本書，為提升服務品質，請填妥以下資料，將讀者回函卡直接寄回或傳真本公司，收到您的寶貴意見後，我們會收藏記錄及檢討，謝謝！
如您需要了解本公司最新出版書目、購書優惠或企劃活動，歡迎您上網查詢或下載相關資料：http:// www.showwe.com.tw

您購買的書名：＿＿＿＿＿＿＿＿＿＿＿＿＿＿＿＿＿＿＿＿＿＿＿＿＿

出生日期：＿＿＿＿＿年＿＿＿＿＿月＿＿＿＿日

學歷：□高中 (含) 以下　　□大專　　□研究所 (含) 以上

職業：□製造業　□金融業　□資訊業　□軍警　□傳播業　□自由業
　　　□服務業　□公務員　□教職　　□學生　□家管　　□其它＿＿＿

購書地點：□網路書店　□實體書店　□書展　□郵購　□贈閱　□其他

您從何得知本書的消息？

　□網路書店　□實體書店　□網路搜尋　□電子報　□書訊　□雜誌
　□傳播媒體　□親友推薦　□網站推薦　□部落格　□其他＿＿＿＿＿＿

您對本書的評價：（請填代號　1.非常滿意　2.滿意　3.尚可　4.再改進）

　封面設計＿＿＿　版面編排＿＿＿　內容＿＿＿　文／譯筆＿＿＿　價格＿＿＿

讀完書後您覺得：

　□很有收穫　□有收穫　□收穫不多　□沒收穫

對我們的建議：＿＿＿＿＿＿＿＿＿＿＿＿＿＿＿＿＿＿＿＿＿＿＿＿＿

＿＿＿＿＿＿＿＿＿＿＿＿＿＿＿＿＿＿＿＿＿＿＿＿＿＿＿＿＿＿＿＿＿

＿＿＿＿＿＿＿＿＿＿＿＿＿＿＿＿＿＿＿＿＿＿＿＿＿＿＿＿＿＿＿＿＿

請貼
郵票

11466
台北市內湖區瑞光路 76 巷 65 號 1 樓

秀威資訊科技股份有限公司　　　收

BOD 數位出版事業部

....

（請沿線對折寄回，謝謝！）

姓　　名：＿＿＿＿＿＿＿＿　年齡：＿＿＿＿　性別：□女　□男

郵遞區號：□□□□□

地　　址：＿＿＿＿＿＿＿＿＿＿＿＿＿＿＿＿＿

聯絡電話：(日) ＿＿＿＿＿＿＿＿　(夜) ＿＿＿＿＿＿＿＿

E-mail：＿＿＿＿＿＿＿＿＿＿＿＿＿＿